U0495253

善書坊

杨争光电影剧本精选

双旗镇刀客

杨争光 著

陕西师范大学出版总社

图书代号：WX17N1101

图书在版编目（CIP）数据

双旗镇刀客：杨争光电影剧本精选/杨争光著.—西安：陕西师范大学出版总社有限公司，2017.11
 ISBN 978-7-5613-9576-9

Ⅰ.①双… Ⅱ.①杨… Ⅲ.①电影文学剧本—作品集—中国—当代 Ⅳ.①I235.1

中国版本图书馆CIP数据核字（2017）第247848号

双旗镇刀客——杨争光电影剧本精选

SHUANGQI ZHEN DAOKE YANGZHENGGUANG DIANYING JUBEN JINGXUAN

杨争光　著

选题策划	刘东风　郭永新
责任编辑	张　佩
特邀编辑	陈君明
装帧设计	龚心宇
出版发行	陕西师范大学出版总社
	（西安市长安南路199号　邮编：710062）
网　　址	http://www.snupg.com
印　　刷	重庆新金雅迪艺术印刷有限公司
开　　本	787mm×1092mm　1/16
印　　张	24.5
插　　页	4
字　　数	350千
版　　次	2017年11月第1版
印　　次	2017年11月第1次印刷
书　　号	ISBN 978-7-5613-9576-9
定　　价	78.00元

读者购书、书店添货或发现印装质量问题，请与本公司营销部联系、调换。
电话：（029）85307864　85303629　传真：（029）85303879

目 录

001 / 双旗镇刀客

071 / 公羊串门

131 / 兵哥

207 / 帝国的情感

315 / 生日

双旗镇刀客

1 大漠 晨

荒凉的地平线。天光云影,弥漫的地气,一个跃动的黑点。

我们看清了,那是一匹在荒漠中奔驰中的马,骑在马上的是一个刀客打扮的孩子。我们还看不清他的模样。

奔驰,奔驰,在荒漠中,在沙丘中。

他已经走了许多天的路。我们不知道他的名字。

就叫他孩哥吧。

映现片名字幕。

奔驰的马,马背上孩哥的身影。

紧拉缰绳的手。鞍桥上吊挂着两柄精致的短刀。脚上是一双已经破烂的生皮马靴。草料袋和羊皮水桶随奔驰的马起伏颠簸着。

一声马嘶——

孩哥勒住了奔驰的马。沙尘弥漫升腾——

现在,我们看清了。他十五六岁,脸上扑满风尘,嘴唇干裂,稚气未脱的脸,目光有些迷茫,脑后还扎着根干枯发黄的小辫。

孩哥从袖筒里取出一支"千里眼",搭在眼上,抽拉开,扫描着远处——

一座颓败的古城遗址在"千里眼"中像片单薄的布景。

孩哥收起"千里眼",提缰拍马,奔驰而去——

2 残城古井 日

大面积的阴影下,古城显得有些神秘。

井台前,一只羊皮水桶被扔进井里——

打水的是一位职业刀手模样的人。旁边是他的马。

他叫沙里飞,四十岁左右,面目粗糙,满脸胡须,刀客劲儿十足。

提上水桶的沙里飞，转身朝他的马走去。

沙里飞提高羊皮水桶，看着渴极了的马在贪婪地饮水。

急促的马蹄声从远处传来，沙里飞警觉起来，转身向传来声音的方向望去，神情有些紧张。

古城残墙上，两个骑马的汉子，职业刀客打扮，头戴羊皮面罩，朝沙里飞这边看着——

羊皮水桶从沙里飞的手中掉了下来。内心紧张的沙里飞，看着远处城墙上的汉子，身子慢慢地移向他的马背——马背上挂着他的刀。

城墙上的刀客和沙里飞互相看着，都想辨认出对方，却又辨认不出。

沙里飞的手伸向马背上的刀——嘭！短促的一声响，一样东西飞过来，砸在地上，就在他的跟前！

沙里飞看得很清：是一枚铜钱。

沙里飞从铜钱上收回惊愕的目光，抬头向城墙上的刀客看去——

刀客向沙里飞招手，让他过去。

沙里飞犹豫着，放弃了取刀的心思。他迟疑了一下，朝残墙走去。

城墙上的刀客向走来的沙里飞：认识一个叫一刀仙的人吗？

沙里飞好像没听清。

城墙上的刀客已经认出沙里飞不是他们要找的人，提缰调转马头，拍马冲下城墙豁口，迅速消失了。

沙里飞松了一口气，放心了。转身朝井边走去。走了几步又站住了，扭头朝着空荡荡的城墙豁口——

沙里飞：狗日的，吓唬你爷爷！

朝井边走的沙里飞，没走几步，又突然站住了。他好像听到了什么声音，又一次警觉起来，胡乱扭着头，判断着声音传来的方向。判断不清的沙里飞更为紧张，撒腿朝井边奔去，步子越来越大，要奔跑起来了。

奔跑着的沙里飞到了马跟前，唰一声抽出了他的那一把流沙搅风刀，四下张望搜寻着——

是马蹄的声音，好像在四周回响一样，无法确定准确的方位——残破的古城门——残城内外的荒漠戈壁——城墙豁口——又一处豁口——又一道残门——旋转弥漫的沙尘……

紧张的沙里飞紧握着流沙搅风刀。

沙里飞的马。地上的羊皮水桶。

马蹄声消失了。沙里飞看着风卷沙尘中的残墙豁口。

沙尘渐渐散去。豁口处是刀客打扮的孩哥。

孩哥看见了井边的沙里飞，警惕地拉住马缰。

握刀的沙里飞盯着孩哥。他看清了，对方不过是一个刀客打扮的孩子，刚才的紧张立刻烟消云散，显出一副刀客的傲慢。

但孩哥是紧张的，甚至是惊恐的，他胆怯地看着沙里飞，踌躇着不敢向前。他的马已经很渴了，有些急躁不安，刨着蹄子。孩哥用手拍了拍马的脖子，想让它安静下来。

已经完全放心的沙里飞，在教训孩哥一样：马吐白沫了，要让它渴死不成？

孩哥的马确实渴极了，嘴角也确有白沫。

孩哥感到对方既无敌意又无恶意，便翻身下马，小心翼翼地拉马朝前走来。

沙里飞的刀重新挂回了马鞍。

孩哥拉马走到井边。解下羊皮桶。到井边打水。

完全放松的沙里飞，看着打水的孩哥。

孩哥打水的动作很笨拙，也许是因为胆怯，打上水来，好像解不开挂羊皮桶的扣子一样。还是解开了，尽管洒了一半的水。他瞥了一眼身后的沙里飞。

孩哥饮马。

沙里飞：有干粮吗？

孩哥有些踌躇，但还是点了点头。

孩哥从马背上取下干粮袋朝沙里飞扔过去。干粮袋落在了离沙里飞几步远的地方。

沙里飞走到干粮袋跟前，提起来，坐在一边，抱着，取出里边的干粮，大啃大嚼着。

沙里飞：还懂点规矩——知道我是谁吗？

走向井台的孩哥摇摇头。

沙里飞：这方圆五百里，没人不知道我沙里飞，你不知道？

走到井边的孩哥不敢摇头了，用羊皮桶重新打水。

得意的沙里飞放声大笑，大口啃着干粮，似乎饿了许多天的样子。

孩哥抓着绳朝上提水，不知道是在用力还是出于胆怯，两条小腿在不停地打战。

沙里飞发出一阵笑声。

孩哥打了个抖，刚提出井口的水抖洒出来许多。孩哥将水拎到马前，放在沙地上，跪下大口地喝着桶里的水。

沙里飞：急尿个啥？让凉水呛炸你肺啊！

孩哥不喝了，提起水桶让马喝。

沙里飞：初闯世吧？

孩哥用衣袖抹着脸上的水珠。

沙里飞：去哪？

孩哥：双旗镇……

沙里飞：双旗镇？你一个人？

孩哥：嗯。

沙里飞：那可不是小孩子玩的地方。

孩哥：我……我领媳妇去。

沙里飞边笑边啃着干粮，提着干粮袋朝孩哥走来：嗨！红萝卜调辣面，吃出没看出。小毛孩子还知道领媳妇，长得乖不乖？

孩哥：我……没见过。

沙里飞：跟着我走吧，我知道你要去的地方……

沙里飞将干粮袋扔给孩哥。

孩哥拾起干粮袋，见里面空了，没敢吱声……

3　大漠途中　日

两匹马并行着朝我们走来。

沙里飞：……我靠这把流沙搅风刀闯荡江湖，杀富济贫，除暴安良，西北找不出第二个！

能看出来孩哥已经很佩服沙里飞了，听沙里飞牛哄哄吹着自己。

到岔路口了。两人勒住了马，好像要分手的样子。

沙里飞：哎，有钱没？

孩哥有些诧异。

沙里飞：借我点……

孩哥十分为难地：我……我要接媳妇……

沙里飞：尿！不借算了，我沙里飞再背运也不能向毛孩子要钱！

他扬手往旁边一指：从这条路下去就到双旗镇了。说完，拍马而去。

孩哥望着远去的沙里飞，有些尴尬的样子，突然双腿一夹马肚，提缰朝沙里飞追去。

孩哥：大游侠等一等——

他越过沙里飞，勒马横在路中间。沙里飞勒住马，不解地看着孩哥。孩哥解开身上的一条钱袋，扔给沙里飞。

钱袋飞到了沙里飞怀中。

孩哥：你是个好人，咱们一人一半。

沙里飞接过银子，喜出望外，笑了，粗糙的脸开裂成一朵花：嘿嘿嘿嘿，哈哈哈哈……

抬头看孩哥。孩哥已打马朝通往双旗镇的路奔去了。

沙里飞大声地：方圆五百里出了麻烦，到甘草铺找我——

远去的孩哥：好嘞——

沙里飞掂掂钱袋，收好拍马而去。

4 双旗镇　日

一座烽燧破败的古城堡，孤零零地立在大漠中。

两面旗帜高耸出城墙，在风中猎猎作响。

一阵打铁声传来，悠远而孤独。

一群羊大摇大摆地走进镇街，后面跟着一匹高大的骆驼，在羊群面前，它显得十分傲慢。

骆驼拉着一辆小木车，车上坐着个昏昏欲睡的老汉。对边的屋门前坐着个摘辣椒的老妇人，目光呆滞。

铁匠铺中拉风箱的男孩猛地起身，跑到棚外的墙根撒尿。

铁匠：火！

男孩迅速收拾好自己，边系裤子边往风箱跟前跑。

风箱啪啦啪啦响起来。

在街的拐角处，一户门前挂着个辟邪的牛头，户主是一个做皮匠生意的老汉，正用嘴吹去上面的尘土。

一阵风卷着黄沙在瓮城中打了个旋儿冲进镇街。尘土立刻弥漫了街道。

沙尘散去。一把刀在削马掌。那只手扔了刀，抓起个酒葫芦朝嘴里灌酒。

他是马掌匠，长着一丛稀疏又干燥的山羊胡子。他扔掉手里的刀，拿过旁边的酒葫芦朝嘴里灌着，干疏的胡子在抖动。

几个小男孩小女孩在街角玩耍。

客栈门口栽着两根拴马桩。石桩顶端是一种动物的雕像，似乎在笑。一个石桩上拴着两匹骆驼。一位生意人解开驼缰，拉着骆驼朝城门走去。客栈主人在门口笑吟吟送客，话语客套。

一声尖利的马哨子声，马蹄声——

镇外，三匹马在奔驰。马蹄疾骤地敲击着戈壁，冲向双旗镇——

玩耍的孩子们把头扭向瓮城门，目光惊恐。

正在做活的皮匠停下来，朝城门望去。

铁匠似乎没受影响，继续敲击着铁器。拉风箱的孩子刚仰起脖子想看，铁匠呵斥了一声，又埋头拉风箱了。

三匹马冲进瓮城。马蹄携着风尘。马上是三名刀客打扮的人。

三匹马冲进街道。鸡飞狗跳。玩耍的孩子惊吓得跳了起来。

三匹马经过皮匠铺时，一刀客把一样东西扔给皮匠。是一副马鞍，重重地落在皮匠眼前，砸起一团尘土。

刀客：两天后来取！

皮匠讨好地连连点头。

客栈主人出门，朝冲奔过来的刀客：陈年老酒，上好的马肉……

现在我们看得更清楚了，他四十多岁，是个瘸子。

三匹马冲过去，甩给瘸子一团尘土。

三匹马从偏门洞中冲了出去。

客栈主人愣了一会儿，咕哝了一句什么，朝客栈门里走去。

小镇复归平和，尘土正在消散。

瓮城的阴影中出现了骑在马上的孩哥，他紧拉着缰绳，打量着这一座土城的街道。

镇街上的人也发现了孩哥，也打量着他。

拉风箱的孩子伸着头，不拉风箱了。

一只狗冲着孩哥连声叫着。

面对镇街上投来的各种目光，马上的孩哥似乎有些慌悚，不知所措。他拉起衣袖，在扑满风尘的脸上抹了一下，使自己镇定了一些。他翻身下马，拉着缰绳，朝镇街走来，脚步缓迈、迟疑。那只狂吠的狗跟着他，叫着，却并不扑过去真咬一口。

镇街上的人几乎都在看着这位刀客打扮的少年，包括那一群小孩子。

铁匠：火！

拉风箱的小孩赶紧拉动风箱。铁匠边打铁边瞄着从镇街上走过的孩哥。

一驼背的镇民从孩哥身边走过。孩哥张张嘴，想问什么，又没敢开口，拉马继续朝前走。

突然，两匹马从偏城门洞外冲了进来，朝镇街冲奔而来。

孩哥一阵紧张，以为他们是冲他来的，便站在了街心，慌恐地看着奔过来的两匹马。

马背上是和沙里飞打过照面的那两位刀客。两匹马快要冲到孩哥的身上了，却突然分拨马头，左右闪开，从孩哥两边疾驰而过。孩哥紧闭双眼，被笼罩在一团沙尘之中。

瘸子又一次颠出客栈：陈年老酒，上好的马肉……

两匹马疾驰而过。

沙尘散去，孩哥摇摇头，要摇去头脸上新落的沙尘。

两刀客冲到瓮城跟前，突然勒住马，互相对视了一下，然后，掉转马头，折了回来。

两匹马冲过孩哥，转头，站住了。

孩哥抬起头，惊愕地看着面带凶恶之相的两个刀客。两个刀客审视着孩哥。从上到下。

不远处的马掌匠斜视着，灌了一口酒。

气氛陡然紧张起来。

孩子们远远地看着,胆怯又好奇。

一声急速的抽刀声。一刀客手中的刀闪过一道寒光。

刀架在了孩哥的脖子上。

刀客凶相毕露。

孩哥紧闭着眼睛,不敢睁眼正视对方。

刀客:见过一个叫一刀仙的人吗?

孩哥急忙摇头。刀抽了回去。然后是一阵马蹄声。两刀客从孩哥的身边疾驰而去。孩哥呆立着,睁开眼。不知是因为恐惧还是委屈,眼睛是湿润了,还是飞进了沙尘。他擦了擦眼。

两刀客冲到客栈前,离鞍下马,提着刀,把马缰朝拴马桩扔过去。瘸子殷勤地迎过来,把两刀客迎进客栈。

小镇又平静了。铁匠铺的打铁声清晰有力……

黄昏正在降临。

5 马掌铺 黄昏

孩哥在马桩上拴好马,绕过马来到马掌匠跟前,有些怯生。

孩哥:大叔。

马掌匠抱着酒葫芦,没听见似的,看着孩哥的马。他喝了一口酒。他是个爱喝酒的人。

马掌匠:好马,好马……

孩哥又叫了一声:大叔。

马掌匠抬起蒙眬的醉眼,看着孩哥,似乎对孩哥出现在他跟前很感诧异。他打量着他。

孩哥很不自在地咧嘴一笑,与其说是笑还不如说是脸皮做了一次机械的收缩,脏兮兮的脸上露出两排白牙。他扶了扶紧贴在腿上的两把短刀,显得有些滑稽。

马掌匠：换掌？

孩哥的脸皮又笑一样地收缩了一下。

马掌匠起身朝马走过去。那圈孩子一直好奇地跟着孩哥，对孩哥指手画脚地窃笑，大概是笑他腿上的那两柄短刀。他们没见过这么挎刀的。也许是觉得孩哥长相俊秀，他们怀疑他是女孩装扮的。马掌匠抬起马的前蹄，冲着孩子们吼了一声。

马掌匠：滚！

孩子们跑散了，边跑边喊：小辫子，没牛牛。小辫子，没牛牛……

马掌匠看看马蹄，开始换掌。

马掌匠：做什么营生？

孩哥走过来，靠在马桩上，不好意思了。

孩哥：我，我来领媳妇……

马掌匠转头看了孩哥一眼。要问话的时候，瘸子正从镇街走过，和马掌匠打了声招呼。马掌匠应酬了一声，然后收回目光。

马掌匠：谁家的女子？叫个啥？

孩哥嗫嚅着：不知道叫个啥。我爹订的娃娃亲，说她屁股上有颗痣。我爹死的时候给我说，我岳父是个瘸子……大叔，咱镇上有没有这么个人？

马掌匠想回答不想回答地：做啥的嘛？

孩哥摇摇头，茫然地看着已经冷清的镇街。

马掌匠：没有，不知道……

孩哥收回失望的目光，顺下了眼。

马掌匠搬起另一只马蹄。

孩哥自言自语地：可能我记错了，不是这个镇，我爹死的时候没跟我说清……

太阳不见了，屋顶上残留着一点余晖。镇里的阴影越来越大。

小镇越来越暗。

钉完马掌的马掌匠直起身来。孩哥从马鞍上解下空空的草料袋。

孩哥：大叔，我想装袋马料……

马掌匠收拾着钉掌的工具：我只管下边，不管上边。

进屋了。

孩哥孤零零地站在马桩前。他解着马缰……

6　镇街旁　晚

孩哥拉着马在镇街上茫然地走着。

那群孩子们冲孩哥叫喊着：小辫子，没牛牛。小辫子，没牛牛……

一股风卷过来，吞没了孩哥。

7　客栈前堂　夜

屋顶上吊着一盏盆灯。

酒桌跟前坐着我们见过的那两个刀客。他们大吃大喝着，已喝空了四个酒罐。

瘸子在柜台后边冷眼看着他们。

一刀客转头看着瘸子，一脸凶狠。

瘸子机械地给他笑了一下。

刀客转回头又吃喝起来。瘸子收住笑容，轻轻翻开柜台挡板，朝灶房走去。

瘸子进灶房走到灶边，从锅里夹出两块肉。

瘸子：好妹哎——

传来偏房里的好妹的应答声：哎。

瘸子走到肉案前拿刀剁肉：去，把客房收拾收拾，我看那两个寻仇的刀客今晚不会走了。

好妹画外音：知道啦。

瘸子往盆里装肉。

8 镇街　夜

一户人家的门外，孩哥在敲门。门开了，探出一张老脸，目光呆滞。

孩哥：我，我想打听个人……

门猛地被关上了。孩哥愣在了那儿。

拉着马的孩哥横过街道，朝有灯火的地方走去。一个背草的汉子从旁边拐出来。

孩哥：大叔……

汉子看了孩哥一眼，加快脚步，朝远处走去。

有灯火的人家门前孩哥将祈求般的目光投向一位老妇人。老妇人犹豫着。

老妇人：孩子，你别问了，这镇上不兴打听人。

妇人转身进门。

委屈的孩哥拉着他的马，眼眶里有泪水打转了。

拉着马的孩哥朝客栈走去。镇街上最后一盏灯火熄灭了……

9 客栈前堂　夜

灯光映照着桌上的残汤剩酒。瘸子正在收拾。两个刀客不见了人影。

羊油灯的火苗。好妹漂亮朴素的脸迎上来，乖巧的嘴吹出了一口气，吹灭了灯火。然后，好妹来到另一盏油灯前，吹灭了它。前堂立刻暗了许多。

酒桌旁掉了块牛肉。好妹拾起来，扔进残汤盆中。瘸子正往柜台上放空酒罐，看见了，走过来，伸手从残汤中捞出牛肉。好妹不解地望着她爹。

瘸子：放回锅里，明儿再卖。

　　瘸子去了灶房。好妹擦着酒桌。传来敲门声。好妹抬头朝门那里看过去。

　　又是两下敲门的声音。

10　客栈门外　夜

　　敲过门的孩哥站在门口等待着。枣红马已拴在了马桩上，摇着头打了一声响鼻，蹄脚烦躁地踩刨着。孩哥朝它做了个手势，马听话地安静下来。木门缓缓拉开。灯光从拉开的门缝里直射出来，切进夜色里。随后，好妹的脸从门里探出来，神情戒备地打量着孩哥的打扮。

　　孩哥要说话，但好妹先开口了。

　　好妹：这没吃的，到别处要去！

　　没等孩哥解释，门已有力地关上了。

　　孩哥又置身在夜色里。他无奈地仰起头。

　　双旗杆上的旗帜在夜风中啪啦啪啦摆动着——

11　灶房　夜

　　好妹一手端着油灯，一手护着灯上的火苗，从灶房外走进来。瘸子已不在灶房。她放好油灯，给灶火里加柴。

　　好妹：要饭的也不挑时候，半夜了还敢敲门。

　　瘸子画外音：你和谁说话？

　　好妹：不知哪里来的一个脏娃，腿上插着两根破木片子，充刀客……

　　好妹起身端起油灯出灶房，随手关门。

　　灶房里一片黑暗。

12 双旗镇　晨

大漠戈壁中的双旗镇。

霞光渐渐涂上城墙。

小镇正在醒来。一只脏兮兮的狗从容地走到镇街中心，好像它是这座小镇的主人，悠闲地摇了几下尾巴。一定是听到了什么动静，它转过头——

铁匠铺里，铁匠正给炉膛上加炭。小男孩睡眼惺忪地跑出去，去墙根处撒尿。

吱呀一声。那只狗把头扭向客栈——

客栈的木门开了。梳洗过的好妹端着一盆脏水朝外走来。没走几步，就踩在了一样东西上。她惊叫了一声，从台阶上摔了下去，手中的水盆飞出去老远。

孩哥打了一个旋飞，快速敏捷，站了起来。一个动作，可看出孩哥是习武之人。

好妹从泥水中坐了起来，像个花脸泥人，等她看清绊倒她的是孩哥时，委屈又生气地哭起来，哭得有些夸张。

孩哥愣了，一时不知所措。瘸子挥着一根短木棍从门里冲出，用力朝孩哥打去。孩哥因这一猛力的击打，也因为免挨再次击打，就势从台阶上冲摔在地上。

瘸子挥着短棍冲下台阶，朝孩哥瘸拐过去。

好妹：爹，打，使劲打……

瘸子一拐一拐奔过来。孩哥盯着瘸子的一双瘸腿，他似有所悟，爬起来朝后躲着。瘸子手中的木棍要落下去的时候，孩哥突然下跪，连连向瘸子磕头。

孩哥：岳父大人，叩见岳父大人……

瘸子愣住了，木棍停在了空中。

孩哥还在磕头不止，叫着岳父大人。

好妹：打呀，打他个脏娃浑小子。

她已提起了铜脸盆，一脸气愤地朝孩哥走过来。她举起铜盆，照着孩哥刚扬起来的头砸下去。孩哥倒下去，没再起来。瘸子举着木棍，还在迷惑之中，想不通这个陌生男孩为什么要对他磕头并叫他岳父大人。他看看地上的孩哥，又看看气哼哼还未消气的好妹。没等他做出反应，传来一阵骚乱——

有人大声喊叫：一刀仙来了，一刀仙来了。

瘸子和好妹紧张地朝街口看过去——

街道上的大人和孩子朝街边惊慌躲避。

有人在喊：一刀仙来了……

街道上的大人和孩子们全躲在了街边，从笔直的镇街看过去——

瓮城中立着四匹马，并排坐着四个刀客。一刀仙和同伙们傲慢地看着慌乱的街道。

孩哥头晕似的，慢慢抬起头，要爬起来。

客栈里走出那两位寻仇的刀客。孩哥赶紧趴下。两刀客提刀，一脸杀气，跨过孩哥，朝前走去。孩哥直爬起来，恐惧地看着镇街。

一刀仙和同伙稳坐马上，看着走来的那两个刀客。

两刀客顺街走来，在铁匠铺前站定，看着马上的四刀客。

一刀仙和他的兄弟——二爷翻身下马。一刀仙展开一方黑巾，抖开，包头顺两腮拉下，系好。二爷递过刀，一刀仙夹在腋下。然后，兄弟俩朝两刀客走来。两刀客一动不动地等待着。

打铁的声音慢了，弱了。

两刀客满脸铁青，盯着迎面踏步而来的一刀仙兄弟。一刀仙兄弟稳步前行。一刀仙的刀在胳肢窝里夹着，随意中透出威慑。一些镇民在一刀仙兄弟走过之后，小心地朝街中心走了几步，想清楚地看看即将发生的一场刀战。瘸子拉紧了好妹。孩哥似乎被眼前的恐惧气氛震慑住了，一脸呆滞。

一刀仙兄弟在距两刀客几米远的地方站住了。空气陡然凝固。双方对视着，不动。

刀客甲：我找了你整整七年，出刀吧。

一刀仙不动。嘴似乎动了一下，很古怪。

刀客甲缓缓抽刀。

一刀仙嘴角隐现出蔑视。

刀客甲突然挥刀，扑向一刀仙，大声叫喊着。一刀仙刀柄一抖，横刀向前，单腿跪地。刀客甲刀掠寒光，破风而来。只听得噗一声，刀客甲的喊声戛然而止。一刀仙依然横刀，没动一样。刀客甲定立着，然后晃了晃，轰然倒了下去。单腿跪地的一刀仙看也没看，收刀，起身，转过头来，看着刀客乙。

刀客乙握刀后退几步，看着一刀仙和二爷，要举刀了，却脸色一变，伸出的刀从手中脱落下来，人也跪在了二爷跟前。二爷的刀迅如疾风，朝刀客乙的脸直劈下去。一声短促的破裂声之后，我们便看见了翻身倒地的刀客乙脸上裂开了一道粗糙的刀口。

一刀仙潇洒有力地把刀送回胳肢窝，和二爷转身朝瓮城走去。

两具尸体和走向瓮城的一刀仙兄弟。

孩哥面如土色。

一刀仙和同伙拍马冲出瓮城。

孩子们朝尸体围过去，拾起刀跑开了。

孩哥一脸木然地看着镇街上的两具尸体。

长长的街道，阳光下的那两具尸体显得孤单又刺目。

13　客栈偏房　日

光线昏暗，气氛沉闷。桌上放着孩哥那对短刀。光影分明。

瘸子的脸埋在阴影里，和孩哥隔桌而坐。

孩哥好像含着泪水。

瘸子不时喷出一口莫合烟。他的视线从那对短刀上移开，有些伤感地偏着头，望着窗外，目光茫然。

瘸子叹了口气：哎，自古英雄多短命……

孩哥低下了头。

沉默。

孩哥：我爹让我……

瘸子似乎没有听见孩哥说话：我的腿在一场刀战中废了之后，没法再跟你爹了……离开江湖多年了，开这店，只是混口吃的……唉，今非昔比了……

孩哥鼓鼓勇气，低着头，还是说出了他一直想说的话：我爹让我……让我来领媳妇……

瘸子脸色愁闷，沉默了很久。

瘸子：先住下……住下再说。

孩哥抬头看着瘸子，想说什么，又没敢开口。瘸子起身走了出去。孩哥又难过又无奈，低下了头。

14 客栈灶房 日

一口大铁锅里煮着牛肉，咕嘟嘟响着。

好妹正在烧火。灶火映红了她好看的脸。

心情烦乱的瘸子走进灶房，走到灶边。

瘸子：好妹。

好妹似乎知道她爹叫她做什么，装作没听见，继续烧火。瘸子朝好妹走近了两步。

瘸子：去，去见见你大伯的娃。

好妹：不见。我才不见那个脏娃，不见，就不见。

瘸子无奈，低头出去了。

好妹自语似的：啥时候又蹦出个大伯来……

15　双旗镇　黄昏

太阳正在沉落，黄昏降临在戈壁滩上的双旗镇，旗杆上的两面小旗显得滑稽又不可缺少。城外的烽燧和整个土城倒显得很和谐。

16　客栈门前　黄昏

好妹坐在门口的台阶上，手抄在袖筒里看西下的夕阳。太阳已贴到城墙边上了。

瘸子出门：我到你马掌伯那儿去一趟，孩哥这时正睡着呢。来客了，叫醒他，让他帮着在前堂张罗着，你可千万别照面，我不大工夫就回来。

好妹点头应了。瘸子心事重重地走了。

17　柴房　黄昏

半间屋堆放着过冬用的硬柴，在剩下的空间里给孩哥搭了个铺。破旧的羊皮铺盖里裹着熟睡的孩哥，头下枕着那两柄短刀。

18　马掌匠家　黄昏

瘸子已坐在马掌匠家的炕沿上，抽着莫合烟。马掌匠坐在旁边的小桌跟前，不时地往喉咙里灌着酒，光线很暗。

瘸子一直在说话：……他爹活着的时候，好妹许嫁给他，也有个靠山，可现在……我剩下一条腿，世道又这么乱……

马掌匠喝酒不语。到掌灯的时候了。马掌匠从灶炕中燃了根芨芨草，点亮了羊油灯。灯后坐着一脸愁容的瘸子。

瘸子：……再说好妹要跟他这么一走，我一人在这小镇上，还活个啥劲儿？

马掌匠：把他留下，上门算尿了。

瘸子：那孩子一无手艺，二无本事，将来我有个三长两短的，好妹跟着他受罪？老哥……你说我不认这门亲了，有罪过不？

马掌匠想说什么，又没说，喝着酒。

19 客栈　夜

骆驼客们在门外的马桩子上拴了骆驼，十来个汉子一窝蜂地涌进客栈。

前堂，他们大声骂着浑话，吆喝着店主。

骆驼客甲：瘸子，上酒……

一群人扑在大木案上，赌起来。

偏房。好妹闻声，感到一阵紧张，起身跑出去。

好妹奔过灶房，来到柴房。前堂传来骆驼客们不耐烦的大骂声。好妹上前推着睡死过去的孩哥。

好妹：快起来，听见没……

孩哥被惊动，猛地一个翻身跃了起来，反倒把好妹吓了一跳。孩哥看着好妹。

好妹很快又绷起脸：来客了，到前堂去张罗张罗。

说完转身去了灶房。孩哥糊里糊涂地跟到了灶房。

好妹递给孩哥一个大木托盘，孩哥接过来端着，好妹将一盆肉放在托盘上，又提了一罐酒，让孩哥用另一只手拎着。

好妹：去，给人家送去，回来的时候，再问一声还要什么。

孩哥傻乎乎地点着头，愣头愣脑地朝外走。

前堂，孩哥端着酒肉出来。

众人欢呼：酒来了！噢……

东面桌子上有人喊：端过来！

孩哥朝东走。

西面桌子上有人喊：这边，这边！

孩哥又朝西走。

两面都在喊，一声高过一声。孩哥很为难，不知该咋办了，托盘在手里打战。

灶房，好妹放下门帘，走向灶边。

好妹自语道：笨不笨，连句好话都不会说！

前堂，东面站起一大汉朝孩哥走去。

西面也起来一汉子朝孩哥走去。东面的汉子来到孩哥面前，伸手先提了酒，然后将那盆肉朝腰里一夹，走了。西面的汉子来到孩哥面前时，只剩下空空的托盘。满堂哄笑声。那汉子觉得失面子，气得发抖。孩哥刚想朝回走，只见那汉子挥手一掌，孩哥被打出几尺之外，撞在了柜台上，又翻过柜台，摔在了地上。

又是满堂哄笑。

孩哥委屈地爬起来，拾起摔在地上的盘子，糊里糊涂地走回灶房了。

瘸子回来了，跨进门，见到堂中的情景，立刻一脸讨好的笑容。

瘸子：没吃上啊，马上就来！马上就来！

20　后院马厩　夜

　　孩哥心里难受，抱着自己那匹马的脖子。能看见孩哥脸上摔后的伤痕。他想哭。马用嘴唇蹭着他。

　　前堂中传出骆驼客们醉酒后的吵闹声。

　　孩哥好受点了，松开手。跳出马槽，向柴房走去。

　　马不吃草了，抬起头，在看孩哥一样。

21　灶房及柴房　夜景

　　好妹看着孩哥走进了柴房，面有同情之色。

　　夜深了，柴房中。孩哥仍在铺上端坐着，但此时却剥得赤条条，似有神又似无神地望着前面的柴垛。

　　瘸子怕灭了火种，起夜朝灶火里加了把柴火。他看到柴房中露出微弱的光，于是好奇地来到柴房的门外，透过门缝看到孩哥皮肤冻得红紫红紫的端坐在床上。

22　客栈　夜

　　夜深了，整个客栈很安静。瘸子在偏房的炕沿上抽烟，大概在想孩哥来接亲的事。熟睡的好妹被烟呛得咳了几声。瘸子灭了烟，下炕。

　　瘸子端起羊油灯，开门进了灶房。

　　瘸子来到灶边，给灶膛里加了几把柴，怕灭了火种。看柴不多了，转身打开去后院的木门，瘸子来到柴垛跟前，抱起几根硬柴，要转身进屋，发现柴房里有微弱的灯光，便轻手轻脚，往里窥视——

　　孩哥赤条条盘腿坐在炕铺上，好像在练功。

瘸子有些不可思议，离开柴房……

已放下硬柴的瘸子端着羊油灯回到偏房，关门，摇着头，一脸不屑。

瘸子自言自语一样：哼，小毛孩子还知道练子时净身功。

瘸子上炕了。

23　灶房　日

瘸子从锅里提出来一只马头，放在木案上，用力破着。

孩哥在屋子的一条长板凳上木呆呆地坐着，两眼傻乎乎地望着瘸子。

瘸子教训的口气：从今开始，你要帮这店干活了，在双旗镇活人，要记住三正，眼正、手正、脚正……

孩哥认真地听着。

瘸子：眼要正，不要斜眼看人，不该看的不看。手要正，不能随便拿人东西，到人家里手要放在膝盖上。哎，就这样——

瘸子在示范。孩哥照着瘸子说的做着，显得很机械，憨态十足。

瘸子：这脚正嘛，就是不能乱串门子。你爹过去没教过你？

瘸子歪头看着孩哥。

孩哥摇着头。

瘸子：出来闯世，不懂这些哪成啊？好妹，给锅底下加点硬柴。

孩哥转头看着偏门。他看着好妹应声出偏房去了后院。

瘸子：双旗镇还有一个规矩，嘴巴不能瞎打听事，也不能和外面的人瞎谈镇上的人呀事的……世道乱，寻仇的人多。说错一句话，就得死个把人。

孩哥有所悟地看着瘸子。

好妹抱来柴火给灶门里加了几根硬柴，锅里的肉汤咕嘟咕嘟在冒泡儿。

瘸子放下砍刀，解了生皮围裙。

瘸子：孩哥，你帮着把这扇肉的骨头剔了，后晌我好下锅。

说罢出了门。孩哥起身将案上的半扇肉拉到案边，下意识地摸了摸腿上的两柄短刀。

瘸子又返回身来：在家干活，别总带着你那两件家伙，卸了去。

孩哥转身对着瘸子：我爹说了，头不离肩，刀不离身。

瘸子哼了一声，转身走了。

坐在灶边的好妹瞄了孩哥一眼，好像一百个看不顺眼的样子。

好妹自言自语：也不知道有没有那两下子，还刀不离身……

孩哥没听见好妹的话。他终于动手剔骨头了，用刀在肉上胡乱挑割着，到处挖着骨头，上边带着许多精肉。他把骨头朝旁边一扔，继续挑割着。

好妹看见了扔在一旁的骨头，脸色一变，倏一下站了起来，冲到木案跟前，把目光从骨头上迅速转到孩哥的脸上。

好妹：你咋这么笨！这要糟蹋多少精肉！

孩哥住了手。好妹一把夺过刀，把呆愣着的孩哥朝旁边一推，熟练地剔起来。

好妹：看着！

孩哥两眼直勾勾地看着低头剔肉的好妹。

好妹不知道孩哥在看她，只管低头剔着肉。

好妹：瞧，瞧见了没！

孩哥仍看着好妹。

好妹有所感觉，抬起头。孩哥躲闪不及，目光和好妹相撞。好妹扑拉一下涨红了脸，把刀用力朝木案甩去。

刀嵌进了木案。

好妹：眼正！

孩哥慌忙移开视线，看着木案上的刀。

好妹气哼哼地拂袖而去。

孩哥呆立在木案跟前。

24　镇街　日

瘸子扛着一袋粮食朝客栈走。一妇女坐在自家门前做针线活，和瘸子打招呼。

妇女：瘸大哥，听说女婿上门啦？

瘸子的表情立刻尴尬起来，边走边答：是她大伯的娃，侄子侄子……

妇女：女婿就女婿，有啥遮掩的，镇上人……

一只鞋从妇女背后的门里飞出来，打在妇女的怀里。

男人的声音：话多得很，关你尿事！

妇女立刻不吱声了。

瘸子一脸苦涩的笑，往客栈走去。

25　客栈　日

既无住店的，也无食客。

瘸子、好妹、孩哥围着桌子正在吃饭。瘸子喝酒喝高了，脸色泛红，话多了起来。

瘸子：……你爹使的是刀谱上没有的一种刀法，击败过无数声名赫赫的刀手，江湖上很少有人不知道他。这种刀法吸取了拳掌功夫中的精华。在外行看来，套路好像很简单，既无刀光掠影，又无破风之声，但行家自会看出它的厉害之处……

瘸子说得有些兴奋了，手舞足蹈，眉飞色舞，似乎在描述曾经的一场刀战。

孩哥听得入神，半晌不动筷子。

好妹不感兴趣，只管低头吃饭。

瘸子：……全在出刀和最后的一击，以气推刀，以刀带气，紧要处，手一抖，看不见刀出鞘，刀尖已击中敌手。这全在一个"气"字上。没有超人的内功，是学不来这一招的，想学也是白搭。

瘸子似乎说得有些累了，喝了一大口酒。

孩哥还想听，好妹却不耐烦了。

瘸子：好妹，不说了。孩哥，明天和好妹把槽上的几匹马拉出去遛遛。

孩哥：嗯。

好妹：我不跟他去！

瘸子：好妹！

好妹不吱声了。

孩哥往嘴里刨着饭，心里却在想着瘸子刚刚讲述的刀法。

26 客栈后院　晨

孩哥和好妹赶着八九匹马出栏门，拐向镇街。

27 镇街　晨

太阳爬过残墙断壁，阳光洒进冰冷了一夜的小镇，一切都变得暖融融的。

打铁声依旧单调，然而亲切。

孩哥和好妹赶着八九匹马走在镇街上。周围的男人女人大人孩子在好奇地看着。

孩哥还是那身刀客的打扮，短刀插在皮裹腿中，一走三晃。因为好妹跟在身边，孩哥表现得还算自信。

一群孩子蹲在朝着阳的墙根晒太阳。

好妹觉得不自在，低着头朝前走，像个小媳妇似的。

传来孩子们的喊声：小辫子，没牛牛。小辫子，没牛牛……

孩哥装着听不见。

好妹的脸却红一阵白一阵，开始发烧，她朝孩哥瞥了一眼。

孩哥脑后的那根小辫甩耷甩耷的，让好妹看着有些气人。他的那匹马跟在他身后，显得挺得意。

传来那群孩子的声音：好妹子，好妹子，身边走个小辫子；小辫子，没牛牛，身边跟个好妹子。

好妹听得受不住了，猛转身朝家跑。

孩哥转头呆呆地望着远去的好妹。背后的马已出了门洞。孩哥收回目光，低着头朝镇外去了。

传来孩子们的哄笑声……

28　客栈偏房　日

好妹一头冲进来，扑倒在炕上委屈地哭起来。

瘸子进屋：咋了？

好妹：赶他走，赶他走，咱家不要他……

瘸子叹了口气转身出了屋。

好妹：赶他走，赶他走……

29　戈壁大漠　日

八九匹马像回归了自然，兴奋而充满活力，在大漠戈壁上狂奔。孩哥骑着他的那匹马，紧跟着，手中的马鞭甩得又脆又响。他在笑，笑得开心。

刨踏着大漠戈壁的杂乱的马蹄。

孩哥大笑着，吆喝着：呦嗬嗬——

马群冲下丘岗，冲向纵深处……

30　客栈前堂　黄昏

长案前三人都坐在各自的老地方。

相互无语，默默地喝，默默地吃。

好妹吃完起身走了。

瘸子吃完走了。

孩哥吃完，他没走，默默地坐着。

31　偏房　夜

瘸子倒在炕上，好妹在给他捶腿。

瘸子：怕是要变天了。今晚你起个夜，给灶眼里加点柴，别把火种灭了。

好妹答应着……

瘸子：好妹，爹不想瞒你，孩哥是来接亲的，要把你接走做媳妇。

好妹突然住手，她瞪大了眼睛，一脸愕然。然后，她有些不相信地扭过头去，看着她爹。瘸子仍闭着眼。

瘸子：爹不想把你许嫁给这号人。

好妹又捶腿了，心里在想着她爹的话。

瘸子睁开眼，想看看女儿的反应，好妹正好偏过头来，瘸子把目光移开了。

瘸子：你放心，爹不会认这门亲的……

他支起身子，要睡觉的样子：别忘了起夜，加柴火……

好妹坐在炕沿上，望着油灯。

32 灶房及柴房　夜

昏黄的羊油灯下,孩哥在练功。

灶房中。好妹给灶膛里加了几根硬柴,端着油灯准备回屋。她发现柴房中透出灯光。

孩哥赤条条地练功。

来到柴房门外的好妹趴在门缝上朝里望去,她看见光着屁股练功的孩哥,立刻难为情地闪了回来,脸红了。

33 客栈灶房　日

孩哥在木案前用剔骨刀剔骨头。瘸子蹲在一边,在瓦盆里和面,教导着孩哥。

瘸子:刀入肉要随骨而行,不能使蛮力。你爹只教你习武,不教你做活,是不?

孩哥似乎点了点头。

瘸子:你爹好是好,就是缺门手艺。

偏房门开了,好妹出门,正好和随门声扭过头的孩哥目光碰在了一起,脸扑拉一下红了,又转身回了偏房。

瘸子已和好面:好妹,把后院墙上那张牛皮送到你皮匠大叔家去。

好妹:知道了。

瘸子到木案前拿起板斧,对孩哥:走。

孩哥放下剔骨刀,跟瘸子去了后院。

34 后院　日

院墙上搭着一张新剥下来的牛皮。院墙根下有几张生皮。院子正中，栽着两根碗口粗的木桩，相距四五尺。此时，一头已被杀死剥过皮的小牛被两腿分开，吊在两根木桩的中间。瘸子和孩哥来到木桩前。

瘸子：我先来，你好好看着。想学手艺，就要勤看、勤问、勤做……

他抡起板斧朝小牛中间砍去，板斧砍进牛尾骨。瘸子费了好大劲才把板斧拔出来，要砍第二下，孩哥突然开口说话了。

孩哥：我试试。

瘸子手中的板斧停在了空中，他转头看着孩哥，然后把板斧递给孩哥。

孩哥没接板斧，走到小牛跟前。瘸子有些疑惑地朝旁边退了两步，看着孩哥。

孩哥运着内气。

去取生牛皮的好妹正好看见了这一场面。

孩哥两手朝刀柄伸去，小臂突然一抖，一把短刀从刀鞘中弹跳出来，在孩哥的手里打了几个旋儿，然后，刀光一闪，随着破风之声，咔——

吊着的小牛轰然开裂，开裂成两扇，露出了站立着的孩哥。

瘸子一脸惊愕。

好妹吃惊地看着。

孩哥疑惑地看着自己手中的刀，他没想到他的刀竟这么厉害。

好妹看着孩哥，浮现出欣赏的神情。

瘸子似乎有了一种失落感，扔下板斧，走了。孩哥对瘸子的举动不明白，他收起刀，看着瘸子的背影，然后转向好妹。

好妹脸一红，转身抱着一张生牛皮走了。

35　客栈前堂　日

孩哥心情很好，大口往嘴里扒饭。

瘸子低头用小盅喝着闷酒。

好妹明显改变了态度，不时瞄一眼孩哥。

孩哥：我爹活着的时候，一位大汉提着一把刀跟我爹说，他用刀背能把这么粗的一截树桩劈开（用手臂抱了个大圆），我爹说，他能用掌把树桩劈开……

好妹有些不相信：多粗？

孩哥又用手臂抱了个圆圈，比刚才明显小多了。

孩哥：院子里围了许多人，只听我爹一声大吼……

好妹：劈开了？

孩哥：……没有，裂开了一尺多长的口子。

瘸子心情烦乱地起身，蹲到了门外，抽烟了。

孩哥：为这事，我爹输了五亩地。

好妹：我说你爹没输，裂开了也算开了。

孩哥：后来我爹跟我说，那会儿他放了个屁，走气了，要不就劈开了。

好妹被逗笑了，发出一串咯儿咯儿的笑声。

瘸子很失落，烦躁地起身，向镇街走去。

好妹和孩哥的笑声在继续着。

36　戈壁大漠　日

随着孩哥和好妹的笑声，我们看见了他们各骑在一匹马上，吆喝着马群，在戈壁大漠中嬉戏奔驰。他们开心地笑着，随奔驰的马匹起伏着，像一对兄妹，和谐，融洽。阳光泼洒在他们的脸上和身上，泼洒在马背上。

奔驰的马匹慢了下来。孩哥和好妹并马而行。驮满阳光的马匹在他们的身边涌动着。

孩哥：好妹……

好妹扬起头：嗯？

孩哥：你，你的屁股上……

好妹瞪大了眼睛。

孩哥：屁股上有痣吗？

好妹的脸立刻羞红了。

孩哥：我爹说，屁股上有痣的女子就是我媳妇。

好妹不胜娇羞，举起马鞭朝孩哥的马屁股上抽去。孩哥的马跳跃了一下。好妹拍马朝前奔驰而去。孩哥看着前边的好妹，双腿用力一夹，拍马扬蹄疾驰追了上去……

37 灶房及柴房　夜

羊油灯光里，好妹正用木瓢从铁锅里舀水，热水被一瓢一瓢倒进地上的大盆中。

柴房里的孩哥正在修补马鞍。

传来好妹的声音：爹，我洗身子了。

孩哥抬起头，油灯的光亮在眸子里闪耀。他听见了好妹关灶房门的声音。他放下马鞍，站起来，朝门口走去。

柴房门被轻轻拉开，孩哥蹑手蹑脚走出来，小心地来到灶房门外。门板下端有一个小圆洞，透出光亮。孩哥弯下身，眼睛贴在洞上，朝里望去。透过小圆洞，灶房中热气腾腾，好妹正在脱衣服，只能看见好妹的腿脚。她跷进了冒着热气的大盆里。好妹的手抓着盆边，很快不见了。孩哥做了几次努力，就是看不见好妹。他放弃了小圆洞，直起身子，搜寻着新的地方。

木门上有一道缝，但太高了，够不着。

孩哥用眼睛在院中搜寻着，寻到了一截木墩。他把木墩搬过来，放在门口，脚踩了上去。他着急了些，险些摔倒，他努力稳住了身体。

灶房里，好妹坐在水盆中，解开头发，然后站起来，弯腰洗着头发。

门板的裂缝处露出了孩哥的一只眼睛，眨了眨，又换成了另一只。

透过门缝，只能看到好妹的背。好妹蹲下去了，只能看到好妹肩部以上。孩哥的脚努力往上踮着——他要看的是好妹的屁股。

好妹往身子上撩着水。好妹站起来了，继续撩着水。突然，她背后的木板门咔啦一声，好妹惊叫着转过身去——

门轴断裂了，孩哥和木门板一同倒进灶房。

好妹又一声惊叫，捂着脸蹲进大盆。

孩哥慌张地爬起来，掉头朝外跑去。好妹松开捂着脸的手，看着逃跑的孩哥，似乎还没从突然的惊吓中恢复过来。

38 客栈前堂 夜

一根木棍有力地击打在孩哥的屁股上。趴在酒桌上的孩哥大叫着一下一下挺着身子。

瘸子一脸愤怒，边打边骂：教你要眼正，不该看的别看……

孩哥：我要看……看她屁股上的痣嘛！

瘸子：还嘴硬，你个小畜生，我让你看！看！

打得更狠了。

好妹裹了件羊皮袄站在远处愣愣地看着，眼神中透出几丝怜悯。

好妹：爹……

瘸子显然错解了女儿的心情：不用你说，我今儿要打出他的记性来。

瘸子用力打着。孩哥在叫唤。

好妹：爹……别打了……

瘸子停住手，回头诧异地看着好妹。

好妹把目光移向趴在酒桌上呻吟的孩哥。

孩哥疼得满头大汗，喘着气，呻吟着。

瘸子气哼哼地扔了木棍，进了灶房。

好妹顾不上理会她爹的心情，看着孩哥。

孩哥撑着身子，想爬起来，又趴了下去。

39　灶房及偏房　日

好妹用石捣将生牛骨捣碎……

好妹将捣碎的生牛骨倒进一个小砂锅。

好妹坐在火边，望着砂锅中冒泡的牛骨汤……

好妹把牛骨汤倒进粗木碗。

好妹朝柴房走去……

偏房中，瘸子透过门缝看着。

40　柴房　日

孩哥趴在铺上。好妹端着牛骨汤进来，默默地把碗放在孩哥身边，转身走了。

41　双旗镇　日

夕阳下的双旗镇，在大漠中显得有些孤单。

三匹快马朝双旗镇奔来，马背上的刀客迎风拍马，马蹄踏起一溜沙尘……

42　客栈前堂及镇街　日

门外的拴马桩上拴着三匹马，是那三位刀客的坐骑。

前堂内。各路食客正在海喝大嚼，有刀客，有路人，也有本镇的酒鬼赌徒们。酒鬼马掌匠也在其中。划拳的，赌博的，不一而足。瘸子来回殷勤地照应着。一刀仙的兄弟——二爷和两位刀客打扮的汉子已喝得半醉。

二爷：瘸子，你的漂亮女子今天咋没见？

瘸子：啊，小女子病了，病了。

二爷朝灶房看去……

灶房的皮门帘此时被风掀起道缝，露出灶边加柴的好妹。

二爷：瘸子，到外面把我的马拉你圈里喂两斤精料。

瘸子：您放心，二爷，委屈不了它。

二爷看着瘸子出了客栈门。

二爷和刀客们一阵狂笑。二爷起身，朝灶房走去。他撩开门帘，走了进去。很快就传出好妹的惊叫声。二爷抱着挣扎的好妹出灶房，走到酒桌跟前。两刀客把酒桌上的碗碟酒罐往外一推，地上立刻响起一阵碎裂声。二爷把好妹撂上酒桌。

喧哗声突然停止了，只有好妹的惨叫。人们都扭过头朝这边看着。马掌匠也在用眼睛瞄着，却不停止喝酒。

好妹在酒桌上挣扎着。二爷撕扯着好妹的衣服。

好妹：爹！爹！快来呀……

二爷：别嚷嚷，让二爷醒醒酒……

好妹在绝望地喊叫。二爷一用力，撕开了好妹的衣服。有人哄笑起来。

二爷：让二爷摸摸……摸摸……

好妹在挣扎，哭叫。

后院马棚前，孩哥在给槽里加料。

瘸子：喂了马就来前堂帮帮手……

孩哥答应着。瘸子一拐一拐朝灶房后门走去，他听见了好妹的哭叫声，愣了一下，立刻加快了脚步。

前堂，好妹的声音已经哑了，在挣扎着。二爷因为醉酒，手不灵便，总也摸不到想摸的地方。

灶房的门帘被突然掀开，瘸子闪了出来，一眼就看见了被压在酒桌上的好妹。他疯了一样扑向二爷。一刀客挥掌劈向冲到跟前的瘸子，结实又迅疾。瘸子叫了一声，朝后退去。

瘸子倒在了地上。

好妹大声喊着：爹！

瘸子爬起来，又一次扑向二爷。

两刀客嗖一声抽出刀，架在了瘸子的脖子上。瘸子定定地站住了。

好妹已无力挣扎。二爷大笑着，继续撕扯好妹的衣服。瘸子绝望地看着好妹。瘸子突然跪下去：二爷，求您开恩了……

二爷理也不理，用力一撕。好妹的两个小奶子从衣服里蹦了出来。二爷和刀客们哄笑着。

瘸子撕心裂肺般叫着：二爷！

好妹绝望了，呆呆地看着屋顶，泪水顺着眼角往下流淌着。

二爷又要动手去抓摸了，传来一声断喝——是孩哥的声音。

孩哥：别动她！

二爷闻声扭过头看去——

孩哥立在厨房门口，正盯着二爷。二爷见孩哥一身刀客打扮，皱了一下眉头，便松开好妹，转过身面对着孩哥。他身边的两个刀客也把视线集中在孩哥的身上。好妹从刀客手里挣脱，朝瘸子扑过去。

瘸子紧紧抱住扑过来的好妹，然后，把目光投向孩哥。

客栈里的食客们都注视着刀客和孩哥。

孩哥似乎有些胆怯了。

二爷：哪儿来的龟孙子？

孩哥认出了二爷，他看过他杀人。孩哥的目光稍显慌乱，不由自主朝旁边挪了半步。

二爷朝孩哥逼近。孩哥斜退着，一直退到柜台跟前，无处可退了。

二爷一脸凶相，逼到孩哥跟前，突然抬手，一串耳光左右开弓，击打在孩哥脸上。孩哥的头像拨浪鼓一样接连摇晃着。

瘸子抱着好妹，又惊又恐，却不敢吱声。

二爷停手了。孩哥被连续的耳光打懵了。他摇摇头，抬起来，看着二爷。

两人对视着。一个凶狠，一个带着惧色。

二爷：小畜生，拔刀啊……

孩哥低下了头，又突然扬起来。

孩哥：她是我媳妇！

好妹紧张地瞪大了眼睛。

二爷愣了一下，然后看看好妹，又把目光移向孩哥。他觉得孩哥的话很可笑。

二爷：媳妇？这么心疼的媳妇，睡了她就睡了女菩萨。你个龟孙子艳福不浅啊。

一阵哄笑声。

笑声未落，只见二爷突然变了脸色，抽刀，挥刀，劈向孩哥。孩哥下意识地顺地一滚，躲过劈来的刀，翻起来，两手伸向无极刀。两把刀像被猛然吸出一样，嗖嗖两声，从刀鞘中弹出。

刀光。刀与刀相撞的声音，短促，快捷。

刀刃飞快地掠过柜台。

响声戛然而止。

客栈里的食客们愕然的脸。

柜台边的一只小羊羔身上渗出一道鲜血，目光茫然而又无助。

瘸子和好妹惊愕地看着。

站得笔直的二爷慢慢转过身来，朝客栈门口走去。他跨过门槛——

二爷出门走了几步，站定，身子摇了摇，朝台阶栽倒下去——

二爷被劈开的脸正涌流着鲜血。

客栈里的孩哥面如土色，站在柜台跟前，望着客栈门外。

食客们呆呆地看着孩哥。他们突然争相跳起，朝门外跑去。

食客们大喊着：二爷被杀了！二爷被杀了！

他们四下散逃而去。

随食客们跑出来的两位刀客恐惧地看着二爷的尸体，解开了拴马桩上的马缰绳，飞身上马，沿镇街向城门奔去。

听见叫喊声跑上镇街的镇民们看着两刀客奔出了瓮城。

客栈里的食客们全跑光了，只有喝醉的马掌匠趴在酒桌上，睡着了一样。

孩哥惶惑地低头看着他的那一对无极刀，不相信他能把二爷杀死：不，不是我杀的……我不知道……

瘸子依旧抱着好妹，怕冷似的看着客栈门外的尸体。

马掌匠从醉梦里醒了，环顾着空空荡荡的客栈，一脸茫然：人呢？哪儿去了？

他搬起脚仔细看看：我的脚还没喝红呢！

边说边摇晃着出了客栈。走到二爷的尸体跟前，弯腰看了看：噢，是您哪，咋睡这儿了？

晃悠悠自言自语着走了。他提着他的酒葫芦。

一男孩在镇街上奔跑着：杀人了！小刀客杀人了！小刀客把一刀仙的兄弟杀啦……

能听见镇街上慌乱的关门声。

马掌匠似乎明白了,他刚才看见的是一具尸体,便转过身,朝尸体看着:噢,噢……

转身嘟囔着朝马掌铺摇晃着走去:天还没黑么,亮着呢么……

客栈前堂,瘸子扶着好妹慢慢地站起身来。

孩哥一脸呆滞。

瘸子:你惹大祸了……

好妹这时才从惊吓中醒来,放声大哭着跑进偏房。

43 马掌匠家　夜

屋子里和炕上围着、坐着许多镇民,情绪激动。

皮匠:一刀仙是能惹的?杀了他兄弟,他决不会善罢甘休的……

马掌匠往喉咙里灌了口酒。

马掌匠:看不出来嘛!他妈妈的没看出来么……

镇民:一刀仙要是来了,找不到凶手,还不血洗了咱双旗镇?

皮匠:这事和咱双旗镇无关,谁惹的事谁拿上。

众人附和着:对,谁惹的事谁拿上。

铁匠坐在一边一语不发。

马掌匠仍旧沉浸在砍杀的情景之中。

马掌匠:嚓的一声……没见出刀嘛……邪门了……

44 客栈偏房　夜

瘸子和孩哥相对无语。好妹趴在炕上,还在抽泣着。

瘸子:一刀仙是江湖上有名的刀手,在这一带闯荡了多年,杀人从没用过第二刀。你爹活着的话,说不定还能对付对付,可现在……

孩哥抬起头呆望着,神情多了一层恐惧。

瘸子不再言语，心情沉重。他转头看着好妹，若有所思。

好妹脸上的泪光依旧，木然地看着灯火苗。

孩哥用袖筒抹了一下鼻子。

45　戈壁大漠　夜

两刀客拍马狂奔。

马蹄疯狂地踩踏着沙石。

两刀客还嫌不快，催马疾驰。

46　偏房　夜

羊油灯摆在了木桌上，照亮了正中间的祖宗牌位。孩哥和好妹并排跪在木桌前。旁边站着瘸子。

瘸子：好妹，从今天开始，你就是他的人了，他生你生，他死你死。

孩哥拉着好妹的手，好妹眼里泪光闪烁。

瘸子：起来吧。

孩哥和好妹起身。瘸子走到桌前坐下。

瘸子：赶紧收拾东西，天一亮你们就动身。一刀仙三天头上就到。用这三天时间，你们随便跑到哪儿，逃出大漠，就能逃过一死。

孩哥和好妹看着瘸子。

瘸子：孩哥，我把好妹交给你了，从今往后，你要好生待她……

好妹的眼泪啪哒啪哒掉了下来。她叫了一声爹，扑到瘸子怀里。瘸子一脸伤感的神情。

孩哥低下了头。

47 双旗镇　拂晓

天边开始放白。戈壁大漠中的双旗镇像一个巨大的幽灵。

静悄悄空无一人的街道。

拴马桩上的雕像好像在笑。

一股风扑进来,大模大样地从镇街上扫过。

48 客栈后院　清晨

孩哥拉着两匹备好的马走出院门。

马蹄上包着羊皮,蹄声很轻。

瘸子和好妹提着大包小包相跟着。他们都很小心,生怕弄出响声惊动什么。

49 客栈门外　清晨

客栈门被轻轻拉开。瘸子从门里小心地走出,朝寂静的镇街窥视。

没看到镇街上有人影。

瘸子朝门里招手。孩哥和好妹走出来,刚要下台阶,却愣住了——

镇街上鬼使神差般出现了几个人影。他们正看着客栈门前的瘸子和孩哥、好妹。

他们朝客栈走过来。皮匠打头,他是个矮个的男人。镇民们相跟着,有男有女,也有小孩,从镇街朝瘸子和孩哥他们走过来。他们一声不吭。许多孤独的眼睛组成了一个孤独的群体,带着一股强大的威慑力。

瘸子、孩哥和好妹不知道会发生什么事情。镇民们的脚步像踩在了他们的心上。

瘸子手里的包袱脱落了,掉在了地上。

孩哥和好妹满脸惶恐。

镇民们站成一片，和瘸子、孩哥、好妹无声地对视着。

皮匠朝前走了两步，打破了沉默。他扑通一声跪了下来。

全镇的人齐刷刷跪下。

孩哥惊恐地看着他面前跪倒的一片。

皮匠：小刀客兄弟，双旗镇的父老乡亲给你磕头了，你不能走。你杀了一刀仙的兄弟，你走了，我们给他怎么交代？

看着这一张张冰冷的脸，一道道冰冷的目光，瘸子、孩哥和好妹无言以对。

空气中有一种梆梆的响声，似乎时刻都会爆炸。

有人喊了一声：你不能走！

有人附和着：谁惹的祸谁担！你们不能走！

瘸子和孩哥不知所措了。

皮匠：你不答应，我们就跪死在街道上！

没人说话了，一片死寂。

孩哥有了一种强烈的委屈感，泪水盈满了他的眼眶。

好妹看着无声的人群，他们好像变成了陌生人一样。

瘸子的声音苦涩得有些打战：可他……他还是个孩子……

瘸子的话和一脸的乞求没有引起任何反应。镇民们静静地跪着。

远远传来打铁的声音，单调，冷酷。

双旗镇似乎变成了戈壁大漠中一个没有生命的存在。

50 客栈偏房　日

孩哥、瘸子、好妹三人相对而坐。

瘸子：人家说得对，自家闯的祸，自家担……

孩哥坐不住了，起身朝柴房去了。好妹泪眼汪汪，看着孩哥的背影……

51　镇街　日

两个妇人在门前对话。其中一个我们在前面见过。

妇人甲：就是嘛，他惹了事想一走六二五，这不是双旗镇的规矩。

妇人乙：看一刀仙来了咋办！

妇人甲：爱咋办咋办去！

她们不时地瞄一眼客栈，好像在监视一样。

客栈的门紧闭。

52　柴房　日

孩哥坐在铺上，用一块肉皮用心无心地擦着他的短刀，擦得很没自信。

突然，孩哥抬起头，眼睛里闪着光，他想起了什么。

孩哥：流沙搅风！他亲口说的！有了——

他起身朝外奔去。

53　偏房　日

孩哥已把要找沙里飞的事告诉了瘸子。

瘸子：沙里飞？有这个人，在江湖上有些名气。

孩哥：他说有什么麻烦就到甘草铺去找他。

瘸子思忖着：兴许他能帮忙……

孩哥：他是个好人，很仗义！

他们似乎都有了希望。

54　客栈后院　日

一镇民从墙缝往院子里偷看。围墙是用石头垒成的。他看见孩哥已打装齐整，备好了马，准备出远门的样子。

瘸子：路上小心……

镇民大惊失色，抡着胳膊跑上街道，失眉吊眼地喊着：孩哥要跑了……小刀客要跑了……

55　镇街　日

抡着胳膊的镇民边跑边喊：小刀客要跑了——

街道上响起一阵杂乱的脚步声。镇民们从各处奔向客栈，脚步越跑越快。

56　客栈后院　日

瘸子和孩哥惶惑地听着街上的动静。

脚步声越来越近。

镇民们拥进了院子，围住了瘸子和孩哥，七嘴八舌地骂着脏话：狗日的，小畜生……

好妹夺门而出，正看见几个镇民抓住了孩哥的衣领和胳膊，还有头发，她愣住了。

皮匠：瘸子，你想让他溜走是不是？

瘸子：不……不是……

许多人喊了起来：

做梦睡女人，净想好事！

走不成！

没门！

瘸子在极力解释：听我说，不是，听我说……

马掌匠把酒葫芦塞进嘴里，灌了一口酒，两眼逼望着瘸子：我没醉，我的脚还没喝红呢！骗不了我！

瘸子提高了嗓门：大伯大婶，你们听我说，孩哥不是要溜走……他是去找沙里飞，请沙里飞来帮忙……

嘈杂声小了些。

皮匠：沙里飞？你说的是大游侠沙里飞？

瘸子：孩哥和他认识……

镇民们安静下来。

马掌匠又灌了一口酒：这个人我知道，有点成色，我给他换过马掌。他兴许能对付对付。

有人说：他要价可高了。

瘸子：孩哥曾帮过他的忙，他会来的。

又是一片嘈杂：

说得好听。

空口无凭。

说是去找沙里飞，半路上跑了咋办？我们找谁去？

瘸子：我作保不成吗？

一镇民：你能保个尿！

皮匠：不行，不能让他走！

瘸子朝好妹走过去，一把拉过好妹：我把好妹许配给他了，他就是我姑爷，他要是真跑了不回来，我和好妹拿头等着一刀仙还不成吗？

被镇民扭着的孩哥看着瘸子和好妹。

瘸子：我们自家惹的祸，我们自家承担，也得让我们自家想些办法吧？各位大伯大婶，你们说我的话在理不？

镇民们无言以对了。抓扭着孩哥的镇民松开了手。

有人说：瘸子不会骗咱们的，让人家娃找沙里飞去。

镇民们开始松动了，散去了。

好妹看着孩哥。

孩哥看着好妹，走到马跟前，翻身上马，一抖缰绳，马耸身一跃——

57　双旗镇外　日

孩哥骑马奔出城门。

孩哥跃马向戈壁大漠深处奔去……

双旗镇的两根旗杆高高挺立着，两面旗帜在风中招展。

58　大漠戈壁小驿站　日

两刀客拍马冲进驿站，跳下马，各换了一匹马。

两刀客翻身跃上新换的两匹马。

他们就是跟随二爷的那两位刀客。

刀客甲冲进驿站内：多备几匹马，两天后我们要用……

说话间，两匹马已奔出驿站，疾驰而去。

59　大漠戈壁　日

孩哥纵马狂奔。纵马狂奔。

60　双旗镇　日

街道上无人走动。镇民们在家里忙着各自的事情。皮匠割着牛皮，马掌匠钉着马掌。有人坐在门后，用膝盖夹着鞋夹板，在绱鞋。老女人不摘辣椒了，抱着腿坐在门槛上晒太阳。

客栈冷冷清清的，客堂里空无一人，瘸子坐在凳子上，不知想干什么。远处传来打铁的声音。

铁匠铺。男孩奋力拉着风箱，铁匠锤打着一件铁器，单调的锤打声似乎是双旗镇唯一的声音。

镇民们一脸孤独的神情。

镇民们似乎满腹心事。

他们在艰难地等待。

打铁的声音一下一下，单调，清晰，有力。

61 沙棘店 黄昏

横躺在炕铺上的一刀仙突然坐直了身子，发出一阵似哭似笑的声音，身体随声音抖动着。两刀客满头是汗，一身风尘，跪在炕铺跟前。他们已给一刀仙讲完了二爷被杀的事。

一刀仙收住声，呆愣了一会儿。两刀客偷看着一刀仙。

一刀仙好像在给自己说话：我兄弟虽然不是一流的刀手，但也出类拔萃。看来，此人刀法不俗……

两刀客起身，站在了一边。

一刀仙：飞刀李在甘谷驿，甩袖风在三墩子，还有见血狂兄弟俩，叫他们明天一早来沙棘店，去双旗镇会刀。

两刀客应声而去。

一刀仙拿起手边的刀鞘，刷一声，抽出一把长刀，横在胸前。刀光和目光都透出逼人的寒气。

62 甘草铺客栈　夜

酒桌前坐着沙里飞，桌上放着他的那把流沙搅风刀，只是没有酒菜。

坐在柜台后边的女店主一副爱理不理的样子，并不时朝被风撩拨起的门帘那里向外看一眼，似乎在等什么人。

沙里飞：听见了没有？上酒！

女店主不理。

沙里飞在酒桌上砸了一拳：上酒！

女店主：哎，你欠了店钱，还想撒野？

沙里飞笑了一声，他拿起刀，像在欣赏一样。突然一扬手，刀飞出去，稳稳地扎在了女店主面前的台面上。女店主惊叫了一声。

沙里飞黑着脸，起身朝柜台走过去。

沙里飞：我欠了店钱。我是欠了你的店钱。可我不赖账！我沙里飞杀富济贫，除暴安良，没有功劳也该有点苦劳吧？欠你点店钱咋啦？有个欠字在嘛，你怕什么？瞧（指着刀把儿），这是银的，识货吗？银的！别说欠你一点钱，连你的枕头钱加在一起，也值不过我这刀把儿……上酒！

拔下刀，入鞘，往酒桌跟前走——客栈的门帘一挑，并排跨进两个彪形大汉，提着刀，像一对凶狠的金刚。沙里飞愣住了，转头看女店主。

女店主立刻来了胆气：给你上马尿！

沙里飞眨了几下眼，听见大汉一声咳嗽，赶紧回头，注视着两个大汉。

两大汉朝沙里飞走过来。沙里飞掩饰着内心的虚弱，就势坐在了跟前的酒桌跟前。两大汉走到了他的跟前。

沙里飞：别来这一套，都是江湖中人，谁跟谁呀。大漠里的狼也有被困的时候……

女店主：不给钱就剁他几根指头。

沙里飞的手指头本能地抓紧了刀：别说笑话啊，我沙里飞住这儿也不是一天两天了……

女店主：剁！

一大汉挥刀朝沙里飞放在酒桌上的手砍下，手迅速抽走，砍下的刀剁掉了酒桌的一角。

沙里飞跳开去，握着刀朝后退着：还来真格的啊？

两大汉逼上去。

沙里飞退到了一张酒桌跟前。

门帘被挑开，沙里飞和两刀客都朝门口看过去——

一身风尘的孩哥诧异地看着沙里飞和两刀客。

沙里飞已认出了孩哥，立刻换上一副英雄的面孔。

沙里飞对两大汉：别逗着我大游侠开杀戒啊！

一大汉挥刀劈向沙里飞。沙里飞往旁边一闪，抽刀出鞘。

沙里飞：贤侄闪开些，我陪他们耍两下。

说着，耍了几个花架式，朝两大汉砍去。女店主惊叫着躲进了里间。两大汉毫不退缩，步步紧逼，挥刀左劈右砍。

孩哥看得眼花缭乱。

一刀劈来，又一刀劈来，沙里飞接连躲闪抵挡。两刀相撞，发出脆响。沙里飞大叫着，花样的确有些精彩。孩哥想帮沙里飞，却无从下手，只能干着急。

一大汉从背后朝沙里飞劈来。孩哥眼疾手快，挥手向眼前吊挂着的盆灯推去。

盆灯飞来，撞砸在大汉的脸上，灯油泼了大汉一脸。沙里飞不失时机，转身挥刀。刀柄击中了汉子的脸。汉子叫了一声，身子飞起来，撞在了墙上。沙里飞扑过去，推刀横架在大汉的脖子上。

另一大汉猛然收住了刀，愣住了。

孩哥乐了。

女店主在里屋门帘后惊恐地朝外看着。

沙里飞：不是我贤侄在，明年今日就是你狗日的周年。滚——

一掌将大汉打出几步开外。

两大汉跌爬着滚出客栈。

沙里飞走向孩哥，一脸胜利者的颜色，把孩哥拉到酒桌跟前坐下。

沙里飞：臭婆娘，上酒！

女店主不敢怠慢，忙应声取酒……

沙里飞：你媳妇呢？

孩哥不语。

沙里飞：我以为你早领着媳妇回家了。

孩哥：一刀仙要杀我……

沙里飞愣了一下：一刀仙？你惹他了？

孩哥：我杀了他兄弟……我想领着媳妇逃走，镇上的人不让。他们说一刀仙一定要来找我算账。我，我就来找你，你可要帮我。

沙里飞踌躇着，很快又换上了一副牛皮哄哄的表情：一刀仙嘛，没有你这事，我早晚也要劈了他……

女店主端来酒菜，一脸殷勤地放上酒桌。

沙里飞对女店主：走你的，走你的。

女店主赶紧走开了。

沙里飞对孩哥：你放宽心，一刀仙死到临头了……哎，你带钱没有？

孩哥一脸轻松：带了。

他解下钱袋，递给沙里飞。沙里飞解开袋口看了看，似乎有些嫌少。

沙里飞：娘的，我欠了那婆娘的店钱。

孩哥：只要你肯去帮忙，我丈人爹还会付给你钱的。

沙里飞系好钱袋，放肆地吃喝起来。

沙里飞：我这人一贯好说话……一刀仙什么时候到？

孩哥：我丈人爹说两天后准到。

沙里飞：两天后日上三竿，咱双旗镇旗杆底下见！

孩哥彻底放松了，一脸笑。

63　沙棘店　清晨

七名刀客已经聚齐。一副副马鞍接连放上马背。砰然有声。

一刀仙的马鞍也放上马背，他脸色冷峻。

七名刀客翻身上马。七匹马像离弦的箭一样射了出去。

64　戈壁　晨

朝霞铺满东方的天际。

七匹马并排奔驰。刀客们心中充满着与强者一决生死的渴望。

马蹄翻卷出一片烟尘。

65　双旗镇　日

旗杆上两面旗帜无精打采地吊着。

镇街上，一伙人神色焦虑，议论纷纷。

狗日的不回来了……

小刀客骗了咱双旗镇人。

不会的，既然说了，他就会回来。

你看他那两只眼睛，骨碌骨碌的，一看就不是个好东西。

也许他找不见沙里飞，不敢回来了……

有好戏看了……

好妹从客栈中走出来，沿着镇街朝东面去。许多人停止了议论，站在自家门口冷漠地望着好妹。

好妹在土门洞外消失……议论又开始了……

他总不能不要媳妇……

女人是男人的擦脚布，哪里都能找下……

都怪瘸子……

等死吧，一刀仙明天就到，日他妈等死吧。

…………

66　双旗镇外　日

好妹站在沙丘上，眺望。她已认定了，她是孩哥的媳妇。她已把自己的命运和孩哥拴在一起了，她等待着孩哥。她的眼睛里充满深深的忧虑和期盼。

起风了，大漠一片苍茫。

风撩拨着好妹的红布衫。好妹的身影优美动人。

67　戈壁大漠　日

七匹马朝双旗镇狂奔而来。马蹄扬起一阵阵沙尘。

68　客栈前堂　日

瘸子心事重重地坐在一酒桌前，显得很孤独。门被猛地推开，涌进来一伙镇民，站在瘸子跟前，恶狠狠地盯着瘸子。

瘸子很快镇定下来，显出一副无所谓的神情，他毕竟是刀客出身。

一镇民：你骗了我们。

瘸子抬了一下眼皮，不置可否。

另一镇民：是你放走了他！

一老汉：冤有头，债有主，不回来就和你算账！

斥责和质问声里，瘸子低下头，又抬起来，目光看着窗外。又有几个镇民从门外涌进来，加入了质问和斥责的群体。

69　双旗镇外　黄昏

夕阳把土墩的投影拉在戈壁滩上，顶端似乎是一个人影。

是好妹。她站在破败的土墩上眺望着，红色的衣服在夕阳里非常耀眼夺目。

她在等待孩哥。

茫茫戈壁，没有孩哥的身影。

但好妹是倔强的，她坚信孩哥会出现在她的视线里。她用手指头把掉下来的一绺头发划上去，继续眺望着。

遥远处传来一阵马蹄声。好妹的神情陡然一变，转过脸去——

随着隐约的马蹄声，戈壁的尽头出现了一个跳跃着的斑点。斑点在渐渐变大。

好妹长长地呼唤：孩哥——

孩哥骑马奔驰的身影终于清晰了。

孩哥长长地呼唤：好妹——

…………

孩哥紧握马缰，好妹抱着孩哥的腰坐在孩哥的身后。马驮着他们，像在波浪上一样。他们的脸一样灿烂。

70　客栈前堂及镇街　黄昏

镇民们围着瘸子，表情各异。瘸子有口难辩，不知说什么好。

镇民甲：是你放走了他！

镇民乙：冤有头，债有主，不回来就和你算账。

镇民丙：把他的店砸了。

几个人应着：砸了！他们跑进店堂，立刻就传来一阵桌椅的碰撞声。

老女人呶着瘦嘴，向瘸子的脸上凑着。

呸！一团脏物从她的瘦嘴里打在瘸子的脸上。

把他扔到街上去！

几个人抬起瘸子。

几个力气大的镇民真抬起瘸子，走出客栈，把挣扎着的瘸子从台阶上扔了下去。

瘸子滚在沙地上，他慢慢抬起头，痛苦的脸上沾满沙土。

打砸声和叫骂声突然没有了，一片寂静。瘸子把头抬得更高些，向镇道看去。

街上的镇民也看着镇道的尽头。

孩哥和好妹骑在马上，朝客栈走来。

孩哥向看着他的镇民们：明天日上三竿，大游侠沙里飞到双旗杆下和我会面……

惊愕的镇民们突然变得喜笑颜开，互相议论着。马上的孩哥和好妹满脸春风，继续走着。

客栈门口拥挤的镇民们发出一声欢呼，一哄而散，只剩满身灰土的瘸子。他站起来，满脸苦涩，朝迎面走来的孩哥和好妹走了几步，一瘸一拐，似乎要伸出双臂去迎接他们。

瘸子：回来了，回来了……

71　双旗镇　黄昏

残阳在戈壁上拉长着双旗镇的影子。

太阳落了下去,夜晚正在降临。

72　客栈前堂及铁匠铺　夜

镇上的人在这里喝酒,镇上的人在这里兴奋,镇上的人在这里议论纷纷。

即将到来的一场厮杀使双旗镇的人们产生了一种莫名其妙的兴奋。小镇太孤独了,死一只鸡也会惊动小镇,何况是一场惊心动魄的搏斗。岂止是兴奋,他们甚至激动得两眼发红了。

镇民甲:沙里飞会一刀仙,有好戏看了。

马掌匠:嚓——流沙搅风,嗖——游蛇甩尾,哗——手起刀落,噗——血光冲天。

他是喜欢品味刀法的"半瓶醋"。他一边念叨着,一边津津有味地比画。有人从他的比画中似乎看见了一场刀战,两眼扑闪着奇异的光彩。

马掌匠照旧说一句,灌一口酒。他已经有些醉眼蒙眬了。

有人:啊!

有人:啊!

你说谁赢?

一刀仙。

不一定吧?沙里飞也是咬狼的狗。

打赌!

一只羊!

一只羊就一只羊!

谁反悔是地上爬的!

马掌匠还沉浸在精细的品味中:嚓——

瘸子默然出去了。

打铁声。

铁匠铺。火光映红铁匠的半个脸。他似乎无动于衷。他一下一下地锤打着铁器,单调的打击声在街道上延伸着。

73 双旗镇 夜

夜色中的双旗镇安静异常。

双旗杆笔直地伸进夜空。

74 柴房 夜

瘸子站在木梯上在顶棚上胡乱翻着,翻出一把陈旧的刀鞘。他下了木梯,从刀鞘中抽出一柄老刀。这刀勾起了他遥远的记忆。刀很难再用了。他把刀扔在了墙角。踌躇了一阵之后,他又拾了起来,他望着那刀,有了一股当年的冲动。

75 大漠驿站 夜

我们看见过这地方。

刀客们更换了马匹。七匹马从驿站里冲出来,飞快地消失在黑夜里。

马蹄敲击着无边的黑暗。

76 街道 夜

今晚，双旗镇的人们似乎睡得很早，很香。

没有灯光，没有声响。

一股风从街道上大模大样地穿过来。旗杆上的旗帜发出一阵声响。

天昏云暗。空中飘下来几片雪花。

77 客栈偏房 夜

亮着一盏羊油灯，映着少男少女的脸。孩哥抬头看了一眼好妹，好妹的视线闪开了，孩哥低下头。好妹抬头看了眼孩哥，孩哥的视线闪开了，好妹低下了头。俩人单独坐在一起，都有些难为情。

孩哥：好妹……你屁股上有痣吗？

好妹的脸羞得绯红。

好妹：你不是都看见了吗？

孩哥：我、我根本没看见，那门板就倒了……

好妹偷偷地笑了。

后院中传来磨刀声。

俩人静静地听着。

78 后院 夜

瘸子一下一下磨着那老刀，脸上有着逝去已久的一种刚毅。

79 戈壁 拂晓

雪花纷纷扬扬。一刀仙和刀客们围着一堆火在喝水，吃东西，火堆上的火快要熄灭了。刀客们随一刀仙起身，围着火堆撒尿。火星灭了。

东方正在泛白。

刀客们上马奔驰而去。

80　双旗镇　晨

雪停了。

雪地上，一行清晰的脚印从客栈门前向双旗杆下延伸。双旗杆下，我们可以看到孩哥一身刀客的打扮，盘腿坐着。他等待着沙里飞的到来，等待着将要发生的一切。

81　戈壁　晨

刀客们在疾驰。

奔过一片草滩。

奔过杂木林。

一刀仙扑满风尘的脸干硬刚毅。

82　双旗镇　晨

铁匠揭开火炉。拉风箱的小男孩在墙根前撒完尿，急急跑过来，拉动了风箱。

驼背人拉开门朝旗杆处望去。

又一扇门打开，药铺掌柜左右望了望，跨出门槛。婆娘端盆脏水出门泼水，击起一团尘土。婆娘提着空盆朝旗杆处望去。

皮匠挑开门帘，望着旗杆。

马掌匠打着隔夜的酒嗝，边穿衣服边走出来，朝双旗杆望去。

旗杆下的孩哥一动不动，目光呆滞，望着城门。

铁匠开始打铁了。单调的锤击声响在双旗镇雪后的清晨里。

83　戈壁　晨

刀客们的马蹄使戈壁发出阵阵轰鸣。

马头迎风昂起。

刀客们穿过古城遗址。

84　客栈灶房　晨

瘸子剁下一块肉，在木案上剁着肉末。

好妹抱着硬柴走进，撂在灶火窝里，不安地看着瘸子。

瘸子心绪烦乱：烧火！

好妹坐下烧火。能听见瘸子烦乱的剁肉声。

85　双旗镇　日

双旗杆下端坐的孩哥。

镇街上的人们像往常一样劳作着，却明显不同于往常的气氛。

皮匠握刀划进皮子，发出长长的割裂声。

烧红的铁器放进冷水，发出短促的叫喊。

孩哥两眼直望镇街，他在等待着。

随着一声凄惨的鸡叫，一汉子用刀在鸡脖子上拉锯般切割着，血顺着刀流淌。鸡在挣扎，不动了。鲜红的鸡血在白雪中浸润出夺目的图案。

…………

双旗镇的人们在一种怪异的气氛中开始了他们的劳作。说劳作，不如说是另一种方式的等待。

孩哥抬头望了一眼天空。阳光涂满他的脸。太阳正在上升,双旗镇已被阳光笼罩着。

镇街上的人抬头望着太阳。

一群孩子跑上马道,在城墙上四下张望。

东西南北的大漠空阔寂静。

孩哥望着偏门洞,目光有些慌乱。

镇街上的一双双眼睛不约而同地投向孩哥。

客栈门拉开,好妹端着一碗吃的熟食走到孩哥跟前,递给孩哥,孩哥没接。好妹的泪水在眼中滚动着,她把碗放在孩哥身边,掉头跑回客栈。孩哥仍一动不动。

一头小猪若无其事地摇着尾巴,在雪窝里拱着。

一汉子突然从门里奔出,朝小猪跑过去。

雪地上,汉子追逐小猪。

汉子压倒小猪,提着猪耳朵朝家门口走去,猪叫声响亮而尖厉。

汉子进了家门,门关上了。

只剩下铁匠打铁的声音了,一下,又一下。

打铁声有条不紊。

86 沙丘 日

七匹马冲上沙丘。

刀客们齐齐排在沙丘之上,朝远处望着。

现在,我们可以看清刀客们的面目了。他们汗流浃背。马大口大口地喷着气。

远处的双旗镇像影子一样,已隐约可见。很安静,好像什么事情也不会发生。

七匹马无声地走下沙丘，给沙坡上留下七条笔直的蹄印。

走下沙丘的刀客们突然打马朝双旗镇疾奔而去。

87　双旗镇　日

两面旗帜无精打采地在旗杆上吊着。

孩哥坐在旗杆底下。好妹送来的那碗饭菜丝毫未动。

镇民们紧张起来了

镇民甲：沙里飞不会来了。

镇民乙：孩哥非栽不可……

孩哥的眼眶里涌满委屈的泪水。

只有铁匠打铁的声音依然如故，单调，有力，一声，又一声。

88　荒漠　日

双旗镇在大漠中显得更加孤独。

马蹄声由远而近。

89　双旗镇　日

孩哥听到了马蹄声。他朝偏门洞望去，希望能看见沙里飞的身影。他的嘴唇已经焦干。

城门洞外是空旷的戈壁。

马蹄声越来越大，变成了轰鸣声。

刀客们朝双旗镇奔来，马蹄如疯了一般。大地在抖动，沙石横飞。

小孩们恐慌地跑下城墙。

镇街上已没人走动，镇民们都退到了自家的门口，随时准备逃进门去。

孩哥绝望了。眼里的泪水也像绝望了一样。

刀客们的马蹄已逼近双旗镇。

孩哥端坐着。马蹄声突然消失,只剩下打铁的声音。孩哥抬起头,两眼发直了。

瘸子一只脚跨出客栈,立刻愣住了。

所有的人都把头转向瓮城。

太静了,静得有些可怕。

拉风箱的小孩一边打抖一边拉着风箱,尿水从裤腿上渗出来,流在地上。

铁匠脸色铁青,像没有听见一样。铁锤有力地打击着铁砧上的铁器。

一股风卷进瓮城。沙尘涌进镇街,弥漫着。沙尘后边朦朦胧胧出现了一字排开的刀客。

孩哥僵直了。

整个双旗镇好像凝固了。

沙尘沉落下去。一刀仙和刀客们端坐在马上,面无表情地注视着镇街。

孩哥依旧端坐在双旗杆下。

一刀客给一刀仙指了一下孩哥。一刀仙眯眼望去,孩哥好像被吓呆了。一刀仙把一块牛肉干扔进嘴里,嚼着。

沸腾的肉锅里咕嘟咕嘟冒着水泡。

一头猪突然尖叫着跑过镇街,撞进了一户人家的木门。

刀客们要下马,被一刀仙用手势拦住了。一刀仙嚼着牛肉干,目光却不离开双旗杆下的孩哥。他从马背上跳下来,夹着刀,迈开了脚步,一步,又一步。

孩哥眼里的泪水在打旋。

一刀仙缓缓朝前走着。

当啷一声，铁匠手里的铁锤跌落下来，打铁声终于消失。街道上是一刀仙的脚步声，空洞，恐怖。

旗杆下，孩哥的眼里已没了泪水。他直直地看着朝他一步步走来的一刀仙。

一刀仙突然收住脚，站住了。

皮匠和一群镇民小心地移动到旗杆附近，不知是想保护孩哥，还是想近一些观看一场刀战。

孩哥：他没来……沙里飞没来……

是自语，很低很低，但双旗镇的人好像都能听见。

90　双旗镇外　日

城墙沙堆下坐着一个人，旁边有匹马。

他正是沙里飞，在大吃大喝着，好像镇里正在发生的事情和他没有任何关系。

马舔着沙子，打了一声响鼻。

91　双旗镇　日

一刀仙抬脚刚迈出一步，瘸子提着那把老刀大叫着一瘸一拐快速地从客栈的台阶上朝一刀仙走了过来。他抽出刀，扔了刀鞘，向一刀仙迎去——

瘸子：你兄弟是我杀的，与别人没关系……

一刀仙面无表情。

迎上来的瘸子来势凶猛，大叫一声：出刀吧！

瘸子挥刀直取中路，向一刀仙砍来。一刀仙定立不动，耸肩抽刀，嗖一声，掠过一道寒光。两把刀猛烈地撞击在一起。

好妹叫了一声爹，冲出门，被站在旗杆旁边的皮匠一把拉住。

瘸子手中的老刀突然脱落。他站住不动了。刀掉在了雪地上。一刀仙不动声色，握着刀把。瘸子的脸越来越痛苦。

皮匠怀中的好妹挣脱着：爹！爹！

孩哥惊惧地看着一刀仙和瘸子。

瘸子强忍着痛苦，叫了一声：好妹……

一刀仙的手被顺着刀槽流来的鲜血染红了。一刀仙的刀穿透了瘸子的身体。瘸子的眼珠快要瞪出眼眶了。他身后露出的刀尖慢慢退进去。

一刀仙快速从瘸子身体里抽出刀，入鞘。

瘸子倒了下去。

一刀仙抬头朝旗杆底下看去。

好妹挣脱了皮匠，朝瘸子的尸体跑过去，扑倒在瘸子的尸体上，哭叫着爹。

孩哥不知所措地看着前边。

一刀仙跨过瘸子尸体，朝前走来。

有人喊了一声：请慢！

是铁匠。他从铁匠铺里走出，一脸庄严的神情，走到一刀仙跟前，挡住了去路。

铁匠：他还是个孩子，要报仇等他长大了不晚。

一刀仙似乎笑了一下。

铁匠：杀一个毛孩子，有失你大刀客的体面……

一刀仙突然抽刀向铁匠劈去，动作神速。铁匠的脸立刻僵硬了，站得笔直，脖子上横着一道刀口，渗出鲜血。一刀仙收刀，上前一步，在铁匠肩头拍了一下。铁匠扑倒在地。

一刀仙走过铁匠尸体，继续向前。

一刀仙朝旗杆下走去一步，又一步。

孩哥的眼角在抽搐。

旗杆附近的人恐惧地朝后退着。

马掌匠不知从哪儿钻了出来，他抱着酒葫芦，摇摇晃晃地走出门来。他似乎已醉得一塌糊涂。他不时地打着酒嗝，咕咕哝哝说着什么。

他并没有停止往喉咙里灌酒。

一刀仙停住了脚步。

旗杆下的人们费解地看着他，不知他要干什么。

马掌柜摇晃着走到孩哥跟前。

他把酒葫芦举在孩哥头顶，往下倒酒。酒打在孩哥的脑顶上，发出一种和尿尿差不多的声音。

他打了一个酒嗝，离开孩哥，朝一刀仙摇晃过去。

他看着一刀仙，怎么也站不稳脚跟。他给一刀仙笑了一下。

一刀仙感到他受到了别人的耍弄。他伸出刀，刀尖挨着了马掌匠的鼻子。冰凉的刀尖使马掌匠突然醒过神来。他伸开双手，站住不动了，眼珠子使劲看着刀尖。他看见刀尖顺着他的鼻子划向了肩膀，顺着肩膀胳膊划到了手上，最后，刀尖托着酒葫芦不动了。

马掌匠松开手，酒葫芦稳稳地立在刀尖上。刀尖轻轻一挑，酒葫芦朝空中飞去，红绸带欢快得像一曲热烈的"花儿"。

马掌匠像孩子一样看着飞向空中的酒葫芦，喉咙里发出一阵奇怪的笑声：嗬嗬嗬嗬，哦哈哈哈哈……

突然，刀在空中划出一个满月，白光闪过，酒葫芦和葫芦里的酒被刀砍得分裂开来。

马掌匠的笑声戛然而止。一刀仙收刀入鞘。

马掌匠瞪着眼，血从额头上弥漫而下，盖住了整个脸，倒了下去。

一刀仙跨过了马掌匠的尸体。

双旗镇的人已被这残酷的情景慑住了。

皮匠扑通一声，跪在了一刀仙脚下。他面无人色，捣蒜一样叩着响头。

皮匠：饶了……饶……

一刀仙挥手一刀，皮匠栽倒在地，一动不动了。

一刀仙跨过皮匠的尸体，每一脚都踩在双旗镇人的心口上。

旗杆下。

孩哥从惊骇中清醒过来，他盯着越来越近的一刀仙，缓缓起身。

一刀仙朝前走着。

孩哥迎上去，很不自信。

旗杆附近的人群已经全部散开了。

孩哥和一刀仙互相走近，站住了，互相看着。恐惧从孩哥的脸上已经消失。他紧握着拳头，注视着镇静的一刀仙。

孩哥握着的拳头慢慢张开。

突然，好妹从地上捡起父亲的那把老刀，一边擦着眼泪一边朝一刀仙走来。

一刀仙感到背后有人走来，转过头去。

好妹无所畏惧，边哭边走。

孩哥的手张开来，手下边是他的一对无极刀。刀跳了一下，要弹出来。

一刀仙突然转身，刀已出鞘。

两道寒光一闪，孩哥的无极刀已跳进手中。

刀声。骨头的斫裂声。风沙弥漫翻卷。

然后，声音戛然而止。没有人能够看清这一场短暂的刀战，只看清了风沙消散之后的一刀仙和孩哥，他们面对面定定地站着。

一股殷红的血从孩哥的头顶悄然流下。他呆立着。

一刀仙平静地：你和谁学的刀法？

孩哥没有回答。一刀仙把刀推进刀鞘，转身走了。

孩哥呆立着，血流过了鼻尖。

正在走着的一刀仙像被突然绊了一下，仆倒下去。他努力用刀撑住了自己的下巴颏，跪在了镇街中央，额头上有一道细丝一样的血线，正在渐渐变粗。

瓮城的刀客们惊慌了。

孩哥愣呆呆地站着。

好妹愣呆呆地望着。

刀客们提缰调转马头慌张地奔出瓮城。

镇民们被惊呆了。

92　丘上　黄昏

沙里飞朝双旗镇望着，他看见六匹马从城门洞里奔逃出来。刀客们拼命拍打着马屁股。

沙里飞自语地：时辰到了……

沙里飞翻身上马向双旗镇奔去。

93　双旗镇　黄昏

一阵马蹄声由远而近。孩哥扭头看去——

镇民们扭头看去——

沙里飞挥刀拍马从偏门洞冲进：流沙搅风……

沙里飞舞弄着刀拍马绕孩哥转了一圈：人呢？人在哪儿？

孩哥没听见一样，看着别处。

沙里飞拍马到一刀仙尸体跟前，确信他已经死了，便跳下马来，走到一刀仙跟前，掰开一刀仙握刀的手指头，抽出那把刀。一刀仙的尸体倒在了地上。沙里飞欣赏着那把刀，然后上马，冲到孩哥跟前。

孩哥不看他。孩哥很委屈，要哭了一样。

沙里飞：哈哈哈哈……我知道他的刀法不如你……

孩哥没理他，朝瘸子的尸体走去。沙里飞调转马头追上来。

沙里飞：银子呢？这可是说好的……

孩哥绕过沙里飞，朝瘸子尸体走去。

沙里飞扬了扬刚得到的那把刀，冲着孩哥：我也不亏，这刀把可是镶金的……你不仁，我不能不义。方圆五百里遇到麻烦，到甘草铺去找我沙里飞……

沙里飞拍马从偏门洞奔驰而去了。

孩哥走到了瘸子尸体跟前，扑通一声跪了下去。

能看见街道上一字摆着的几具尸体。

…………

94 双旗镇　晨

双旗杆上的旗帜在清爽的晨光里飘动着。

孩哥将好妹抱上马背。

孩哥翻身上马——

音乐。霞光。

95 大漠戈壁　晨

苍苍大漠，满天霞光。

马背上的孩哥和好妹在温馨而又绚丽的霞光里，走向远处……

剧　终

1989年9月16—24日，西安—咸阳一稿

1989年10月22—29日，西影二稿

作者附注：

《双旗镇刀客》是我的第一部电影作品，与导演何平联合编剧。由于一稿剧本丢失，出版时我在二稿剧本的基础上做了文字上的调整，尽可能恢复一稿剧本的叙述原貌。

公羊串门

1 吉祥村 日 外

两只鸟在水泥电杆上的高音喇叭上调情。喇叭里传出一阵吱啦声，然后是吹气和指头敲击话筒的声音。两只鸟飞走了。

喇叭里的声音：喂，扑扑。喂喂。通知，通知。第一村民小组请注意，第二村民小组，第三第四村民小组也请注意，今天选村长……

2 村委会 日 外

几个人正在糊着三个选票箱，快糊好了。

院子里有一堆选民，显然是对选举村长比较关心的人，或站或坐。

有的还在吃着碗里的饭，耳朵却都一样地支棱着，听着高音喇叭里传过来的声音：各位选民都要参加，不但要参加，而且要踊跃参加。这是给我们吉祥村四个村民小组一千多号人选当家人的大事情，是重中之重……

3 村街 日 外

我们现在看到的是大村的村街。村街上最显眼的是一堵有些沧桑的宣传墙。

一堆小孩和几个年长的村民在看墙上的选民名单。

有的人在做着自己的事情似乎不很在意喇叭里通知的事情。

喇叭里的声音：这一次是选候选人，所以要海选……

4 胡安全家 日 外

胡安全在自家的门外砌茅厕。他的女人给他做着帮手。看不出他们听没听高音喇叭。

　　喇叭里的声音：什么是海选？海不是河。海非常大，非常辽阔无垠……

5　村巷　日　外

　　一辆蹦蹦车驶过。上边载着苹果。
　　几个村民议论着什么。
　　喇叭里的声音：上挨天下接地。海选就是大海里捞针……

6　村口　日　外

　　喇叭里的声音：谁是你心目中的偶像，你就写上他的名字，把他从海里捞出来，这就是海选，哎。要选那些能办事的、能开拓的，可不能在海里边瞎捞，要捞你心目中的偶像……
　　商店门口有几人在"挖坑"。
　　商店老板在给人理发。一村民自行取了商品，把钱塞进正在理发的店主衣袋里。
　　有人在看商店里的电视。电视里似乎播的是一个武侠片。
　　几个中学生模样的年轻人在打台球。
　　一个人扛着红色的选票箱，两个人护卫一样跟着，到这里来收集选票。
　　消遣娱乐的村民们从他们的衣袋里、帽子里，甚至裤腰里取出他们已填写好的选票，挨个儿塞进了票箱，漫不经意中自有他们的认真。
　　收集选票的人向那几个打台球的小年轻要选票。有几个村民笑了。
　　一村民：嘴上没毛，说话不牢，他们不是选民。
　　收集选票的人抱着票箱进村去了。

黑——

7 吉祥村　日　外

水泥电杆上的高音喇叭又一次被打开了。先是一阵滋啦声，然后是吹气和指头敲击话筒的声音：喂，扑扑。喂喂。通知，广播通知。第一村民小组请注意，第二村民小组，第三第四村民小组请注意，今天选村长……

8 李世民家　日　内外

喇叭里的声音：各位选民都去小学操场，听候选人发表竞选演说，然后正式投票，给你们心目中的偶像画圈。两位候选人，同意谁给谁的名字后边画一个圈，不同意就不画圈，也不打×，也不打√……

一件新西装穿在一个男人的身上。

领带扎得很端正。

一只手在李世民的胸前别上一根红布条，上边写着"候选人"三个字。

摩托车发动了。李世民骑上摩托，然后让他媳妇也骑上去，抱住他的腰。

摩托车吐着烟走了。

9 通往小学的路上　日　外

李世民的摩托车超越着步行的人和骑自行车的人。李世民和他们打着招呼。

村民甲：今天给你过喜事，你还真穿了件新西装，你个挨尿的美死你。

　　李世民：咱更看中心灵美。你别来虚的相信我就给我投一票。

　　村民乙：那得看你今儿个说得好听不。

　　村民丙：世民你别急着走，叔问你个话。你要发表演说写稿子没？

　　李世民：在肚子里呢。

　　村民丁：县电视台也来人了，你得说北京话。

　　李世民走远了。

10　小学校门口　日　外

　　村民们从四面八方走来。

　　李世民刹住了摩托车，因为他看见了王满胜两口子。

　　李世民（对抱着他腰的媳妇）：下来下来。（对王满胜）满胜你信任哥就给哥投一票。

　　王满胜一脸狡黠的笑。

　　李世民：没关系，不投票哥也不怨你。

　　李世民的摩托从学校门里开了进去。

11　小学操场　日　外

　　吉祥村的选民都聚集在这里了。有些嘈杂。有看热闹的孩子骑在墙上，坐在教室的窗台上。一个小孩用小竹筒蘸着玻璃瓶里的洗衣粉水，吹着五颜六色的泡泡。摄像机拍摄着。

　　主持会的乡干部站在一张课桌跟前，课桌上放着三个红色的选票箱。挨墙放着一张大黑板，上边用粉笔写着两位候选人的姓名：陈来旺　李世民。

　　主持人：安静了安静了现在开会，请候选人陈来旺发表演说。李世民回避——

李世民走出人群，发动他的摩托车，骑上出了校门。

有人把一个手提扩音喇叭递给陈来旺，帮陈来旺按了一下按钮，喇叭里传出"夫妻双双把家还"的音乐声，惹笑了许多人。陈来旺赶紧又按了一下，好了。陈来旺拿出一张纸。

摄像机拍摄着。画外音：虚了虚了！焦点焦点！

电视屏幕上的陈来旺终于清晰了。陈来旺：我当了几年村长，有些工作做好了，有些没做好。我是一名共产党员，我希望这一次我能选上，我要拿出魄力来。过去我虽然不大吃大喝，但没魄力。这一次我要拿出魄力来，把村上的工作做好，为党鞠躬尽瘁。

主持人：完了？

陈来旺：完了。说多了没用，不说了……

主持人：那你回避一下。叫李世民。

有人用手提扩音喇叭叫李世民：李世民，李世民，请你回来一下。

李世民骑着摩托回来了。

摄像机拍着。

李世民接过手提喇叭，吹了几下：我这是大姑娘进洞房，头一回，心里直哆嗦（咳了两声，脸色立刻严肃起来）。

摄像机拍着，电视屏幕上的李世民神态自若：我要当村长，我就把账目公开。把咱村上的路修好，打几眼井。上边有人来咱村上，不给咱村上办事，我一顿也不给他吃。如果要派做饭的，我保证不派我媳妇……

12　村口　黄昏　内外

镜头从电视屏幕上拉开。这是商店里的电视，里边正播放着县电视台李世民当选的新闻。

一村民：难怪人家当选了，李世民李世民，跟唐太宗一个名字！

商店外换了几个村民在"挖坑"。几个年轻人打着台球。几只鸡在一堆粪土跟前觅食。

王满胜媳妇走过来，要买东西的样子，对商店主人：哎，取一包……那个……

商店主人：啥个？

王满胜媳妇：你看你……

店主：卫生巾？

王满胜媳妇：快些快些！

店主起身进店：不是……我算着日子没到么。

一村民：你个熊，还记着人家来事的日子。

众人哄笑。

店外，王满胜媳妇离去。店主过来继续"挖坑"：全村女人来事不来事，在我心中是一本账，这就叫市场调查。

一只公鸡突然伸开翅膀，向一只母鸡挨过去。母鸡躲开了。

那只公鸡又一次伸开翅膀，向母鸡挨过去。母鸡趔了一下。公鸡并不因为母鸡趔了一下就不挨了，它拉着一只翅膀，一次次挨着，有些死乞白赖。

一阵羊叫声。有人扭过头去——

王满胜提着一台收录机，和他的那一群羊从山上回来了。王满胜的另一只手里拿着一根拦羊鞭。

领头的是一只公羊，犄角上挂着红绫，很耀眼，还有一只铃铛，在脖子底下吊着。它扬着头，一副神高气傲的样子。它是一只品质优良的种羊。

羊群和手提双卡收录机的王满胜搅扰了那只公鸡。它跳开了，诚惶诚恐地看着那群羊从它的身边走过去。

王满胜跟在羊群的后边，腰里系着一截草绳。他迈着八字步，和他的那只公羊一样有着良好的自我感觉，只是不像公羊那么外露。他和村口的人们打着招呼。

他和羊群进村了。

片名字幕：公羊串门

13　王满胜家门外　黄昏　外

羊群走到门口以后停了下来。走在羊群后边的王满胜有些诧异。他皱起眉头歪着脖子朝门口看了看。门是开着的，它们为什么不进？传来几声羊叫。

王满胜支棱着耳朵听着。

羊叫声是从邻居胡安全家传出来的。

他立刻知道了羊群不进门的原因，是因为邻居家那只叫春的母羊。公羊支棱着耳朵在听邻居家母羊发情的叫声。公羊似乎有些心猿意马了。

王满胜几步就趟到了公羊跟前，果断地扬起拦羊鞭朝那只公羊抽过去。公羊打了一个激灵，贼一样从门里钻了进去。群羊随着它朝门里挤拥着。

王满胜：狗日的想吃野食。

14　王满胜家院内　黄昏　外

王满胜动作夸张地洗着脸，水花四溅。

满胜媳妇穿着短衫伺候丈夫。她二十五岁左右的模样，是个漂亮女人。

15　王满胜家屋内　黄昏　内

王满胜端起小桌上的碗开始吃饭。媳妇把几小碟菜放上小桌，拿过拦羊鞭和收录机，把拦羊鞭挂在了墙上，把收录机放在柜子上，看着王满胜吃饭。

王满胜：你不吃？

媳妇：我等娃放学回来。

王满胜：噢噢。（又吸了一口饭）胡安全家的母羊寻羔哩。

媳妇：噢么。

王满胜：你没听见？

媳妇：这会儿好像不叫唤了。

王满胜感到媳妇很无知，斜了她一眼：它又不是机器，还能不停地叫唤？

媳妇给他笑了一下。

王满胜：胡安全会找咱的。

媳妇：不一定。

王满胜：为啥？

媳妇：我看不一定。

王满胜：你的话听着好像和我不是一家人。咱家的公羊是专门从新疆买回来的，优良品种，他为啥不找咱？难道他胡安全愿意让他家的母羊给他下一窝烂羊羔？

媳妇出去了。

王满胜端起碗要继续吸饭了。碗刚挨到嘴唇，停住了。他的目光向窗外望去。

王满胜放下饭碗，靸上鞋，跑出屋去。镜头没动。

王满胜画外音：公羊呢？

媳妇声音：我知不道么。

停了一会。王满胜走进屋来，骂了一句：狗日的。他返回身来，从墙上取下拦羊鞭，又拐过身，端起桌上的碗喝吸完里边的饭，还胡乱就了一口小碟里的菜，然后朝门外走去——

16 胡安全家院子　黄昏　外

胡安全和媳妇兴致勃勃地看着王满胜家的公羊给他家母羊配羔。

那只公羊骑在母羊的背上，两条后腿像弓一样绷着，屁股急切地动着，寻找着使劲出力的地方。红绫子闪着，铃铛响着。

胡安全摸着衣袋里的烟，给嘴里叼了一根，又摸出打火机打着火，目光却不离开两只交欢的羊，默声赞叹着。

媳妇没见过羊给羊配羔，也很兴奋。

胡安全到底点着了烟，香香地吸了一口。身后传来一阵脚步声。胡安全扭过头去看——

王满胜提着拦羊鞭从大门里走进来。

胡安全：你家公羊串门来了。

王满胜：狗日的吃野食。

王满胜举起拦羊鞭，加快了脚步，要朝圈里的公羊抽过去，被胡安全拦住了。

胡安全：哎哎还没成哩。你让人家把事做完嘛。（踢了媳妇一脚）倒茶去。（对王满胜）这时候你不能用鞭子抽，千万不能。来来坐下坐下。

胡安全抽掉了王满胜手里的拦羊鞭。

胡安全：你和你媳妇正做好事谁突然抽你一鞭子，你是个啥感觉？来来喝茶。这时候你抽它一鞭子说不定会抽出毛病来的，以后做不成这号事咋办？

王满胜：不抽就不抽。我不喝茶。要配种把你家母羊拉到我家去。

胡安全：你看你，人家正在好处，你非要人家挪个地方，你这不是成心折腾人家吗？你和你媳妇正做到好处，硬要你挪个地方，你想想。

胡安全媳妇：就是就是，喝茶。

王满胜：这才叫奇怪呢。你非要把羊和我拉到一起比。

胡安全给媳妇使眼色让她离开：那就和我比，我和我媳妇正做到好处，就是皇上让我挪地方我也不会答应，我会往他脸上吐的。你看你看，成了！

确实成了。公羊从母羊身上溜了下来，但柔情蜜意还没有消退。母羊歪过头，用嘴在公羊身上蹭了几下。胡安全走进羊圈，在母羊身上拍了几下。

胡安全：行了行了别骚情了。（对王满胜）行了行了把你家公羊拉回去。

王满胜拉过公羊，想说话，被胡安全用话堵了回去。

胡安全：我家母羊寻羔寻了几天了，你家公羊不打招呼就窜进来，一进来就搞上了，看得我直瞪眼。

王满胜还是想说什么话。胡安全显然不想听，把王满胜往羊圈外边推着。

胡安全：行了这下行了两只羊都舒坦了……

17 王满胜家院子 黄昏

王满胜的儿子动作夸张地洗着脸。他六七岁的样子。他洗脸的动作和王满胜的一模一样。

王满胜的媳妇伺候着儿子。

王满胜气呼呼地拉着公羊回来了。

王满胜把公羊拉进一个单独的羊栏里拴住，然后抡起羊鞭愤怒地抽打着公羊：狗日的你！你吃野食！我让你吃！吃！

孩子和媳妇惊恐地看着。

王满胜还在抽打。

媳妇走过去夺下王满胜的羊鞭。王满胜不解气，用脚踢着公羊。

王满胜：吃！我让你吃！

孩子问他妈：我爸为啥打羊？

王满胜媳妇：洗你的脸！

18 王满胜家卧室　夜　内

王满胜心里烦乱。他在看电视，不停地换频道。

媳妇走进屋来，她像是刚洗过澡，头发湿漉漉的。她靠到丈夫身边，用手挠了挠他的脚心。王满胜把脚缩了回去。媳妇又把手放到了他的大腿上。王满胜瞪了媳妇一眼。媳妇不敢再动了。

媳妇：不就是为配种费的事嘛，人家也没说不给你。

王满胜：也没说给我的话啊。

媳妇：你当时就该给他说明白。

王满胜：你以为我不想说？我想说可他不想让我说，一个劲把我往外推。

媳妇：母羊怀上没怀上还不知道，等知道怀上了再要钱也不迟。

王满胜觉得媳妇说得有道理，看了媳妇一眼，脸色舒展一些了。

王满胜：这还像句人话。

媳妇不失时机，把王满胜往炕上拉。

王满胜突然看到了柜盖上的卫生巾：不是弄不成了么？

媳妇表情暧昧：还没来呢。

王满胜笑了。他和媳妇互相拉扯着对方滚到了炕上。王满胜做得很卖力，从女人的肢体到表情都能感觉到，她在不断地享受着幸福……

19　吉祥村　夜　外

夜晚的村庄很静。

20　胡安全家院子　晨　外

胡安全将一盆饲料端到母羊跟前，起身朝厕所走去。

他看见王满胜家院子里王满胜和几个村民在羊圈里抓羊。

胡安全解手。

六只羊装在了手扶拖拉机上。王满胜也坐进了车厢，给媳妇交代事情。

王满胜：你把羊赶到西沟去，那儿草多。然后让司机开车。

胡安全啐了一口。

21　路上　晨　外

载着王满胜和羊的手扶拖拉机在行驶。

骑着摩托车的李世民赶了上来，和手扶拖拉机并行着。

李世民：送羊去啊。

王满胜点着头：我和王胖子涮锅城有合同。你呢？

李世民：我也去县上，给摩托车换个零件，再喷一层漆。

王满胜：买个新的算尿了，村长嘛。

李世民：村长也没你有钱，交一回羊就上千块。我先走啊。

摩托车很快就窜到前边去了。

22 县城　日　外

一组县城的镜头。

23 县城王胖子涮锅城　日　外

王满胜边往外走边点钱。李世民火急火燎地跑过来。

李世民：满胜哎，满胜。

王满胜赶紧把钱装进腰包。李世民已到跟前了。

李世民：我还怕截不住你呢。狗日的啥都涨价……

王满胜：不对。羊肉掉价了。

李世民：我差八十块钱，你凑手帮个忙，回去就还你。

王满胜：你可真能瞅机会。我，当然了，我不能驳你村长的面子，但你得让我搭你的摩托车回去。

李世民：你不是有手扶拖拉机么？

王满胜：那是我掏钱雇的，我把它退了。

李世民：你可真能算。

王满胜：日子就得算着过。

俩人边说边走了。

24 村口　黄昏　外

这一次，理发的是一位剃光头的。

胡安全在打台球，叼着纸烟。

几个下棋的人在议论李世民。

村民甲：李世民发表竞选演说的时候吹得云山雾罩，我以为要改天换地了，没什么，吉祥村还是吉祥村。啥变了，啥也没变。下次改选不投他的票了。

村民乙：井还是打了嘛。

摩托车声。"丢方"的扭头一看，不吱声了，埋头"丢方"。

李世民驮着王满胜，骑着修整过的摩托回来了。

胡安全扔掉台球杆，喊住了李世民。李世民刹住摩托，让王满胜下"车"。

李世民对胡安全：啥事？

胡安全小声地：我该办生育证了。

李世民：你是几月结的婚？去年吧？

不等胡安全回答，李世民掐着指头迅速数着数：六、七、八、九、十、十一、十二……不行，还有半年呢。你少给我胡来呵。

胡安全：我是新婚，我能管住媳妇？

李世民：你狗熊都结过三回了，你别急，先把龙头给我拧上一阵子再说。

李世民骑正身子，一扭摩托把儿，拐了个弯，走了。

胡安全：我管呢，我让我媳妇怀呀。

25 王满胜胡安全家门外　晨　外

吱扭一声，王满胜家门开了。睡眼惺忪的王满胜进茅厕撒尿。

吱扭又一声。王满胜立刻睁大了眼睛——

胡安全家的门也开了，提着裤子的胡安全叼着一根纸烟进了他家的茅厕。他没有看王满胜。

王满胜咳嗽了一声，要引起胡安全的注意。

胡安全并不扭过头来：满胜哥，我可是服了你家公羊了，一次就解决了问题。每天早上我都要去羊圈看一眼，刚才也看了。我家母羊不叫唤了，卧在羊圈里，安静得像个菩萨。

王满胜：我家公羊配种从来都是一次成。

胡安全：是的是的，我心服口服。

胡安全已撒完尿，边系裤带边往回走了。

王满胜：哎哎——

胡安全停住了脚步。

王满胜：我家公羊不能白出力气吧？

胡安全：你这是啥意思？

王满胜：我家公羊是种羊，配种要收费，这你是知道的……

胡安全不想听，进了他家门。王满胜紧走几步，跟了进去——

26　胡安全家院子　晨　外

王满胜跟着胡安全：我也不是非要你今天给钱。你要是手头紧，缓几天给也行。

胡安全站住了，转过身，脸阴了：我家母羊寻羔是事实，可它没寻到你家去是不是？是你家公羊找上门来的，你让我出这钱有些说不过去吧？

王满胜：安全……

胡安全：你想想我说的话。

王满胜：不管在你家还是在我家，安全，羔是配了，这是事实。配了羔不掏钱，听你说话的意思，配羔的钱你是不想给……

胡安全：不是不想给，是给了不合适，旁人会笑话我。

王满胜：这有啥笑话的。你家母羊寻羔，我家公羊给它配了羔。你家母羊给你下羊羔，我收配羔的钱，这会有人笑话你？笑啥？

胡安全：你家公羊来我家，不是配羔来的，弄了我家母羊，还要我掏钱，你说人笑话不笑话，谁听了都会笑话！

王满胜低下头，想着。

胡安全：你想想看是不是这个理？

王满胜似乎想好了，抬起头来，脸色也不好看了：我只问你，配羔的钱你给不给？

胡安全：你问你家公羊要去。

胡安全要往里走了。

王满胜：安全！

胡安全没有回头：问你家公羊要去。

王满胜突然撒腿朝胡安全家的羊圈跑过去。羊正在羊圈里吃草。等胡安全醒过神来的时候，母羊已挨了王满胜重重的一脚。正出屋门的安全媳妇惊叫了一声。

媳妇：安全！

王满胜又在母羊的肚子上踢了一脚。又一脚。又一脚。

胡安全冲进羊圈，抬起拳头朝王满胜的脸狠狠抡了过去。王满胜叫了一声，捂着脸歪了歪，倒了。胡安全骑在王满胜身上，扇着王满胜的脸。王满胜用手和胳膊挡着。胡安全媳妇也进了羊圈，用脚在王满胜的大腿上踢了几脚。

挨打的王满胜叫着：噢，你打。你打。你你你你噢，噢。噗。噢……

27 李世民家　日　外

李世民家的院子很宽敞，房子是一座二层小楼，在村子里显得很扎眼。

李世民在屋门外的台阶上正擦他的那辆重新修整过的摩托车。一对儿双胞胎儿子穿着一模一样，背着书包出屋，上学去了。

28　李世民家客厅　日　内

被打肿了脸的王满胜在屋里坐着，等着李世民。

李世民媳妇正在收拾房间。

李世民端着茶缸进屋

李世民：行了行了你出去。

媳妇出屋。

李世民给茶缸里添了点开水，对王满胜：啥事？

王满胜努力想了一会儿：我先喝口水。

李世民把茶缸递给王满胜。王满胜喝了一口，肿着的嘴被烫了一下。

李世民：再喝再喝。

王满胜：不喝了，我就喝这一口。

王满胜放下茶缸，可怜的脸严肃起来。

王满胜：我让胡安全打了，你说咋办？

李世民：为啥打你？

王满胜：我家公羊给他家母羊配了羔，我收钱该是天经地义的吧？他媳妇还趁火打劫踢我的腿你说咋办？

李世民：你想咋办？

王满胜有些惊异了，看着李世民。

李世民：你别这么看我。你一来就给我提了一串疑问号，我才给你提了一个你就瞪眼。

王满胜：反正这事你得管，你是村长。别忘了我还投了你的票。

李世民：管么管么。交公粮收款打井修路出公差给女人上环搞计划生育我啥都得管。管啥我都能想到，就是想不到连公羊给母羊配羔的事我也得管。噢，我差点忘了，乡上要来卫生队，计划生育又紧了，还要找你媳妇。

王满胜：你别打岔。我被人打成这样你就不心疼？

李世民：我实在太忙，你先回去把你的嘴治理治理，这么肿着太难看，说话吐字不清，听得我难受，费耳朵。要不你就去乡上法庭告去。

王满胜看着李世民，想着。他觉得找法庭没准也是一条路子。

王满胜：那我就去法庭。

站起来走了。

29 乡法庭 日 内

刘法官一脸好奇的神情，像正在听一个有趣的故事一样，坐在王满胜对面的桌子后边。

王满胜：你咋不做记录？

刘法官：你说么，你说。

王满胜：我没吃几口饭，就发现我家的公羊不见了，不用想我就知道它去了胡安全家。我过去一看，它已经和胡安全家的母羊搞上了。我想用鞭子抽它个狗日的。价钱没说好嘛。胡安全不让我打搅羊的好事。我当时也就糊涂了，忍住了，羊就成了好事。我不是吹羊，我家的公羊是我从新疆买回来的，配了多少羔，都是一次成事，这回也一样。胡安全不记好处，还和我胡说。

刘法官：咋胡说？

王满胜：咋胡说？他说他没找我家公羊，是我家公羊找上门去的，意思是我家公羊学雷锋。有这么说话的没有？刘法官你说。

屋里的人都笑起来。

窗外有人敲了敲玻璃：刘法官，预制板厂的刘经理在西月楼等急了。

30 乡政府院内 日 外

王满胜跟在刘法官后面。

刘法官：后来呢？

王满胜：后来，我去要钱，他不给。我硬要，他就把我打成了这个样子。他媳妇也上手了，踢我的大腿。我虽然没看见，可我能感觉出来，胡安全压着我，踢我的还能是谁？

刘法官：完了？

王满胜：我要我的配种钱。

王满胜：他还得给我请医生看伤。

王满胜：你看我这事咋办？

刘法官：咋办也咋办不了。这是民事纠纷，你还是找你们村长调解吧。

王满胜急了：那不成！我没收到配种钱，还让人打肿了嘴，不成。

刘法官这不成……

31 村街   日 外

李世民和两个村民正往宣传墙上刷写关于计划生育的标语。李世民亲自用石灰刷子在土墙上刷写。两个村民正在去除墙上的旧内容。要去除的和正写着的内容都很有意思，在拍摄地也许就可以解决。

一辆手扶拖拉机拉着一个抱孩子的年轻媳妇朝这边开过来了。拖拉机上还有三个男人。其中两个身体很强壮。

李世民：到底还是弄回来了。

李世民把写字的刷子交给一个村民，跟着手扶拖拉机朝村里走去。

32 村委会   日 外

院里停着一辆计划生育车。乡卫生队的两男一女坐在院子里和几个干部聊天。

手扶拖拉机开了进来。

李世民对卫生队的人：回来了。

车上一个瘦瘦的男人接过年轻媳妇怀里的孩子。年轻媳妇从车厢里跳下来，整着身上的衣服。面对几个陌生人，她似乎有些羞涩。瘦男人和年轻媳妇是一对夫妻。

李世民对年轻媳妇：回娘家了？

年轻媳妇：嗯。

李世民：得是怕卫生队？

年轻媳妇摇头表示否认。

李世民：你说，是给你计划还是给你男人计划？

年轻媳妇不好意思了，低下了头。

李世民：这有啥不好意思的？你们俩口在路上没商量？

年轻媳妇瞄了开手扶拖拉机的年轻男人一眼，又低下了头。

李世民：给你计划就是上环。给你男人……

年轻媳妇：我上环。

李世民：这不就对了，还把你难肠的。赶紧上车去。

王满胜叫着"村长，村长"进来了，要和李世民说话，被李世民拦住了。

李世民：你先待会儿。

卫生队的人跟着年轻媳妇上车，关上车门。

李世民对王满胜：告到法庭了？

王满胜：驴日的法庭嫌事情太小，不管。我说难道让胡安全把我打死了再管不成？法庭的人不说话，光给我笑。驴日的法庭。

李世民仰着脖子笑了。

王满胜：你还笑啊，是你让我去的。

李世民还在笑：那咋办？

王满胜：他们说该你调解。我要配种钱，打肿了我的脸也得赔偿。

李世民：那你先回我一会儿就去你家。

王满胜：我哪儿不去我就等着你。

33 李世民家院外　日　外

李世民的一对双胞胎儿子抬着一箱啤酒，朝自己家走去。

李世民媳妇迎了出来接过啤酒。

一儿子将收据塞进母亲兜里。母亲要掏发票看——

儿子知道他妈的意思：没错，写的是味精。

母亲放弃了努力，进屋了。

34 李世民家院子　日　外

小方桌上摆着酒盅和几碟酒菜。李世民正在招呼卫生队的人喝酒。

李世民：喝么，喝。每天喝几盅酒对身体好，活血。人身上的血液跑得快，身体就好是不是？我就喜欢喝几盅，但我绝不多喝。血跑得过快就不好了是不是？你们是医生，比我懂得多。女同志也喝点，这酒盅小，来来。

媳妇端来了一盘葱花油饼。

李世民：葱花油饼，保证比县城任何一家饭馆的葱花油饼好吃。女同志不喝酒就先吃。

胡安全夹着一根纸烟进来了。

胡安全：村长你说话不算数么。竞选村长的时候你说过，乡上下来人你绝不让你媳妇做饭，这话你说过没有？

边说边蹲在了小桌跟前。

李世民媳妇：快拿油饼把嘴塞住。

胡安全从盘子里取过一个油饼咬了一口。

李世民：叫你来有事要和你说，你来，你来。

　　呷了一盅酒，起身领胡安全朝屋里走去。

35 李世民屋　日　内

　　李世民坐在炕沿上。胡安全蹲在椅子上咬嚼着葱花油饼。

　　李世民：我给你把计划生育卡办好了。

　　胡安全：我不信。

　　李世民掏出一张硬纸卡。胡安全要拿过去看，李世民又装了回去。

　　李世民：你把王满胜家公羊给你家母羊配羔的钱出了，我就把卡给你。你别跟我犟嘴，事情我都知道。就算王满胜家的公羊是串门，可你家母羊怀羔了，所以你该出这个钱。就因为满胜家的公羊是串门，所以只给你要一半钱。你听清了没有？你只出个半价。你打肿了王满胜的嘴我就不处理了。你身上有钱没？

　　胡安全：钱我有，可这不合适……

　　李世民：赶紧掏钱。想生娃你就掏钱。按村上的规定你生娃还得等半年。没这张卡你就不能让你媳妇怀娃。敢怀娃我就罚你款。

　　胡安全的手要进衣兜又不想进的样子。

36 王满胜家院　傍晚　外

　　王满胜媳妇给大铁盆里添了一脸盆热水。王满胜把那只公羊从羊圈里牵出来，抱进铁盆，给公羊洗澡。

　　王满胜：你个驴日的，冬天我怕你冷，夏天我怕你热，饿了我给你吃，渴了我给你喝，还给你洗澡。我把你当爷敬呢。你呢？你串门给我惹是生非，让我不但受气，还挨打。你个熊！

　　李世民推开大门进来了：满胜，你把手里的事给你媳妇，我和你说话。

王满胜把公羊交给媳妇,转身走过来:屋里说。

李世民:就这儿,几句话。我给你把配羔钱要下了。

王满胜:多钱?

李世民掏钱给王满胜。王满胜一看只有二十块钱,又塞给李世民。

王满胜:你好意思,你好意思啊,我不要!

李世民:你好好的。我不出面你连一分钱也要不到,说不定嘴还要肿。

王满胜:不打我给个半价我还能接受,打肿了我的嘴我咽不下这口气,我要受疼钱。

李世民:嘴是肉长的不是泥捏的,肿了会好的,不是?让你媳妇说。疼当然要疼,可疼是当时的,现在不疼了不是?还疼不?

李世民把钱拍给王满胜,斜了王满胜一眼,走了。王满胜要追过去,媳妇拉住了他。

媳妇:行了行了,见好就收。羊洗好了,你拉到圈里去,我去给你弄饭。

拿过王满胜手里的钱,塞进了衣袋里。

37 王满胜家院 晨 外

吱扭一声,门开了。睡眼惺忪的王满胜出门进了茅厕。

吱扭一声,胡安全的门也开了。胡安全出门进了他家的茅厕。

他们一边撒尿一边对话。

胡安全:满胜哥,昨晚上可睡好了?

王满胜:一倒下就睡过去了,踏踏实实的,一睁眼就到了天亮。

胡安全:都是那二十块钱的作用。

王满胜:没错没错。

胡安全：还是钱的威力大。

王满胜：没错没错。

38 王满胜家门外 晨 外

王满胜的那群羊从他家门里涌了出来。打头的依然是那只公羊。

媳妇拿着拦羊鞭、干粮袋和那台收录机到了跟前。王满胜背好干粮袋，接过收录机和拦羊鞭，表演一样，用拦羊鞭甩出一声脆响，跟在羊群后边，向村外去了。

39 山上 日 外

阳光灿烂。收录机里正在播放一首流行曲。

王满胜一边拦着乱走动的羊，一边跟着广播学唱，很闲适惬意的样子。

羊群在吃草。

两只羊在顶架。

几只羊在追逐。

王满胜甩着羊鞭。

羊和王满胜的动作严丝合拍，像一场快乐的舞蹈。

40 胡安全家院 日 外

母羊神情茫然，斜卧在羊圈里，屁股跟前有一摊污血一样的东西。

胡安全和两个村民蹲在母羊跟前。两村民表情都有些沉重。胡安全吸着纸烟，脸色沮丧又难看。

村民甲：二十块钱白出了。

村民乙：可不是。一听说王满胜踢了你家母羊，我当时就想坏了坏了，这羔配不住了，就是配住了也得落羔。

村民甲有些激愤：李世民能断个尿官司！公羊要是个人他咋判？不判个强奸罪才怪。李世民是稀泥抹光墙呢。你现在找他去，看他咋给你说。

胡安全一动不动，嘬着手里的烟屁股。

41 村口 日 外

胡安全朝村外走去。

42 山路 日 外

胡安全朝山坡走去。

43 山上 日 外

群羊散乱在沟坡上。

收录机在播送广告和新闻。躺在收录机旁边的王满胜睡着了。

胡安全从沟坡的另一边爬上来，往这边走过来，越走越近，能看见王满胜了。

胡安全从王满胜的跟前走了过去。王满胜没有醒来。

胡安全径直朝那只公羊走过去。他想抱起公羊。公羊突然一跃，顶倒了他。他几乎使用了他能够想出的一切办法，和公羊进行了一场艰苦的纠缠，到底还是拖拉走了那只公羊（当地的老百姓会教给胡安全一种办法，让他把那只公羊从山上拖拉走的）。

被惊扰的羊群和公羊的叫声到底惊动了王满胜。他坐起来，等看清发生了什么事情的时候，胡安全已经走远了。

王满胜突然叫了一声，站起来，跌撞着追过去。他太急了，脚没踩稳，从沟坡上滑了下去——

44　李世民客厅　日　内

脸被摔伤的王满胜已经坐在了李世民屋里的凳子上，情绪激动。

李世民正收拾毛巾牙刷一类的东西，要出门的样子。

王满胜：我恨不能咬他驴日下的一口。他家母羊落羔了硬说是我踢的，要我赔两只羊羔的钱，还要我退还那二十块配羔钱。我跟他磨了半天嘴皮子，说啥也不还公羊。我没办法我只能找你。

李世民：你王满胜养羊养出花花来了你。我要给吉祥村一千多号人当村长，还要给你家的羊当村长是不是？你烦不烦你？你咋能让人家在你的眼皮下把羊抢走？那么大一只羊，你要拦着他胡安全能抱走？这才叫奇怪呢！

王满胜：我脚没踩稳摔到沟底下去了。山上还有一群羊我不能放下一群羊去追他。

李世民：你先回，我要去乡上开个会。

王满胜：啥时回来？

李世民：三天。

王满胜：那不成！

李世民：你说不成就不成了？你是乡上的书记还是乡长？乡上的会研究的是全乡人的事，人的事情重要还是你家的羊重要？胡安全能把你家羊杀了吃肉不成？

45　李世民家院　日　外

李世民把东西放上摩托车，踩着火，骑上走了。

46　乡政府会议室　日　内

乡领导和各村的村长在研究修水渠的事。村长们因为出钱出工的多少发生了争执。有人要求按地亩分摊；有人主张按人口分摊；有人说他们村的地浇不上，要分摊村民会想不通。

乡长：别嘟嘟别嘟嘟，一个一个说。把你们心里的算盘往桌面上拨。

没人说话了。乡长挨个儿点名，都不愿意先说。乡长有些躁气了。

乡长：哎？这还怪了。你们是村长还是地老鼠？有话说在明处嘛，背地里又啃又咬能解决啥问题？我告诉你们，这水渠非修不可，乡上已经定了。这是造福全乡的大事情，不能因为哪个村拨自己的小算盘把路给挡住……

（具体讨论内容待深入生活以后再定。）

47　乡政府院内　日　外

一辆手扶拖拉机开进了院子。王满胜从车上蹦了下来，喊：村长！村长！

王满胜满院子转着：李世民！李世民！

李世民走出会议室：喊啥呢！这是乡政府！

王满胜：哎呀，我可找到你了。

李世民：声小点，正开会呢。

王满胜：你赶紧赶紧，我雇了一辆手扶拖拉机，你赶紧跟我回。胡安全没杀我家公羊吃羊肉，可他把亲朋好友都发动起来，满世界找发情的母羊让我家公羊配羔呢。他收钱呢。

李世民：是不是？

王满胜：赶紧你赶紧。

李世民觉得事情变得有意思了：狗日的胡安全亏他想得出来他。

王满胜：赶紧你赶紧。

李世民：我得请假。

王满胜把李世民往会议室门口推：赶紧你赶紧。（转头对手扶拖拉机司机）你回你的我坐村长的摩托。

48　胡安全家院　日　外

院子要变成配种站了。那只公羊骑在一只母羊的脊背上卖力地工作着，脖子上的铃铛和犄角上的红绫子使公羊显得不但威猛而且英俊。还有几只母羊被他们的主人牵着，等待配种。那只公羊使他们不断发出赞叹。

公羊从母羊的背上下来了，表示已大功告成。母羊的主人给胡安全掏出二十块钱，拉着母羊要走了。

胡安全把钱装进腰包：回去给你们村的人宣传宣传，母羊寻羔就往我这儿拉，配一个二十，童叟不欺，配不上退款，下一个——

下一个顾主磨蹭着，不太愿意把母羊往公羊跟前拉：你怕是过高估计你的公羊了，一天配好几次，就算它能撑住，可它能有那么多的东西给母羊么？

胡安全：不多不多，你这是第三个，配不上羔我给你退钱你怕啥？

胡安全亲自把母羊拉到了那只公羊跟前。

在场的人担心地看着。

那只公羊用鼻子在母羊身上蹭了蹭，寻找催发激情的门路一样。

它突然一用力，跳起来，把两条前腿搭上了母羊的脊背。

在场的人惊呼起来：噢！

胡安全：牛皮不是吹的，火车不是推的。今天我打算让它配五个。

又是一声惊呼。

胡安全：我要试试。我想看这一只公羊到底有多少能耐。

在场的一位：你看你看，公羊的腿打战呢！

确实，公羊的两只后腿明显不如刚才有力了。胡安全也看了那只公羊一眼。

胡安全：这是正常情况，有啥奇怪的。你说这话好像你没做过这号事一样。让你连做三次试试，看你的腿打战不打战。

一阵摩托车声。胡安全扭过头，看见李世民带着王满胜已进了大门。李世民撑住摩托车。王满胜早跳下来，用目光寻找他家的公羊。

找到了。公羊正在工作。

王满胜撕心裂肺地叫了一声，要扑过去，被李世民抱住了。

王满胜：不！不！他要把我的公羊累死！放开我！不！胡安全，我和你拼命！

李世民更紧地抱住了王满胜：你别扑了你往石墩上看。

王满胜朝石墩看过去——

石墩上放着一把明光闪亮的杀猪刀。胡安全就蹲在石墩跟前，伸手就可拿到刀子。

李世民：你扑着扑着挨刀啊？

王满胜立刻安静了。他又看他家公羊了。

可怜的公羊，它正出着大力。

王满胜给在场的人：求你们了，把你们的母羊拉走吧。他想把公羊往死里整。

胡安全：你把我看扁了。整死公羊我拿啥挣钱？我不过是想多配几个，你明白了没有？

王满胜转过脸，可怜巴巴地看着李世民。

李世民：你先走吧，我和胡安全说话。

王满胜：我不走。我为啥要走？

李世民：你不走我没法说话。你不走那我走。

王满胜：我就是不走！（又看了公羊一眼）狗日的他要累死我家公羊！

李世民：安全……

胡安全：这事你别管，我自个儿处理。我不想占他便宜。我挣够我的钱就把公羊还给他。他把我家母羊踢落羔了，我得把损失补回来。

李世民：补么，补么。不是不让你补，可是咱要补也得补个合情合理。

胡安全：啥叫合情合理？上回你给我要二十块钱合哪个理了？合个辣子！那二十块钱出得太冤枉了。

李世民：安全，咱可不能撂嘴胡说。我问你，你媳妇怀娃了没有？

胡安全：怀了。这是另一码事。

李世民：是我让卫生队给你媳妇取的环，你咋能说是另一回事？你媳妇呢？

胡安全：回娘家了。

李世民：保养身子去了是不是？

胡安全：你别打岔。咱说羊的事。

李世民：我就是为羊的事找你来的，我当然要和你说羊的事。

胡安全：那你说，他家公羊串门搞了我家母羊该是个啥性质？是强奸！你看，我还懂点法律。你是村长连法律也不懂还给人说是了非？你要说了非就拿法律来，咱依法办事。我这不是故意和你村长为难吧？

李世民没说词儿了。他眨着眼，看了一眼王满胜。

王满胜也看着李世民。

胡安全也看着李世民。

李世民把目光定在胡安全脸上：好。你狗日的说得好。胡安全，你听着，我能当村长就能断你这个案子。法律就法律。你等着！

他起身走了。走了几步，又转过身：你等着，我会有法律的！

49 吉祥村　日　外

水泥电杆上的高音喇叭打开了,传出的是李世民的声音:各位村委委员请注意,请立即到村委会开会,有紧急事情商量,各位村委委员请注意,请立即到村委会开会,有紧急事情商量……

50 村委会屋内　日　内

村委委员们没人吭声。

李世民:都说么。你们也是村干部,都是投票选出来的。说么。

委员甲:要是人的事还好说,可这是羊的事,过去没碰到过,不知道咋说好么。

委员们都附和着:就是就是。

李世民想了一会儿:那就不商量了,散会。

51 村委会院内　日　外

李世民走到院子里发动摩托车,骑上走了。

52 乡政府院子　日　外

李世民的摩托车进了院子。他没去会议室,直接把摩托车骑到了乡法庭刘同志的办公室门口:老刘。刘法官!

53 西月楼　日　内

老刘正和几个客人喝酒。

老刘歪过脖子看着李世民，一脸惊异的神情：法律书？你是说你要借我的法律书？

李世民没有开玩笑的意思：对，法律书。

老刘：我不敢认你了。我在法庭工作了这么多年，没见过哪个村长主动上门来要学法律。是不是有官司了？

李世民：没有。我想看看法律书。

老刘有些不相信：噢噢……

李世民：你别噢噢了赶紧给我取书去。

老刘：法律书的种类很多，植树造林环境保护计划生育都有法律，你想看哪一种？

李世民：我要管男女关系的那一种。

一客人：李世民，你是不是惹啥乱子了？

李世民：歪了歪了，想歪了。

老刘：你不愿讲算了。可是，没有你说的那种专门的法律。

李世民：总有沾边的吧？只要沾点边的我都要。

另一客人：李村长，我懂法，你要是惹了不满十四岁的女娃，不管女娃愿意不愿意，都按强奸定罪……

大家哄笑。

李世民：好你呢别胡乱猜了。我都瞀乱成熊了……

54　李世民楼上　日　内

李世民媳妇推着两个娃朝楼下走去。

55　李世民家客厅　日　内

十几本法律书在柜盖上放着。

坐在炕上的李世民没有看那些书，他端着一缸茶水，不紧不慢地喝着。

两个孩子到了屋门口，磨蹭着不肯进门。

李世民：进来进来。

李世民媳妇把两个孩子从门外推进屋，进么进么，你爸又不是老虎。

孩子站到李世民跟前了。

李世民：你两个谁的语文考得好？

两个孩子互相说对方好。

李世民：都别谦虚了我明白了，你们两个都好是不是？今天我想考考你们。去，到柜盖上一人拿一本书。

两个孩子拿书。

李世民：翻到第一页，老大先念。

大孩子念法律书，也许是因为胆怯，念得结结巴巴的。李世民打断了孩子。

李世民：知道是啥意思不？

孩子茫然地看着李世民，摇摇头。

李世民：念了几年的书就念了个这水平？走吧走吧不念了。

媳妇：老二还没念，让老二念。

李世民：算了算了都走都走。

孩子放下书走了。媳妇有些不甘心。

媳妇：这书老师没教过，你让娃咋念？

李世民：本来想让他们念给我听，这么念啥时候能把这些书念完？还得我亲自念。

李世民起身，抱起那十几本书朝楼上走去：我要上楼啃这些书去。啃完这些书，我就能把胡安全说倒，也会让王满胜心服口服。这是个苦工活，别让人打搅我。

56 李世民家二楼孩子房间 日 内

李世民走了进来，对两个儿子：你，还有你，都给我出去。我做给你们两个看看，啥叫念书。听着，我不叫，谁也不准进这个门。

媳妇看着李世民抱着书进了屋，关上了门。

57 村口 日 外

娱乐消遣的村民在议论李世民闭门读书的事。

村民甲：听说村长几天没出门，关在屋里念书哩，眼都熬红了。

村民乙：你可真会说舔屁眼的话。他关在屋子里你没见，咋知道他把眼熬红了。也许是做样子哩。

58 村街 日 外

村民丙：临时抱佛脚，来不及了。我不信李世民几天工夫就能把那些法律书念通。他有多聪明？他还真拿自己当唐太宗了？

村民丁：你甭说这话，临阵磨刀快三分呢。说不定他还真能从书里念出个道道来。

村民丙：快看你手里的牌。冰冻三尺非一日之寒。像李世民那样能把书念通的话，咱吉祥村一千多号人都能当大学生。

59 李世民家院子 日 外

李世民的两个儿子一个楼上，一个楼下，正把饭篮往楼上吊。

王满胜叫着"村长"从大门外走进来，叫着：村长，李世民！

李世民媳妇满脸是笑从厨房出来：世民在楼上念书哩，不让人打搅。

王满胜：他还有心思念书！李世民你出来，你不能这么关在楼上念书。你再这么念下去我家的公羊就让胡安全折腾死了。你出来你出来——

王满胜要上楼，被李世民媳妇挡住了。李世民媳妇往外推着王满胜，友好地解劝着。

楼上，一儿子提着饭篮走到李世民读书的门外站住，敲了两下门：饭！

60　李世民家院外　日　外

王满胜喊着：李世民！你下来！

李世民媳妇友好地把王满胜推到了村街上。

李世民媳妇：世民不会出来的。他的脾气你知道，他不会出来的。

61　胡安全家院子　日　外

那只公羊在努力工作。几个主顾拉着母羊在等待配羔。胡安全向他们宣布他的试验成果。

胡安全：我已经检验出了这只公羊的能耐，它一天只能配三次，到第四次就是鞭子抽它也不肯上了。世上也许有一天配五次六次羔的公羊，这一只不行。慢走啊——

他收过配种费，和将要离开的母羊主人打着招呼，一副理所当然的配种站主人的样子。

62　王满胜屋　日　内外

王满胜捂着被子在炕上躺着。媳妇很生气，过来揭掉了被子。王满胜呼一下坐了起来。

王满胜：咋啦咋啦？

媳妇：你这么蒙头睡觉不上山放羊，难道要为一只公羊把圈里的一群羊饿死？

王满胜：我没心思我不去我要睡觉。

又拉过被子蒙头睡了。

媳妇再次揭掉被子。

王满胜又坐起来：再揭被子我扇你。

媳妇：你几天不上山，你要把羊都饿死呀！啊？

王满胜似乎冷静一些了，用手抹了几下脸。媳妇不失时机，把王满胜从炕上拉了下来。

媳妇：我把啥都给你弄好了，收录机，干粮——

他们出了屋子。

媳妇：还有鞭子。

媳妇把拦羊鞭递给王满胜，被王满胜拨开了。王满胜从旁边拿过一把拦羊铲。媳妇看王满胜要去了，迅速跑到羊圈跟前打开圈门。群羊往圈外挤涌着。

王满胜已经把干粮袋、收录机披挂好了。

63 山坡　日　外

群羊在吃草。收录机破例没有打开。

心情烦乱的王满胜用拦羊铲在一棵树上一下一下扎着。

一只羊似乎有些好奇，看着王满胜。

王满胜：吃你的草，看我做啥？

那只羊叫了一声。

王满胜：你不吃草叫唤你妈个腿！

那只羊摆过头去不知看着什么。

王满胜：你个驴日的。

王满胜把拦羊铲扎在树身上，要过去踢那只羊。羊跑开了。

那只羊开始吃草了。

王满胜心里的气似乎消了一些，要从树身上拔下羊铲。羊铲扎得深了些，没拔下来。王满胜用了点力，拔下了羊铲。他看着铲头。铲头很锋利。他又看了看整个拦羊铲。他突然感到这把拦羊铲可以当武器用。他的脸色立刻变得冷峻起来。他转过身，对着吃草的群羊，像威风的将军一样。

王满胜：跟我回。

他取过收录机和干粮袋，把羊群往山下赶。

64 村口 日 外

王满胜操着拦羊铲，气势汹汹地朝村子走来。后面紧跟着他的羊群。

商店老板问：满胜，这么早就回来了？

王满胜：我要和胡安全拼命去！

王满胜和羊群很快从村口走了进去。

商店老板：要出人命了，快找李世民去。

有人撒腿跑去。

65 胡安全家 日 外

公羊从母羊背上下来了。

胡安全又收到了二十块钱：行了行了今天到这儿结束了，把你们家母羊拉回去明天再来。

呼啦啦一阵响动。王满胜操着拦羊铲和他的羊群从大门外冲了进来。胡安全的脸色立刻变了，跳到石墩跟前，抓起了那把杀猪刀。

王满胜：把公羊交出来。

胡安全直勾勾地看着王满胜。

王满胜威严得像个勇士：放下屠刀。

胡安全把手里的刀握得更紧了。

王满胜：不等你动刀子我早把你打成烂泥了，我用的是长家伙。赶快把公羊交出来。

胡安全：你过来我就捅你捅个血流满地，捅出你的肠子来！不要命就过来。来。

王满胜举起家伙朝胡安全冲过去。就在这时，突然传来一声断喝：都给我站住！

是村长李世民。李世民大踏步地从大门外走了进来。他英勇无比，把一只手举在空中，对着要械斗的王满胜和胡安全。

王满胜和胡安全站住了。

李世民并不放下举在空中五指划开的手，转头用目光遍视着胡安全：把家伙都给我放下！

又一声喝：放下！

胡安全放下了杀猪刀，王满胜放下拦羊铲。李世民放心了，把手从空中收了回来。

李世民：胆子不小啊你们。只要你们一动手，弄出个一差二错，就不是我李世民能管的事了。我念了好几天的法律书。你们看我的眼，（确实，李世民的眼睛像鸡屁股一样，鼻子底下也像揉了一道锅黑）我熬夜了。停电了我就点着煤油灯熬。我到底熬出来了。法律不是吓唬人的，是真东西，出了人命就得去县城公安局说事。县法院三天两头枪毙人呢。难道你们不怕枪毙？

进来了几个村民。

拉母羊配羔的人从羊圈背后出来了，拉着母羊快步走了。

王满胜：不！我要我家的公羊！

李世民鄙夷地朝地上吐了一口：啊呸！

院子里突然安静下来。

胡安全：村长。

李世民：啊呸！

李世民看着胡安全。

胡安全并不示弱，也看着李世民。

李世民：你说，我能不能断这官司？

胡安全瞪着眼没有吭声。

王满胜也看着李世民。

几个村民也看着李世民。

李世民对胡安全：我告诉你，我不但要断，而且要用法律断！

66　村街　日　外

李世民骑着摩托朝小学开去。摩托后座上刘法官搂着他的腰。

很多村民也朝小学走着。

几个村民和李世民打招呼。

李世民理也没理。

摩托车开远了。

67　小学操场　日　外

人声嘈杂。几乎全村的人都聚集在这儿了，心情都一样的兴奋和激动，等着观赏村长李世民用法律断公羊串门的官司。场面和选村长时很相似。不同的是这一次人们围成了一个圆圈。他们在议论着，像苍蝇一样。

圆圈的中间扎了两根木橛，分别拴着王满胜家的那只公羊和胡安全家的那只母羊。它们的主人王满胜和胡安全分别蹲在它们跟前，低着头。公羊和母羊并不像两位主人那么难堪，它们支棱着耳朵。公羊一摆头，就会把脖子上的铃铛摇响。圆圈的一边放着一张木桌，一条木凳，现在还空着。

有人说：来了来了。

人们的目光转到同一个方向。

圆圈裂开了一个缺口。村长李世民夹着十几本法律书，领着乡上法庭的老刘从缺口处走进来，走到木桌跟前，坐在了木凳上。李世民把法律书放上桌子，咳嗽了一声。

全场立刻安静了。

李世民一脸严肃：我先给大家介绍一下，这位是咱乡上法庭的刘同志。我叫他来做个见证。他不断官司，我断。

人们哄一声笑了。

李世民没有笑的意思：笑，你们笑，笑完了我再断。

人们立刻收住了笑声。

李世民又咳嗽了一声，开始断官司了。

李世民：王满胜到了没有？

王满胜：来了。

李世民：你家的公羊到了没有？

王满胜：来了。

李世民：是不是串门的那一只？

王满胜：是。

李世民：胡安全到了没有？

胡安全：来了。

李世民：你家的母羊到了没有？

胡安全：来了。

李世民：是不是配了羔又流产的那一只？

胡安全：是。

李世民：都到齐了。到齐了就好。现在我来断这个官司。大家都看见了，这一位是咱吉祥村的村民，王满胜，他的旁边是他家的公羊。这一位也是咱吉祥村的村民胡安全，他的旁边是他家的母羊。王满胜、胡安全两家险些闹出了人命，是由他们旁边这两只惹是生非的公羊和母羊引起的。我就先说公羊和母羊。

公羊和母羊听不懂人话，也不太关心李世民和围观的人群的目光。

李世民：母羊寻羔当然要叫唤。公羊听见叫声就串了门。公羊的主人王满胜要收配种钱，母羊的主人胡安全说公羊犯了强奸罪……

王满胜似乎有些惊诧，看了胡安全一眼。

李世民：这就是矛盾。母羊的主人说公羊是送上门的，配羔钱不该出。公羊的主人说母羊用叫声勾引公羊，钱一定要收……

胡安全似乎也有些惊诧，看了王满胜一眼。

李世民：这也是矛盾。矛有矛的说法，盾有盾的道理。法律呢？（拿起一本法律书晃了晃）按照法律，强奸要在二十四小时以内报案。胡安全，你没有在这个时间里报案，你家母羊也没有。还有，母羊不情愿，以公羊的能力和具体条件，也不可能强奸成功。能强奸成么？母羊不情愿，就是不乱跑乱蹦，光把屁股东一摆西一摆，公羊也弄不成。所以，强奸不能成立。事实只能是，两只羊互为邻居，长期见面，声息相闻，产生了感情，应为通奸。法律不管通奸，胡安全，不信你看法律书去。

李世民把桌上的法律书朝胡安全扔过去。十几本书全落在胡安全的脚跟前。

胡安全：我不看我也不信，法律不管通奸，让世上的人都通奸去。
大家说——

村民们又嘈嘈起来了。

李世民：今天是我说，我说完大家再说。

村民们又安静了。继续专心地听李世民的说辞。他们已经被李世民的说辞吸引住了，甚至进入了情境之中。

李世民：法律虽然不管通奸，但是，听着，我还有个但是。两只羊违犯家庭纪律，私自幽会，引起两家主人的矛盾，并造成一定的后果，法律就要管了。按照法律，不满十六岁的少年儿童，法律上叫未成年人，还有智力不全的人，行为后果要由监护人负责。以此类推，羊是畜生，不通人事，行为过失应由主人承担责任。根据以上的论证，现对公羊串门一案宣判如下——

李世民从衣袋里掏出一页纸。

老刘拨了一下李世民的胳膊：是调解不是宣判。

李世民照纸上写的念：现对公羊串门引起的纠纷调解如下：第一，公羊强奸既不成立，母羊家应全额给付配种费；第二，母羊流产是因公羊的主人脚踢所致，公羊家应给予一定的补偿；第三，公羊在母羊家受到非法拘禁并强行被迫劳役，劳役的收入，除出饲料费，全额退还公羊主人。这是一笔细账，要坐下来慢慢算……

王满胜的脸上堆满了笑纹。

胡安全的脸阴了下来。

李世民的调解引起全场村民长时间的鼓掌。他看着给他鼓掌的村民，脸上满是自得的笑。

…………

68 李世民家　黄昏　外

小学操场上的热烈气氛一直延续到李世民的家里。

屋子里坐着许多村民，你一言我一语夸奖李世民，没想到他真从书本里挖到了学问。看李世民在小学操场上的架势，能到县法院当大法官。有人说当法院院长也够格了，可惜不是正式的国家干部，等等。

李世民媳妇的脸上飞扬着兴奋的光彩，为李世民感到自豪。她忙着给大家倒茶递烟。

王满胜也在场。

李世民的脸上布满那种谦和的笑。他感到接受的赞扬差不多了，再让他们赞扬下去就会离谱，便转了话头。

李世民：哎哎满胜，给你解决了问题，你也不说句感谢的话？

王满胜：感谢么，感谢么。

李世民：虽然是我解决了你的问题，可我是谁？是吉祥村全体村民选出来的村长，追根求源，你得感谢咱村上的人。

王满胜：感谢么，感谢么。

李世民：你真要有心感谢，就请咱全村人看场电影，咋样？

王满胜：行么，行么。

李世民：满胜，我说的可是认真的，大家也都听见了，别哄人啊。

王满胜：不哄不哄。

69 村街 傍晚 外

广播里叽里哇啦放着流行歌曲。

银幕已经挂了起来。全村的男女老幼提着板凳正往银幕前集中。

几个小孩用砖头给他们家大人占着有利的位置。放映员正在倒片子。

银幕上几只手在做出各种动物形状。

王满胜两口早就坐在了人群中间，位置最好。因为钱是他们出的。

70 李世民家 夜 内

李世民正在喝酒。很自得。

电视上放着《秦之声》。

李世民媳妇：我去看电影啊。

李世民：去吧去吧。

李世民媳妇：你不去？

李世民：不去。

又把一盅酒灌进了喉咙。

71　胡安全家　夜　内

胡安全喝着啤酒，很闷气。

媳妇走进屋来。她的肚子已经凸了起来。

胡安全：你咋不去看电影？

媳妇：不去！

胡安全：你去嘛！我没事！

媳妇：我不去！我明儿回娘家呀。

胡安全：回回回，万一跌一跤，跟母羊一样流产了咋办？我不更惨了。

72　胡安全家羊圈　夜　外

卧着的母羊好像有些心绪不宁，它突然叫了一声。

73　王满胜家羊圈　夜　外

羊栏里的公羊抬起头来，脖子上的铃铛时而发出一声响。

能听见村街上播放电影的声响。

74 村街 夜 外

播放的是一部武侠动作片《英雄》，打斗的场面不时让吉祥村的村民发出啧啧的声音。

一阵风吹过来，银幕被吹掉了一边。有人朝前看，有人朝后看，不知发生了什么事。

有人喊：快，快绑银幕。

没有绑银幕。放映机继续转动着，银幕上的画面少了一个角。村民们就这么看着。

电影的声响效果很精彩。

75 王满胜和胡安全家门外 晨 外

两家的门同时响了一声。王满胜和胡安全从各自的家门里走出来，进了各自的茅厕。

王满胜：安全，这几天我一直想问你没顾上问，你给李世民告我家公羊强奸啊？你可真会想，真能想。

胡安全：我一直没顾上问你，你说我家母羊勾引你家公羊啊，你也会想能想么。

王满胜不接安全的话茬：我一想你告我家公羊强奸就觉得好笑。法律不承认是强奸，是通奸。你虽然想得绝，想得妙，还是白想了。

王满胜家的羊群从门里涌出来，王满胜也出了茅厕。媳妇把干粮收录机和拦羊鞭递给王满胜。王满胜披挂齐整，赶着羊走了。

胡安全还在厕所里站着，看着村街上越走越远的那群羊和王满胜。

王满胜和羊群快要出村口了。

76　胡安全家院　日　外

胡安全和了一盆食料，端给母羊。他蹲在母羊跟前，点了一根纸烟，看着母羊吃。

77　山上　日　外

群羊散乱在沟坡上。
王满胜从干粮袋里取出干粮，坐在沟坡上吃着。
羊们勤奋地吃着草。
公羊跳上了沟岸，东张西望。王满胜扔过去一块土坷垃，打在公羊身上。公羊立刻下了沟坡，老实吃草去了。

78　胡安全家门外　日　外

胡安全拉开门走出来。
胡安全不知要去哪里，从王满胜家门口过，无意地朝里看了一眼——

79　王满胜家　日　外

王满胜的媳妇正在打扫羊圈。
胡安全从大门外走进来。
王满胜媳妇没有发觉。
胡安全走到羊圈跟前，咳嗽了一声。
女人抬头看见是胡安全，似乎有些诧异。
胡安全：忙着哩？
女人给安全笑了一下，算是招呼，然后继续打扫羊圈。

胡安全似乎动什么心思了。

王满胜媳妇：你媳妇呢？

胡安全：回娘家了。

王满胜媳妇：不是回来了嘛，看电影的时候我见了。

胡安全：又走了。

王满胜媳妇：噢噢，有身子了，不放心你，怕你晚上胡来，是不是？

胡安全：就是。

王满胜媳妇：那你一个人多恓惶的。

胡安全：就是。哎哟！

他突然叫了一声，捂住了眼睛。

王满胜媳妇：咋啦？

胡安全痛苦地揉着眼：啥东西钻到我眼里了，你扫帚蹦上来的。哟，哎哟。

王满胜媳妇：是不是？

女人放下扫帚，在衣服上抹抹手，从羊圈里出来了：我看看，你甭胡揉，我看看。

胡安全伸过脸去让女人看。

胡安全突然抓住女人的手用力一拧，把女人的手拧到了背后。女人叫了一声，肚子腆了起来。胡安全把女人往屋里推。

女人：快放开，你把我的手拧疼了。

80　王满胜家屋　日　内

胡安全已经把女人推进了屋，他用另一只手关上屋门。女人挣扎了一下，胡安全又加了一点力，女人的肚子腆得更高了。

女人：安全快放开，我给你取眼里的东西。

胡安全：我不让你取了，我要弄你。

女人拧过脸看着胡安全。她忽然笑了。她不敢相信。

胡安全：别笑！

女人不笑了。她挣扎了几下，挣不开，又看着胡安全。

胡安全：看吧你看吧，看够了我再弄。

他又用了一下力。女人叫了一声，不看了，大口地喘着气。

胡安全：我不管你愿意不愿意，我不许你喊叫，你敢喊我就掐死你。

胡安全也喘着气。

胡安全：你记着，这不是强奸，是通奸。炕上去——

胡安全把女人压到了炕上。

胡安全动作粗暴。

女人一声尖叫。

81 山上 日 外

王满胜平躺在沟坡上，吼着一首歌：我们亚洲，山是高昂的头，我们亚洲……

羊在吃草。

82 王满胜家院 日 外

屋门打开了。胡安全走出来，拉上屋门，出了大门。屋门又一次开了。女人走出屋，整整衣服或头发，去了羊圈。女人进羊圈，重新进行中断了的工作。

女人突然停了下来。

女人坐在羊圈里，捂住脸，似乎在哭。

83　村口　黄昏　外

这里永远有娱乐消遣的人。

胡安全在理发。

一阵铃铛声。胡安全很敏感地扭过头——

王满胜赶着羊群回来了。

胡安全很紧张地看着王满胜。

84　王满胜家门外　黄昏　外

王满胜赶着羊群朝他家门口走去。

胡安全在挺远的后边跟着。

王满胜和羊群走到了家门口。

胡安全也站住了。

王满胜媳妇出来了,她的表情很平静。她接过王满胜身上的披挂,赶着羊群走进门去。

天渐渐黑了下来。

85　吉祥村　夜　外

夜里的吉祥村安静得像一只猫。

86　胡安全家　夜　内外

胡安全被一阵不知从什么地方发出的声响惊醒,忽一下从炕上坐了起来。他下炕,走出门去。他来到了院墙边,朝王满胜家房子看去。王满胜家一片漆黑,无声无息。胡安全长出了一口气。

87　胡安全家　晨　内外

天已亮了。

王满胜家的大门响了一声。胡安全跳下炕出屋,站在大门后听着外面的动静。王满胜在撒尿,然后,王满胜赶着羊走了,听不见外边有什么动静了。

胡安全抽开门关,拉开门走出去——

88　胡安全家门外　晨　外

胡安全向街道上瞄了一眼,早已没了王满胜的踪影。胡安全放心了。进茅厕撒尿,然后出茅厕,朝王满胜家门口看了一眼。门闭着。

他经不住好奇心的驱使,走过去推开了王满胜家的门——

89　王满胜家院　日　外

窗户开着,王满胜媳妇正在梳头。

胡安全走到了院里,点燃烟,看没什么危险,便开始说话。

胡安全:哎,你没给满胜说?

女人在梳头。

胡安全:就是,咱俩的事儿,别给满胜说。

女人在梳头。

胡安全:我走啊。

女人开口了:安全,你进屋来,我给你说句话。

胡安全没动:你说。

女人:你进屋来说。

胡安全：你说么。

女人：你进来我再给你说。

胡安全拧灭烟头朝屋内走去。

门关上了。

90　李世民家　日　内

李世民媳妇拿出两件衣服要李世民换。

李世民：算了吧？

媳妇：换上换上，上了电视，全县的人都看你，衣服不像样子，没人说你会说我的。

李世民换衣服：把他的，断了个公羊串门的官司，还断出名声来了……

91　村街及李世民家　日　内外

一年轻村民跑着。村街有些乱。有些村民朝相反方向跑着。年轻村民气喘吁吁，穿街越巷。他跑进了李世民的家。

村民：村长快快，满胜把胡安全砸死了。

李世民和媳妇都愣了。

李世民有些急了：你说啥？我没听清，再说一遍！

村民：满胜用镢头把胡安全砸——砸死了，快，快！

李世民：快个屁！这得找公安！

92　县公安局拘留室　日　内

以下是警察对王满胜媳妇的调查询问。警察边问边做记录。

警察：你和胡安全发生过几次性关系？

王满胜媳妇：两次。

警察：第一次是啥时候？

王满胜媳妇想了一会儿：日子记不清了。

警察：记得不记得当时的经过？

王满胜媳妇在回忆：……那天，我当时在扫羊圈，他来了。他说他眼里钻了个东西，让我给他拨。我就给他拨。他就拧我的胳膊，把我推进屋里，就把我……

警察：你愿意不？

王满胜媳妇：不愿意。

警察：你反抗没有？

王满胜媳妇：他不准我叫喊。

警察：脱衣服没有？

王满胜媳妇：……没有。

警察：裤子呢？

王满胜媳妇感到警察问得有些过分，看着警察：你问得也太详细了。

警察：谁解的裤带？

王满胜媳妇：……他。

警察：你反抗没有？

王满胜媳妇：他说我要动就掐死我。他会这么做的。

警察：他进入没有？

王满胜媳妇似乎不明白。

警察：他进入你的身体没有？

王满胜媳妇听明白了，涨红了脸：……你为啥问这话？他要做那事情你说他进——你为啥要问这话？

警察锲而不舍：进入了没有？

王满胜媳妇：……进了。

警察：你有啥感觉？

王满胜媳妇又听不明白了，看着警察。

警察：他进入以后，你有啥感觉？

王满胜媳妇低下了头，再抬起来的时候已是一脸羞愤：我没啥感觉我不说了，你再这么问我就不说了你为啥这么问我呢嘛啊啊……

她哭了，哭得很厉害。等她慢慢平静下来以后，警察又开始询问。

警察：你给别人说过这事没有？

王满胜媳妇：……给满胜说了。满胜看我眼睛有些肿就问我，我就说了……

警察：第二次呢？

王满胜媳妇：他又来了，我正梳头。

警察：这次你愿意了？

王满胜媳妇：不愿意。……屋里就两个人……我不让……没完满胜就回来了。

警察：第一次完了是不是？

王满胜媳妇：嗯。

警察：我再问你，你有啥感觉？他和你那样的时候，你有啥感觉？比如说，你感到舒服……

王满胜媳妇憋了好长时间，突然爆发了：你问的话我听不懂我不说了我受不了你们这么问我，你为啥要这么问我你们杀了我吧我也不想活了啊啊啊……

调查询问无法进行了。

93 村口 晨 外

两辆蹦蹦车一辆手扶拖拉机满载着村民朝村外驶去。

李世民骑着摩托在后边跟着。

94 山路 日 外

车辆在山路上行驶着。

95 县城街道 日 外

车辆随着李世民的摩托车拐向另一条街道。

96 县法院法庭 日 内

法官：你认识这把镢头吗？

法警把那把带有血迹的镢头拿给王满胜。

王满胜：认识，是我家的。我用它砸死了胡安全。

法官：你为啥要砸死他？

王满胜：他强奸我女人。

法官：你咋知道他是强奸？

王满胜：我女人给我说的。我当时就想用镢头砸胡安全去。我怕我砸不过他。他有杀猪刀。我当时就这么想的。

法官：后来呢？

王满胜：我想我会有机会的。

法官：你记不记得砸胡安全的经过？

王满胜：我做的事我不会忘。那天，我赶着羊（在以下台词中闪回相应的画面），我就知道胡安全又想弄我女人。我就回来了。我在院子里掂了一把镢头。让他弄！我让他弄！我进去照准他就是一镢头。（闪回结束）

法官：后来呢？

王满胜：他哼了一声。他说：（闪回。胡安全：兄弟，你把我的腰砸断了。）我说：呸！谁是你兄弟。他说（闪回。胡安全：你不该砸我你该找李世民去。）我说：呸！你想得倒好。我不想找李世民，我想自个儿解决。他说：（闪回。胡安全：我以为你不知道这事我还想再弄一次。）我说：（闪回。王满胜：好！你说得好！我也想再砸一次。）我就又砸了他一下（闪回。镢头高高抡起，砸在胡安全的头上。）

静场。吉祥村的村民和李世民沉默不语。

法官：后来呢？

王满胜：没有后来了。后来，李世民就来了。那就是李世民，我们村的村长。

许多人都看李世民了。

李世民：满胜你说你的别说我。

王满胜：说到你了么。

法官：你砸了一镢头为啥还要砸另一镢头？

王满胜：第一镢头砸在了他的腰上，我想砸的是头，不是腰。

法官：你知道不知道你会把人砸死？

王满胜：知道。

法官：知道会砸死人你还砸？

王满胜：你这话问得怪。他活着我难受。

王满胜的质问惹笑了一位法官。

王满胜：笑啥？

旁听席上也有人笑了，王满胜更为生气。

王满胜：笑啥，你们为啥要笑？这儿是法庭你们为啥要笑？

法庭宣布暂时休庭。

97　通往小学的路上　日　外

一辆囚车由几辆警车开道，朝小学开去。
村民们也一群群向小学走去。
警笛刺耳地尖叫着。
村民们纷纷躲避。

98　小学操场　日　外

满操场的群众议论纷纷，与选举那天的情景很相似。
几个小孩跑着。有一个孩子绊了一跤。
主席台上，李世民和几个警察说了几句什么。
几个法官和几个县乡干部在说着什么。
李世民走向话筒。

99　吉祥村　日　外

高音喇叭里传出李世民的声音：公判大会！赶紧！赶紧！公判大会！

100　村口　日　外

村口空无一人。只有几只鸡在刨食。

101　村街　日　外

村街寂静。广告墙上新刷上了法制教育的标语。

102 王满胜胡安全家门外 日 外

门外寂静。

门轴轻响。王满胜家的公羊从门缝里挤了出来，大摇大摆地走到邻居胡安全家门口。

大门敞开着，公羊走进门去。它站住了。公羊转过头来，给我们做出一个笑。

（定格）公羊笑容暧昧。

剧　终

兵哥

献给

曾经和正在服役的士兵们

1 江南某城市 日

一只巨大的彩色气球正缓缓移过这座新兴城市的上空。能看见城市的建筑物和街道。

城市繁忙，美丽，充满生机。

大伟的画外音：人的生命里有许多偶然性。你不知道你会遇见什么。有人说这就是命运。

正在缓慢移动的气球下面是一所学校。

2 学校操场 日

阳光灿烂。高中学生王大伟正在这里和他的同学们举行"我的理想"主题班会。他们围成一个圆圈，和阳光一样鲜艳。一位漂亮的女学生正在描述她的理想。

大伟的眼睛直勾勾地看着那位女同学。

女学生：我喜欢女兵服，多神气。所以我想当兵，做一名女飞行员，驾驶着银燕，翱翔在祖国的蓝天，看山，看海，看我们这座美丽的城市，还有我们的学校和教室的屋顶……

大伟认真地听着，被女同学迷人的设计吸引了。也许，他很喜欢这位女同学。

大伟被人用手捅了一下。大伟没动。又捅了一下。大伟转过头——

是坐在他身边的一位男同学，一副赖里赖气的样子。脖子似乎有些短，就叫他短脖子吧。

大伟：干什么？

短脖子：别看她。

大伟：你管不着。

短脖子：不让你看！

大伟转过头，继续看着那位女同学。

短脖子又捅了大伟一下。大伟被捅疼了，捂着被捅疼的地方，盯着短脖子。

短脖子挑战似的迎着大伟的目光。

同学们正在为描述理想的女同学鼓掌。

老师突然地：王大伟！

鼓掌声戛然而止。几十双眼睛一齐投向大伟。大伟满脸发窘，站起来。短脖子立刻像什么也没发生一样，规矩地坐着。那位女同学已经回到她坐着的地方。短脖子拨了一下大伟的腿。

短脖子：该你了。

大伟走到圆圈里。他一时不知道该说什么，脸憋得通红：我，我想当兵。

同学们哄一声笑了。

大伟更加局促和尴尬。他以为同学们笑他的志向太小，强辩似的：当将军。

哄一声，笑声更响了。甚至有人起哄，发出噢噢的叫声。短脖子的叫声最响。

大伟更加不知所措了。他急眼了，指着短脖子：他偷我的书！

短脖子也急了，站起来：没有！

大伟：就是！

短脖子：就没有！

他们的争执并没有人在意，哄笑声更高更杂乱。大伟惶惑地看着起哄的同学们。

大伟的画外音：我说的是心里话，他们却笑我……

3 文化宫旱冰场 日

许多男孩和女孩在滑旱冰。今天是星期天。

大伟也在其中,他刚刚学会,滑得很不老练,险些摔倒,赶紧扶住了栏杆。他羡慕地看着那些滑得很好的男孩和女孩。他们体形优美,动作矫健,从他身边飞速滑过。他受到了鼓舞,小心地向前滑去。

他站住了,看见了什么——

短脖子和两个同学从入口处走过来。大伟感到他们的到来和他有关。

短脖子和两个同学在栏杆外站住了,盯着大伟。大伟有些紧张,站着没动。

短脖子:去,让他学狗爬。

两个同学朝大伟走来,站在大伟跟前了。

不断有滑冰的孩子从他们身边滑过。

大伟看着栏杆外的短脖子。

同学甲:他要你学狗爬。

大伟不看他们,像没听见一样,依然看着栏杆外的短脖子。

同学乙:学吧。

大伟不动。同学甲使劲推了一下大伟。大伟肚子一腆,突然向前滑去,然后,重重地仰面倒了下去,痛苦地叫了一声,正好倒在了距离短脖子很近的地方。

短脖子跳进栏杆,看着地上的大伟。

大伟小心地站起来,看着短脖子。

短脖子:人家想当兵,你也想,想得美,美死你了。

大伟瞪着短脖子。

短脖子:看什么看?美你的去吧——

短脖子猛推大伟一把,大伟又一次滑倒了,很狼狈。

许多滑冰的停下来,看着大伟。有人在笑。

大伟抬起头，寻找着短脖子。

他们已经不见了。

4 教室 日

大伟值日。他扫完地，把笤帚背在身后，像军官指挥士兵一样，检查桌椅是否排得整齐，口中念念有词。

大伟：应该这样，这样。你，还有你。

桌椅们很整齐了。大伟走到讲台上，站上一把椅子，扫视着桌椅们。

大伟的画外音：这是我喜欢做的游戏。每次值日，我都这么做。

大伟对他的"士兵"们发号施令了：我是将军。你们是士兵。听我的口令，立正——稍息，立正——齐步走——

"走"字刚出口，有人突然抽掉了大伟脚下的椅子，大伟摔倒了。

是短脖子。他不知什么时候溜了进来。他拉过大伟刚才站的那把椅子，坐上去，得意又有些鄙夷地看着摔倒在地表情狼狈的大伟。

短脖子：就这样当将军啊？（对门口站着的几个同学）你们看，被我摔倒的窝囊将军。

有同学笑起来。有的同学对短脖子的恶作剧不满，从短脖子身边走过去，坐在了自己的座位上。

短脖子：哎，你们为什么不看？

又有一些同学涌进教室。

短脖子：请看，被我摔倒的窝囊将军。

那位漂亮的女学生进来了，看见地上的大伟。大伟也看见了她。大伟的脸红了。

漂亮的女学生回到了自己的座位上。

短脖子很得意：快看快看……

大伟的脸扭曲了。他突然一跃，愤怒地朝短脖子一头撞过去。随着同学们的一声惊叫,短脖子和他前后的桌子一齐倒了。短脖子的头和脖子折在两个桌子之间,痛苦地叫了一声。

短脖子:我的脖子——

5 另一所学校的大门口 日

大伟的画外音:不知他该是个短脖子,还是因为我撞了他,他的脖子一直没长到足够的长度,也歪了。我转到了另一所学校……

大伟背着书包朝学校门走来。

短脖子和那两位同学从旁边窜过来,堵住了大伟。短脖子的脖子确实有些歪了。

短脖子:看你能变成老鼠,钻到地洞里去。

大伟不吭声。

短脖子:赔我的脖子。

大伟躲闪着要走,又被他们堵住了。两个同学架住了大伟。大伟不挣扎,一脸任人宰割的样子。

正在分发报纸的校门卫朝这边看着。

短脖子:给你爸要点钱,请咱哥几个撮一顿。

大伟不吭声。

短脖子:要不,学两声狗叫。

大伟不吭声。

短脖子的同伙:快,门卫朝这儿看呢!

短脖子:那就让我扇你十个耳光。见你一次扇十个耳光,怎么样?

大伟一脸木然。

短脖子抡起手,要扇。

短脖子的同伙:来了!

他们撒手跑了。短脖子回头看去——

校门卫晃着锁大门的铁链朝这边跑过来。

短脖子撒腿跑了:大伟,我和你没完!

大伟看着跑走的短脖子,泪水从眼里流了出来。

门卫:快去,要上课了。

大伟擦擦眼泪,转身朝学校里走去。

大伟的画外音:我转了几次学,他总能找到我。世界太小了——

6　郊外　日

各种车辆扬着灰尘呼啸而过。灰尘在散去。我们看见了一脸茫然的大伟,他坐在路边的路碑上。落叶正在飘落。他已是一名高中毕业生了。又一辆卡车开了过去。灰尘弥漫。穿过弥漫的灰尘。三辆自行车停在了大伟跟前。大伟转过头去,有些诧异——

是短脖子和那两位同学,依然是那种赖皮样。他们用腿撑着自行车。

短脖子歪着:你也没考上大学?

大伟不吭声。

短脖子:你不是要当将军吗?正在征兵,去报名吧。

大伟依然不吭声。

短脖子他们蹬车走了。

又几片树叶跃掉下来。

大伟看着他们远去的背影,想着什么。突然,他转身朝另一个方向跑去。

7　大伟家　日

穿着一身新军装的大伟站在屋子当中。父亲背着手,一脸鄙弃的表情,绕着大伟看了一圈。

母亲坐在一边抹着眼泪。

父亲：你去问问，现在谁还愿意当兵？干临时工也比当兵强十倍！

母亲呜咽出声音来了。

大伟想安慰母亲，却找不到合适的话语。屋外有什么响动。大伟抬头看去——

是短脖子，一脸羞愧，想进屋又不好意思进来。

大伟走出屋，到短脖子跟前了。

短脖子低着头：……你真当兵了？

大伟伸出手：我们和好吧。

短脖子抬起头，对大伟的态度很感激。

短脖子真诚地：也许你真能当上将军。

大伟一脸质朴的笑。

火车车轮声——

8 运兵列车 夜

闷罐车厢像一只摇篮，悠悠地在北方的原野上行进。几个新兵挤在窗口，想看出去。

远处是城市的灯火。

新兵甲：北京！

新兵乙：不是，北京大多了。

新兵甲：肯定是。

有一位新兵从衣袋里摸出一支烟，点着吸了一口。

带队的：不许抽烟！

大伟一脸茫然，站在车厢的角落。

大伟画外音：我不知道我们会去什么地方……

车厢里的新兵们睡着了。

列车在夜色中向北疾驰,车轮滚滚。

9　新兵训练营地　日

大伟和新兵们正在走正步。

队列中的大伟全神贯注,动作和表情因过于认真而显得有些滑稽。

大伟的画外音:我很认真。我想当个好兵。

10　新兵训练营地　日

大伟单独做着卧倒和起立的动作。

教官给大伟喊着口令。

大伟一次次卧倒又起立,直到精疲力竭,趴在地上起不来了。

教官:起立——

大伟没有起来。他大口喘着气,看着教官。

教官:起立——

大伟突然翻过身,支起膝盖:它烂了——

大伟的膝盖处磨穿了两个洞。膝盖上的皮磨出来血。他又伸出两个胳膊肘,"四脚"朝天。

大伟:还有这儿——

两个胳膊也烂了,露出的皮肉一样地渗出血来。大伟憨态可掬。教官想发作,却不知该怎么说大伟。转身走了,气咻咻的。

围观的新兵们哄一声笑了。

11　营房　日

新兵们在床铺上打闹着,有的敲着刷牙缸唱着家乡的小调。

大伟正在给胳膊肘和膝盖上抹紫药水。磨烂的衣服已补好了。

大伟的画外音：我把衣服补成双层。胳膊和膝盖不用针线，抹上药水，它自个儿就补好了……

紧急集合号声。

营房里立刻紧张起来。大伟动作敏捷地捆绑着铺盖，第一个冲出门去——

12　山地　日

大伟和新兵们在进行长途越野训练。

山，还是山，似乎永远也爬不到尽头。

沉重的负荷和长途跋涉使他们面目肮脏，举步维艰。

大伟因为憋尿，满脸通红，不时夹一下腿。

教官：怎么啦？

大伟：报告，不怎么。

教官：那就爬吧。

他们艰难地跋涉着。

号声响了，队伍停了下来。许多战士软在了地上。有的放下背包，到一边去尿尿。有的则打开了水壶，往喉咙里灌着水。

大伟和尿尿的新兵们站成一排尿着。

大伟的画外音：我憋了整整一天，我觉得我能永远尿下去。

都尿完了，只有大伟一个人还在尿。新兵们惊讶地看着大伟的背影。

有人说：他真行。

大伟终于尿完了，系好裤子，舒服地躺在了背包上，一脸幸福，闭着眼睛。

大伟的画外音：你要像我这么憋一天，你再排泄，你就知道什么叫舒坦了。

有人凑过来，拍拍大伟。大伟睁开眼，看着凑过来的几个新兵。

新兵甲：你真能憋尿。

大伟：战争期间是需要憋尿的。

新兵乙：战争？战争在哪儿？

新兵甲、乙看着高远的天空。

新兵甲：你这儿是不是缺根弦？

大伟莫名其妙，看见两个新兵一脸嘲笑的表情，似乎有些恼了。

大伟：我听不懂你的话。

大伟又靠在背包上，闭上了眼睛。

新兵甲对新兵乙：他有问题。

大伟的画外音：确实，我没有看见战争。三个月后，我被分到了一个边防连队……

13　连队驻地　日

茫茫戈壁中的连队驻地，显得孤单、渺小。

14　连队宿舍　日

大伟一个人坐在床上擦着枪，全神贯注，动作熟练。他已戴上了帽徽和肩章。

中尉走进宿舍：王大伟——

大伟答了一声"到"，弹下床，立正敬礼：报告中尉，五连战士王大伟正在擦枪。

中尉：枪号？

大伟：58432415。

中尉：好记性。稍息。听说你在新兵连训练很卖力？

大伟又一个立正：是。

中尉：为什么？

大伟像背书一样：我按口令做每一个动作，不胡思乱想，全神贯注。

中尉：好你个王大伟，立正——

王大伟把身板挺得笔直。

中尉发布口令：正步——走！

大伟迈着正步朝宿舍门外走去——

15　连队宿舍外　日

大伟按中尉的口令正步走了出来，走到一辆吉普车跟前，没法再走了。

大伟：报告，没法走了。

中尉：上车。

大伟愣了，有些不相信。

中尉跳上吉普车，大伟还在眨眼。

16　戈壁　日

吉普车在戈壁上行进着。中尉一脸坚毅的神情直视前方。大伟不知中尉要带他去什么地方，却不敢发问，不时看着中尉的脸。

大伟的画外音：我是最后一个被分配的新兵……

在戈壁中行进的吉普车。

17　菜地　日

菜地被一圈矮墙围着，抵挡风沙。

吉普车在小土门跟前停下来。中尉刚跳下车，小土门里就钻出一位老兵向中尉行礼。中尉和没看见一样，钻进小土门。大伟跟着钻了进去。

园子里竟长着许多蔬菜，还有塑料薄膜搭成的菜棚。大伟很惊奇，在这种地方竟能种出蔬菜来，老兵也跟了过来。

中尉：看见了吗？

大伟从惊奇中醒过来：报告，这是菜地。

中尉：好眼力。从今天开始，你接替他，种菜。

大伟习惯性地：是——

立刻又醒悟过来：不，我不要种菜。

大伟乱了方寸。中尉不理他，向那位老兵交代着。

中尉：你好好给他讲讲。传帮带。

老兵：是。

中尉转身走了，扔下大伟。大伟愣了。这是他没想到的。他看着中尉钻出小土门，钻进了吉普车，啪一声扣上了车门。

大伟急了，追过去：不——

回答他的是一团远去的烟尘。

大伟：不——

老兵跟了过去，他想和大伟说话。

大伟看着远去的吉普车。

老兵：我叫冯国庆，山东人。在这儿待了八年，今年退伍啊。

大伟似乎没听见，痛切地看着越来越远的吉普车。

老兵：你是哪儿人？

大伟要流出眼泪了，一动不动。

老兵：咱聊聊吧。这儿难得见个人。走，我领你去园子里转转，你得了解这个地方……

大伟突然甩脱老兵的手，向戈壁滩奔去。

那团烟尘快要消失了。

老兵：傻瓜，五十多公里地你追吧——

大伟没有停住，他决然地追着那团烟尘。

18 戈壁 日

大伟在跑，沿着那条依稀可辨的路。

19 连队驻地 日

大伟跑进驻地，满头大汗，一身尘土。士兵们看着向宿舍跑去的大伟，很惊讶。

大伟向宿舍跑去。

几个士兵好奇，跟了过去。

20 连队宿舍 日

大伟坐在床沿上大口喘着气。汗水把脸上的尘土冲成了几道泥沟。

士兵甲端来一杯水：你真行，跑了一百多里。

大伟摇摇头，表示他不喝。他还在喘气。

士兵乙端来一盆水：快，洗洗。

大伟大口喘气，没动。

士兵们七嘴八舌问大伟是怎么回事。

士兵们突然不说话了——

中尉进来了，一脸严肃，看着大伟。

士兵们小心地退了出去。放下茶缸和脸盆。

大伟的喘气小了一些。

中尉：喝水。

大伟拿过旁边的茶缸喝水。

中尉：洗脸。

大伟摇摇头。

中尉目光犀利，匕斜着大伟：说。

大伟木桩一样坐在床沿上，目视前方，口中念念有词：我不要种菜，我不想。

中尉：就这些？

大伟：我不想，我不想……

中尉：知道我想什么吗？我想回家……

中尉的语气透露出他心底深处的某种东西，使大伟很为惊诧。他把目光投向中尉。中尉立刻意识到了，恢复了铁一样坚硬的表情。

中尉：看什么！咱连队也有一个中心、两个基本点。连队驻地和哨所是基本点，中心在哪儿？就是菜地！你在全连的中心，还有比你更牛气的么？立正——

中尉突然喊出一声口令。他不耐烦了。

大伟下意识一个弹跳，立正了。

中尉：正步——走！

21　宿舍外　日

大伟正步走出宿舍，又到了那辆吉普车跟前，像孩子遇见了大灰狼，边甩着正步走向它，又一脸恐怖：不！我不去！

22　戈壁　日

中尉和大伟坐在吉普车上，在戈壁滩疾驰。他们谁也不吭一声。

菜地快到了。

23　菜地　日

山东老兵从小土门里钻出来，举手行礼。
吉普车没停，拉过一团烟尘，把山东老兵裹在烟尘之中。
吉普车继续前行，急驰而去。

24　哨所下　日

哨所在一座山包上。哨楼直耸蓝天。哨楼下是战士们简陋的宿舍和厨房。一条陡峭的石路通到山下。
中尉推车门下车。大伟跟下。
大伟跟着中尉沿石路向上走去——

25　哨所　日

三名战士从宿舍里走出，排成一行。等中尉和大伟到跟前时，战士们立正行礼。中尉面无表情，看着三位战士。
中尉：李杰。
一名战士应声跨前三步，立正。
中尉：请摘下军帽。
李杰摘下军帽。头上的头发快没了。
大伟看着快要秃顶的李杰。不知中尉为什么要这样做。
中尉：杨海呢？
李杰：报告中尉，他正在哨楼执勤。他成了夜盲眼，晚上不能执勤。
中尉停顿一会儿：去，把你们吃过的菜盒子拿出来。

李杰应声进了哨所。

中尉不看大伟。他取出一根烟,要点。李杰提出一个麻袋。

中尉:抖开。

李杰一抖,抖出来的是一堆各式各样的罐头盒,发出叮叮当当的响声。

大伟惶惑了,对着那堆罐头盒。

中尉狠狠地看了一眼大伟,把未点着的烟装回去,转身下山了。

这回,大伟没追。他木然地看着下山的中尉。

大伟的画外音:就这样,我被分配了。

中尉在下山,身板笔直。

26　菜地宿舍　日

阳光下,一只鸡蛋打碎在铁锨上,很快就炒熟了。山东老兵冯国庆把鸡蛋端进宿舍。他尽其所能款待大伟,一脸热情。

冯国庆:几天前就说要来新兵接替我。这些都是我给你准备的。

大伟似乎很饿了,一口吞掉一个鸡蛋,噎住了。冯国庆递上水。

冯国庆:别急,喝一口。

大伟连吃带喝,无所顾忌。

冯国庆打开一只木箱,取出三枚军功章,排列在床铺上。

冯国庆:大伟,你来看——

只有大伟吃过的空碗。大伟不见了。

冯国庆一脸诧异,用目光四下搜寻着。

不见大伟的身影。

冯国庆跑出菜园。

茫茫戈壁滩。没有大伟。

27　戈壁滩　日

大伟漫无目的地走着。

大伟的画外音：我想一个人走走。

大伟在走。

无边无际的戈壁中，大伟像一个孤独的影子。

28　一棵树　傍晚

大伟走过一片草场，走到一棵树跟前。在这种地方竟然会有这么一棵树，很让人惊奇。

大伟看着那棵树，似乎要从树上看出什么深意来。

孤独的一棵树。树冠很大。

大伟给树做了个手势：再见。

大伟继续朝前走。

29　沙漠　傍晚

大伟已走进了大漠深处。身后是他的脚印。

大伟还在走。

大伟的画外音：我一直往前走。我一个人。我不知走了多少路、多长时间。走着走着，我突然感到骇怕了。

大伟站住了。看着寂静的大漠，脸上有一种恐惧的表情。他突然转身，开始朝回走去。

大伟越走越快，沿着来路的脚印。

风刮了起来。大伟走得更快了，跑了起来。

大伟的脚印没有了。

大伟更为恐慌。风沙更大了。

大伟硬着头皮朝前跑去。

风沙中奔跑的大伟。

大伟跑上一座沙山。他满脸沙尘,已上气不接下气了。

大伟从沙山上滚了下去。

30　菜地宿舍　夜

外边是吼叫的风沙。

冯国庆一脸焦急,谛听着外边的动静。

什么东西被风吹倒了。

冯国庆拉开门,风沙立刻把他呛了回来。他推上门,吐着嘴里的沙土。

冯国庆在屋里来回走着。他看看表,已是深夜一点了。他下了决心,拉开门,冲进了风沙里。

风推拉着门扇,往里喷灌着沙土。

31　菜地　晨

风沙后的菜地。

32　戈壁　晨

风沙后的戈壁。

33　沙漠　晨

风沙后的沙漠默然无声。

枪声，遥远而清脆。

中尉、冯国庆和战士们在鸣枪寻找大伟。

枪声惊醒了埋在沙窝里的大伟。他蠕动着，摇去满头沙土，从沙窝中伸出头来。他看着远处的人影，干涸的眼睛有些湿润了。

他们没看见大伟，盲目地寻找着。

大伟想喊出来，但喊不出。

他们似乎要去别处寻找了。

大伟急了，想挪动自己。他努力着，终于从沙窝里站了起来，正要喊，又软了下去。

有人发现了大伟。

中尉和战士们朝这边跑来。

大伟无力地支着下巴，在沙子上。他看着朝他跑来的中尉和战士们。他看见他们像踩在海面上一样飘忽。

大伟的画外音：在这种地方，生命太脆弱了……

34　菜地宿舍　日

门口支着铝锅，水已沸腾了。

冯国庆从菜地里拔了几株菜，很有限的那么几株。

冯国庆在水管上冲着那几株菜。

冯国庆把菜揪成几截，下进了锅里，又打进去几个鸡蛋。

大伟软绵绵地靠床坐着。

冯国庆：这回可不能猛吃猛喝了，得一点一点滋养。先忍着，一会儿就好。

冯国庆又去翻他的小木箱了，取出那几枚军功章，铺在床上。

冯国庆揭开锅，盛好菜汤：给，边喝边听我说。上次的话没说完。

大伟喝了一口菜汤，给冯国庆笑了一下。

冯国庆坐到床边：这都是我得的。

大伟看着那几枚军功章。

冯国庆：铁打的营盘流水的兵。我二十岁来这儿，待了八年，媳妇天天写信催我回去。我没指望了。你好好干。这都是三等功，再多也不顶事。要立就立一等功。没一等功，就提拔晋升不了，和我一样，转志愿兵。

大伟：中尉呢？

冯国庆：他和我们不同。他是军校毕业生，是个好兵，立过两个二等功。

大伟似乎明白了，点着头。

大伟的画外音：几天后，中尉立了一次一等功……

35　山地　日

一声巨响。烟尘腾起。一群实弹训练的士兵愕然地看着腾起的烟尘。

大伟的画外音：但他没有晋升。他死了。投弹训练的时候，一名新兵把手榴弹扔在了脚跟前，中尉扑上去，像新闻和课文上讲的英雄那样……

36　中尉的追悼会　日

似乎是在一个大厅里。部队首长当着几百名官兵，把一身军装，一顶军帽和两枚闪闪发光的军功章郑重地交给了中尉的媳妇。她还很年轻，甚至有些漂亮。一个五岁左右的男孩子拉着她的衣襟。她接过中尉的遗物，转身对孩子说了一句什么话。小孩不懂事,把中尉的军帽戴在头上,冲着官兵们笑。有人看不下去了,流着泪。中尉媳妇捂着脸抽噎着。

大伟的画外音:我知道了中尉为什么说他想回家。他想和他们在一起。可他没有。他回另一个家去了……

小孩抱着中尉的遗物,不知道他妈为什么要哭。他大概是骇怕了,突然张开嘴哭了起来。惹得全体官兵不忍卒看,抹着眼泪。

37 菜地 日

山东兵冯国庆提着行李背包,领着大伟看菜地。

菜地里的菜苗少得可怜。

菜棚里干脆一株菜苗也没有。

冯国庆:我想在这里边种西红柿。三年了,没种成。

冯庆国把背包抡上脊背:你接着种吧。

伸手和大伟告别:祝你好运。

38 戈壁 日

山东老兵冯国庆在戈壁上边走边唱着"妹妹你大胆地往前走"那首歌,他背着行李,不时回头朝镜头挥手,越走越远了。

大伟的画外音:他回家去了。他是个爱吼歌的人。

冯国庆走得很远了,变成了一个小点。

39 菜地 黄昏

大伟的画外音:剩下我一个人了……

戈壁滩上的菜地显得渺小而孤单。

大伟的画外音：还有两匹骆驼……

40　骆驼棚　黄昏

卧在骆驼棚中的两匹骆驼，目光茫然无助。

大伟的画外音：难熬的是晚上……

41　菜地宿舍　夜

大伟躺在床上，看着一本军事书。床头上放着好几本书，都是关于军事方面的。

夜很静。

风声。

大伟似乎有些骇怕。他谛听着外边的风声。然后，他跳下床，走出门去——

42　戈壁　夜

茫茫大漠，明月如水。

风吹着孤单的大伟。

远处似乎有狼的叫声。

大伟的画外音：我哭了一场……

43　菜地宿舍　夜

大伟坐在床上，头埋在两腿间，哭。

大伟的画外音：然后，我就种菜了……

44　菜地　日

大伟从井里用桶吊水，往菜地里倒着浇菜。当他转过脸来的时候，脸上已满是太阳长久烤过的颜色了，长满了茬茬胡子。

45　骆驼棚　日

大伟在喂那两匹骆驼。它们和他已很熟悉了，很亲热。

46　菜地宿舍门口　日

大伟用铁锨炒着鸡蛋，不时朝那两匹吃草料的骆驼那里看着。

大伟在吃自己的饭菜，吃得津津有味。

大伟的画外音：我学会了一个人过日子……

47　戈壁滩

大伟的画外音：看日出日落……

隔壁日出日落的镜头，美丽无比。

大伟的画外音：每次的日出和日落都是不同的……

雨中的戈壁滩的镜头。

大伟的画外音：还有雨，还有彩虹。

大伟拉着两匹骆驼，在彩虹的跟前，一抬脚就能走上彩虹一样。

48　菜地宿舍门前　日

　　大伟的画外音：还有太阳。

　　大伟的两只脚泡在水盆里。水盆中有一轮发白的太阳。大伟赤裸的脊背上炸开了皮。他抬起头往天上看去，张着嘴喘气。他太热了。

　　天上的太阳一动不动。

　　大伟的画外音：有时候，你真想给太阳拴根铁丝，把它拽下来，埋到地底下去。

　　大伟受不了阳光的酷烈，他端起水盆，把盆里的水从头上浇下去。他抹着脸，卟卟吹着气。

　　大伟的画外音：还有风沙……

　　风沙声由远及近。

49　菜地宿舍　日

　　风沙肆虐。大伟缩在床上，捂着耳朵，似乎很骇怕。

　　风沙在吞食着菜园……

50　菜地　日

　　大伟和许多战士在清理被风沙几乎填平了的菜地。他们把沙子往矮墙外清着。

　　蔬菜和菜棚没有了。

　　沙子清完后，剩下的是光秃秃的菜地。

　　战士们提着工具上了卡车，要走了，剩下大伟一个人。

　　连长要上车，回头看着大伟。

大伟一脸无助的表情。

连长走过来，想安慰大伟，拍拍大伟的肩膀。

连长：再种吧。

跳上卡车走了。

大伟看着远去的卡车。

大伟的画外音：我很难过。一年里，这已是第三回了。

51　菜地　日

许多天以后。

大伟一个人顶几个人用，在整理好的菜地上刨出渠沟，然后下菜种，埋好。

大伟累了，在地头喝水。

菜地的另一头搭着菜棚。

一样什么东西落在大伟的身后。他转过头去。是一只鸽子。它并不骇怕。大伟伸手逮住它，放在手心里。它没有飞走，在大伟的手掌上。

大伟的画外音：我为它盖了一座鸽子楼……

52　鸽子楼　日

一群鸽子从新盖的鸽子楼里扑打着翅膀，飞向天空。阳光给它们的翅膀涂上美丽颜色。

大伟的画外音：它引来了一群。

大伟清扫着鸽子楼里的鸽子粪，很辛苦。

大伟的画外音：我用鸽子粪上菜。

53　菜地宿舍门口　日

大伟提着一个鼓囊囊的麻袋一抖,抖出来一堆罐头盒。

大伟的画外音:我觉得我开窍了……

54　菜地　日

每一株嫩芽上套着一个罐头盒。风沙轻轻打击着它们,发出悦耳的声音。菜已长得很高了。

大伟的画外音:这是我想出的办法……我想让它们飞长……

55　菜地　日

大伟取着蔬菜芽上的罐头盒。

菜地里一片葱绿。

大伟的画外音:奇迹出现了。只要你心里想着,奇迹就会出现。它们真的在飞长。这是我种出来的第一茬菜。

56　菜棚　日

大伟在移栽西红柿苗。每栽好一棵,就浇上水,再套上一个罐头盒。

大伟的画外音:我想我会种出西红柿来,这是迟早的事……

57　胡杨林　日

我们先听到的是大伟喊口令的声音,像指挥着许多士兵一样:卧倒——起立！齐步走！一二一，一二一，能听见杂沓的脚步声。

然后，我们看见了那两匹骆驼。驼背上是水和蔬菜。大伟像一位将军，神气十足。骆驼是听话的士兵。他继续喊着口令和骆驼走出胡杨林。骆驼昂头迈着蹄脚，步态矫健。

大伟的画外音：我隔几天就去哨所和连队送菜、送水。我说过，戈壁上的路很长很长，像没个尽头一样……

58 沙山 日

大伟拉着骆驼在沙漠中跋涉。

大伟的画外音：从这儿到哨所，可以近五公里的路程。

翻过沙山，又是茫茫的戈壁滩了。大伟和骆驼显得很孤单。

59 哨所 日

大伟的画外音：我又见到了他们——

哨所的战士帮大伟卸菜和水。

大伟看着那位秃顶的战士和夜盲的战士，心里有一种说不清的滋味。

60 戈壁 日

大伟的画外音：没人和我说话，我就一个人自言自语……

大伟背着手，跟在两匹骆驼后边，嘴里咕哝着，给自己说着什么。

大伟的画外音：也和骆驼说话——

61　戈壁　日

两匹骆驼卧在依稀可辨的道路旁边。大伟给它们许愿。

大伟：等我当上将军，我就领你们去北京逛街，逛天安门。不信？告诉你们，我们军区的赵副司令也种过菜……

骆驼站起来，吃着骆驼草，不理大伟。大伟生气了，坐在一边，很委屈。一只骆驼伸过嘴来，似乎想和大伟亲近，被大伟拨开了。

大伟：去去去，不理你。

62　戈壁　日

大伟的画外音：更多的时候是这样的……

大伟在驼背上躺着，似乎睡着。骆驼步态悠然。驼背成了摇篮。

大伟听见了什么声音，从驼背上坐起来，在戈壁上搜寻着——

是一只野兔。它看着大伟。

大伟乐了，从骆驼背上跳下来。野兔跑了起来。大伟追上去。

63　一棵树　日

大伟追野兔追到了一棵树跟前。

野兔在树下绕了一圈，不见了。

大伟蹑手蹑脚朝树后摸去。他突然一扑。扑空了。没有野兔。它不知钻到哪儿去了。

大伟似乎并不沮丧，他把自己吊在树枝上打着秋千。他成了一个快乐的小伙子。

大伟爬上树，看着无边无际的戈壁。

那两匹骆驼迈着蹄脚，踩着鼓点一样朝这边走来。

大伟摘下一片树叶，吹着叶笛。

夕阳照耀着戈壁。

64　鸽子楼　日

大伟正在清扫鸽子粪，传来几声羊羔的叫声。他转头看去——

一只小羊羔从围墙外边挤了进来。

大伟放下笤帚，下木梯，走过去要抱那只小羊羔。

一个女孩的声音：别动！

大伟看去，一个蒙古族少女骑着一匹骆驼跑过来。她勒住驼缰，跳下驼背，走到大伟跟前，抱起那只小羊羔，转身要走。

大伟：哎！

少女站住了，看着大伟。

大伟：你——

少女：我叫乌云，乌云其其格。

大伟若有所思的样子：唔，唔。

少女跨上了驼背，要走了。

大伟：哎，你别走。

少女拍了一下骆驼，走了。

大伟一脸失落的表情，看着走远的乌云。

大伟的画外音：她好像一道霞光……

65　路上　日

骆驼在行走。驼背上骑着大伟。

大伟的画外音：后来，我们成了好朋友。她和爷爷随水草迁移，每年都有几个月在这儿的草场放牧……

他听见了悠扬的马头琴声,眼前一亮。

他看见了远处的蒙古包。那位蒙古族少女在向他招手。少女的爷爷在蒙古包前拉着马头琴。

大伟眼睛一亮。

乌云其其格:大兵哥——

大伟:哎——

大伟拍了一下骆驼。骆驼没动。这时,大伟才看见路中间卧着一只刚刚出生的小羊羔。母羊生下它,到路边的草场吃草去了。路两边的草场上是羊群和骆驼。

乌云:大兵哥——

朝大伟跑过来。一只长毛狗跟着她。

大伟跳下骆驼,抱起路上的小羊羔朝乌云跑去。

两匹骆驼也扬蹄跑了过来。

乌云爷爷手中的马头琴突然变得热情奔放起来。他看着奔跑的大伟和乌云。

跑到跟前了,站住了。乌云的眼睛天真无邪,看着大伟。大伟一脸憨笑。

大伟:来了?

乌云点点头。

大伟:羊羔。

乌云接过羊羔,转身朝拉琴的爷爷喊着。

乌云:爷爷,大兵哥来了——

爷爷仿佛没听见一样,摇头晃脑,自顾自地拉着琴——

66 蒙古包外 日

拉马头琴的乌云爷爷。长毛狗在跟前卧着。跳舞的乌云。她十五岁左右。比大伟幻想中的朴素，但一样美丽动人。

大伟坐在一边，抱着那只小羊羔，看着跳舞的乌云，一脸幸福。

大伟的画外音：每一次她都要这样给我跳舞。然后，就拉我去旁边的敖包……

67 敖包 日

乌云拉着大伟的手向敖包走来。大伟的手里拿着一块石头。

大伟的画外音：她和爷爷像敖包的守护人一样，守护着吉祥和幸福。

大伟把手里的石头放上敖包。

乌云的爷爷远远地看着他们俩。

乌云看着大伟憨厚的目光，很满足。

68 蒙古包 日

大伟的画外音：我们像一家人一样……

大伟和乌云及乌云爷爷喝着奶茶。

大伟在帮乌云做奶酪。

大伟和乌云在剪羊毛。大伟动作笨拙，惹笑了乌云。大伟给乌云做鬼脸。

大伟的画外音：我教乌云写字了……

69 草场 日

大伟在教乌云写字。自制的写字本上写有"乌云其其格""草场""骆驼"等字样。大伟的憨厚和乌云的纯真制造出一种亲和动人的气氛。草场上一幅风吹草低见牛羊的景致。

大伟的画外音：我这才知道，虽然没考上大学，可能写的字还是很多的……

卧在一边的长毛狗不知什么时候站了起来，朝远处叫着。狗叫声使草场更显辽阔。

70　蒙古包　日

冬天快来了。草场上的草已经黄了。

乌云和爷爷在收拾制好的奶酪，要走了。

乌云不时地向戈壁的路上瞭望着。

爷爷：你就别看了。他昨天刚送完菜，今天不会来的。

乌云突然放下手中的活，朝一匹骆驼走去。

爷爷：乌云——

乌云已跳上骆驼背，手一拍，骆驼扬起蹄脚，朝戈壁深处奔去。

71　菜地　日

大伟以罐头盒作士兵，按兵法书上所讲的摆着兵阵。

一阵骆驼的蹄脚声。大伟扭头看去——

乌云骑着骆驼已到了矮墙外。

乌云：大兵哥哥。

乌云跳下骆驼。大伟迎上去。

大伟：乌云，你怎么来了？

乌云：不能来么？

大伟显得很兴奋：能，能。你看，这是我的兵阵，这是我的菜地。

乌云看着大伟的菜地：就你一个人啊？

大伟：还有它们——

他说的是他的那两匹骆驼和鸽子们。

大伟：我是将军，他们是我的士兵。

乌云笑了。

大伟：就是没有士兵。乌云，我给你炒鸡蛋吃？要不，给你开罐头？

乌云摇摇头。她在想着什么。

大伟：你想啥？

乌云转过头，看着大伟：孤单么？

大伟想了想，点点头。

乌云：我和爷爷要走了，去很远的地方。

大伟：什么时候再来？

乌云：明年。

大伟：我去送你们。

乌云：不用。

大伟故意地：要送。

乌云也故意地：不用。

大伟：要。

乌云笑了。

两人走到骆驼跟前。大伟跳上去，然后把乌云接上驼背。

72　蒙古包前　日

大伟正在帮乌云和爷爷拆帐篷。家当已差不多都装上了拉拉车。

大伟在捆绑拉拉车上的东西。乌云摸着长毛狗，看着努力劳作的大伟，满眼怜惜。

爷爷已坐上了拉拉车。收拾完拉拉车的大伟有些发呆。

大伟的画外音：我真舍不得离开他们。

爷爷招呼乌云：快。

乌云没理睬爷爷，拉着长毛狗走到大伟跟前。她不看大伟，看着长毛狗。

乌云：你跟着大兵哥哥吧。（对大伟）它是你的卫兵。

长毛狗很听话，蹲到了大伟跟前。

大伟不知该说什么，看着乌云。乌云低着头。

拉拉车起程了。爷爷拉响了马头琴。

乌云扬起头，看着大伟。大伟的嘴唇动了动，依然不知道该说什么。乌云突然转身跑了，去追拉拉车。

大伟看着乌云。

乌云并没跳上拉拉车，而是随着爷爷的马头琴声边走边跳起了舞，她后退着、旋转着。她是为大伟跳的。她满脸快乐的红晕。

拉拉车和跳舞的乌云远了。

大伟突然地：连里让我学吹号。明年你来的时候，我给你吹号——

乌云和拉拉车越来越远了。

大伟呆呆地看着。长毛狗蹲在他的跟前。

大伟的画外音：她是我心里的一道霞光。

满天云霞。

73　拆掉蒙古包的草场　日

另一天。乌云和爷爷离去的地方空空荡荡。

依然是站着的大伟，蹲着的长毛狗，身后多了两匹送水送菜的骆驼。大伟的背上背着一把金黄色的圆号。他似乎很失落。

出现大伟幻想中乌云跳舞的镜头。

乌云跳舞的情景消失了。大伟转过头去，看着旁边的敖包。

敖包像一个象征，比从前高了些、大了些。

大伟走过去，往敖包上加了一块石头。

大伟的画外音：每次路过，我都这么做。敖包上的石头都是我添上去的。

大伟看着敖包。驼铃在微风中摇晃着，发出轻轻的响声。

大伟拉着骆驼上路了。

74 戈壁路上　日

大伟坐在驼背上，学吹圆号。

大伟的画外音：我每天都吹它。我答应过乌云。男子汉说话应该算数……

行走的骆驼，吹号的大伟。他已能吹出完整的乐句了。

大伟的画外音：晚上，我就看星星……

75 菜地　夜

大伟安静地坐在菜园里，看着漫天星斗。

大伟的画外音：也会想起乌云……

似乎听见了马头琴的声音。

夜已深了。

长毛狗睡着了。

骆驼在吃着草料。

鸽子楼很安静，不时有鸽子的一声响动。

大伟一个人在那儿坐着，若有所思。

大伟的画外音：也做将军梦。

76 军营 日

大伟在一支小型军乐队中卖力地吹奏着迎宾曲。部队正在欢迎一位来这里检查工作的将军。

一群校级军官陪同将军走过来。

列队的边防战士唰一下举手行礼。

将军向战士们还礼。将军肩上的那颗星在阳光下熠熠闪光。

战士们：首长好！

大伟吹着号，眼睛却盯着将军肩上的那颗星。看着看着，眼睛发直了——

穿着将军服的将军变成了大伟，和那群校级军官从战士们面前走过。

战士们：首长好！

大伟：同志们好！

有人高喊：王大伟！

大伟抱着圆号，突然睁开眼睛，慌乱地看着周围。

乐队早散了，只剩他一个人。他因幻想忘记了吹号。

喊他的是连长。

大伟从梦幻中醒过来：到。

连长一脸愤怒：你在搞什么名堂！

大伟：报告首长，我在做梦。

哄一声，一旁看着大伟挨训的战士笑了。

大伟认真地：我没说谎。

战士们又哄一声笑了。

连长气歪了脸：放下家伙，回菜地去。

连长甩手走了。

大伟一脸莫名其妙的神情，不知他做错了什么，看着嘲笑他的战士们。他抱着那支圆号,显得可笑而又可怜。

77　戈壁路上　日

大伟一脸沮丧,拉着他的那两匹骆驼在回菜地的路上走着。还有那只长毛狗。背上的圆号不见了。

大伟的画外音:圆号被收缴了。我不知道该怎么给乌云其其格说。我说过要给她吹号的,都怪我,这永远也办不到了……

行走的大伟站住了。他看见了什么——

远处的戈壁滩上,几个军官陪着那位将军在那儿捡石头,很悠闲。

大伟的画外音:他们在捡石头。这里能捡到很好看的石头。

将军和那几个军官走远了。

大伟还在路上站着,远远地看着他们。突然,他跳上驼背,拍打着追过去——

78　戈壁　日

将军和军官们听到了骆驼奔跑的蹄脚声,扭过身来,大伟的骆驼已到了跟前。大伟跳下骆驼,向将军行军礼。将军认出了大伟。

将军:你不是那个吹号的么?你的号呢?

大伟看了连长一眼:收了。

将军:为什么?

大伟:我犯了错误。

将军:噢……

大伟:将军同志,我知道你是谁了,你种过菜!

将军:种菜不好么?

大伟:我也是种菜的。

将军兴奋了：噢？

连长：他菜种得不错。

大伟：我想种西红柿。

将军兴致更高了：噢？

大伟：还没种成。

将军感到站在他面前的这位士兵很有意思。

将军：你的菜地在哪儿？

大伟指着远处：那儿，五十多公里。

将军：不邀请我去看看？

大伟兴奋了：真的？

将军：将军是不说假话的。

连长为难了：没带车子来。

大伟打了声口哨，另一匹骆驼跑过来。

将军骑上去：这不是现成的车子么？士兵同志，上啊。

大伟跳上另一匹骆驼。他很兴奋，满脸喷红。

将军：连长同志，能不能把他的圆号还给他？

连长：是。

将军对大伟：我的面子不小吧？走——

将军和大伟拍骆驼而去。

79　菜地宿舍　日

将军很有兴致地看着大伟床头的那几本军事书：都是你的书？

大伟：嗯。小时候总想当将军，同学们都嘲笑我。

将军：我也被人嘲笑过。

大伟拿出几本种菜的书：也看这些。

将军翻看着。

大伟：可没一本讲在这种地方怎么种菜。等我种成了，我自己写一本。

将军：这就对了，小同志。

大伟有些不好意思了。

车子响。

大伟：接你来了？

连长抱着圆号来了。他把圆号递给大伟。大伟接过圆号，向连长敬礼：谢谢连长。

将军：不谢我了？

大伟笑着。

将军：好了，士兵同志，再见。

和连长走了。

大伟突然想起了什么：将军同志——

将军回过头来：？

大伟：你真好。

将军给大伟做了个调皮相，走了。

车子走远了。

大伟抱着圆号：将军同志，再见——

80 菜地 日

大伟吹着圆号，和风沙敲打菜地里的罐头盒的声音合成快乐的乐曲。长毛狗跟在他的屁股后边。

81 菜地 晨

大伟正在装菜，要送菜去。

大伟的画外音：我的心情和我种的菜一样好……

菜地里的菜确实长得很好。

鸽子们扑扇着翅膀，从鸽子楼里向天上飞去。

大伟看着上天的鸽子们。

大伟的画外音：还有它们。它们也给了我好心情……

菜都装好了。大伟给骆驼饮过水后，在骆驼的厚嘴上亲昵地拍了拍。

大伟：咱们上路吧。

82　戈壁滩　日

在路上行走的大伟和骆驼，还有那只狗。

突然，大伟的眼前出现了戈壁滩上最神奇的景象——海市蜃楼，美妙无比，如梦似幻。

大伟并不感到惊奇，朝海市蜃楼走去。

大伟的画外音：它是可望不可即的……

大伟继续走着。

大伟的画外音：我老觉得它像天安门。其实，我没去过北京。我只是想去……

83　连队驻地　日

拉着骆驼的大伟到驻地大门口了。一阵歌声吸引了大伟的视线——

打靶归来的一排士兵唱着那首《打靶归来》的歌曲走过来，从大伟身边走过，进了连队驻地。他们神采飞扬，令大伟很羡慕。有人和大伟打着招呼。大伟给他们笑着，点着头。

几个炊事班的战士跑过来，接过骆驼的缰绳，对大伟很亲热，把大伟拥了进去。

84　连队伙房　日

炊事班的战士们正在往伙房里搬运大伟送来的菜。他们不让大伟动手，又是倒水又是递烟。大伟喝着水，但不抽烟。

有人在洗菜，切菜，准备做饭。

大伟的画外音：他们对我真好。

士兵甲：哨所的哨兵执值一个月，回到连队连话也不会说了，叫失语症。大伟，你可别失语。想说话就和我们说，说啥都行。

大伟一脸质朴的笑：我不会失语。我想说了就和骆驼说，和鸽子说。

士兵乙：说什么？说给我们听听。

大伟只笑不语。

士兵乙凑过来：说说，别不好意思。哎，你们愿不愿意听？

士兵们：愿意——

士兵乙：听见没有，大家都愿意听。

大伟：说给骆驼和鸽子的话只能让骆驼和鸽子听。不说。

士兵们笑了：说得好！

士兵乙不甘心：要不，我和你掰手腕，你输了，就给我们表演表演和骆驼鸽子说话。

大伟：掰就掰。

士兵乙：一言为定？

大伟：来。

大伟和士兵乙掰手腕。士兵们为大伟喊加油。大伟和士兵乙都憋红了脸，难分上下。

连长进来了。

士兵们纷纷返回自己的岗位，大伟要松手，士兵乙趁机扳倒了大伟。

士兵乙：我赢了！

跳起来，正好看到了连长的目光，立刻闭了嘴，回去洗菜了。

连长：大伟，你跟我来。

大伟不知连长叫他有什么事，没动。

士兵乙：还不快去。

85　领奖台　日

大伟走上台来。

部队首长把一枚三等军功章挂在大伟胸前。

大伟的画外音：连长告诉我得了一枚军功章，说我种菜有功。

官兵们为大伟热烈鼓掌。

胸佩军功章的大伟有些腼腆。鼓掌声更热烈了。

大伟的画外音：这是我的第一枚军功章。然后，我回了趟家……

86　敖包　傍晚

大伟和乌云在敖包下坐着。能看见草场上的羊群和骆驼，还有蒙古包。他们已说了一会儿了。大伟说，乌云神情专注地听着。那只长毛狗蹲在他们的跟前。乌云的手里拿着那本练习写字的本子。

大伟：……刚来这儿的时候，我一个月写一封家信，后来不写了，每封信都那么几句话：我一切都好，我种菜，送菜，就这么几句。

乌云笑了。

大伟：可我妈惦记我，她说她想我，还要回去相亲。

乌云：相亲？什么是相亲？

大伟拿过练字本，工整地写出"相亲"两个字。乌云看着，还是不懂。摇着头。

乌云：想不来。

大伟不知该怎么解释：就是，就是和一个女的见面，说话……

乌云没等大伟说完，就以为懂了：我知道了，那一定很好玩，是么？

大伟看着远处，一脸茫然：不知道……

乌云：大兵哥，你说过要给我吹号的。

大伟这才想起他脊背上的圆号：嘿，差点忘了。本来就是要给你吹号的。我吹号，你跳舞。

大伟吹出了一支欢快的曲子，乌云随着乐曲跳起了舞……

87 大伟家　晨

大伟妈：大伟，起来吃饭。

大伟一个激灵，从床上坐起来，穿衣、叠被，像在部队军训时一样，动作简捷利落。然后，整好军容，走进院子，一脸认真的神情，对着虚拟的士兵或者骆驼：立正——向右看齐——立正——齐步走——一二一，一二一。

有人在街道上跑步，诧异地扭过头看着大伟。

大伟认真地喊着口令。

大伟妈把盛好水的牙缸和牙刷拿到大伟跟前：大伟，不喊不行么？

大伟给他妈笑了一下，开始刷牙。

大伟妈回到客厅，大伟父亲已经开始吃饭了。大伟妈打了一下大伟父亲的手。

大伟妈：等等大伟。

大伟父亲：谁知道他下来还要演什么戏，说不定要射击投弹呢。

大伟进客厅，端坐在饭桌跟前。

大伟妈：快吃，吃。

大伟呼噜噜吃着饭，让人感到不知哪儿有些怪样，又说不出来。

父亲对大伟的动作明显不满：如果看上人，就把事情办了，省得我们做父母的操心。人一辈子得操多少心。我的心快炸成油条了。

大伟妈：别听他的，这是一辈子的大事，可得看好。

大伟冷不丁对着父亲：油条比罐头和压缩饼干好吃多了。

大伟父亲没听明白，看着大伟：嗯？

大伟一脸诚恳：真的。

然后，又呼噜噜喝稀饭了。已喝第三碗了。

88　街道　日

大伟在街道漫步走着。忙碌的街道使大伟显得像个局外人。

大伟的目光被蔬菜市场吸引了。他看了一下手表，感到时间还早，便走过去——

89　蔬菜市场　日

各种各样的新鲜蔬菜使大伟目不暇接。它们和他的菜地形成多大的反差！

一捆蔬菜掉到了大伟脚下，大伟赶紧捡起来，吹了几下蔬菜上的泥土，递过去。

买主正给卖主付钱：谢谢。

大伟一脸憨厚的笑，摇摇头。

正在收款的卖主看着大伟愣住了。他竟是短脖子。当他认出前面的这位大兵是他的同学大伟时，脸立刻像开放了一样。

短脖子手里的钱纷纷跌落。他从菜摊后跳了出来，一把就搂住了大伟，在大伟的脸上使劲亲了一下：是你啊大伟！

又亲了一下：哈哈！

这种亲热的方式使大伟多少有些难堪和被动。但短脖子并不顾及，扭头对一个年轻漂亮的女人喊着：老婆，看好摊子！

又拉着大伟：走，找个地方聊聊。

大伟看着那个漂亮女人。

短脖子：噢噢，介绍一下。老婆，他就是我常给你说起的老同学，大伟，边防军，最可爱的人……

大伟的画外音：他发福了，在蔬菜市场办了个摊位，过得很好，娶了郊区的漂亮姑娘……

90　康乐宫　日

短脖子和大伟正在脱衣服。服务生递过浴巾。

短脖子：我老婆怎么样？漂亮吧？

大伟憨笑着，算是回答。

短脖子：把咱的几个同学都震了。走，往里走——

俩人进了洗澡间。这里设施齐全，冲浪，瀑布，冷水，药浴，应有尽有，还有一排淋浴设施。大伟第一次进这种地方，很陌生。短脖子一一给他介绍着。

洗澡的人并不多，但许多淋浴喷头都打开着。它们吸引了大伟的视线。

短脖子：别往那儿看，先下池子，最后再冲。过来。

短脖子已下浴池了。

大伟没下。他朝那一排淋浴喷头走过去，把没人使用的挨个儿关上了。

几个洗澡的人也在看大伟。

大伟朝浴池走来，正要下浴池——

一位冲完淋浴的人进了桑拿房，没关淋浴喷头。

大伟转身要过去。短脖子伸手抓住大伟的胳膊，一把把大伟拉下浴池。

短脖子：你以为这是在你们戈壁滩啊？好好给我洗吧你。

大伟不甘心地朝那只喷头瞄了一眼。

大伟：这水可真好。

短脖子：花钱买的就是这个好，不好还行。这儿，把腰顶在这儿，强力按摩，感觉到了吗？酥酥的，过电一样。

大伟：真好。

大伟已不想那只喷头了。

喷头开到了最大，底下站的已经是大伟了。

他仰着脸。水猛烈地冲在他的脸上、身上，飞珠溅玉。

短脖子：舒服吧？

大伟不说话，任水冲击着。

短脖子：别见你妈说的那个人，肯定不好。我给你介绍一个，保你满意，怎么样？

正在任水冲击的大伟：行。

短脖子：这就对了。

91 公园 日

坐在木长椅上的大伟被旱冰场上滑旱冰的孩子们吸引住了。他远远看着他们，脸上满是笑。

一只冰淇淋伸过来：给。

是一位青年女子，很像高中时的那位漂亮的同学。她吃着一只，把另一只递到大伟鼻子跟前。大伟接过冰淇淋，目光还在旱冰场上。

大伟：他们真好。

女青年在大伟身边坐下来。

大伟：我小时候也爱滑，就是滑不好。

旱冰场上，一小孩险些摔倒。

大伟站起来，叫了一声：小心！

小孩没摔倒,又滑了。

女青年:他听不见。

大伟笑了,坐下来,吃了一口冰淇淋。

女青年:说话啊。

大伟这才想起他正在约会,有些不好意思了:嗯?噢噢,对不起……

女青年笑了一下:你在部队做什么?

大伟:种菜。

女青年又笑了:你还挺幽默的。

大伟:幽默?不幽默。我一个人在那儿,种菜、浇菜、送菜、喂骆驼。自个儿做饭,自个儿打扑克,自个儿给自个儿说话……

大伟滔滔不绝地说了起来,手上的冰淇淋一滴一滴往下掉着。

大伟:还有鸽子。我给它们盖了一座鸽子楼。它们飞走以后,我就收拾鸽子粪。那儿的景色美极了……

大伟说得两眼放光。他沉浸在一种说话的快感之中了。

女青年:瞧你,冰淇淋化完了。

大伟手上的冰淇淋真的化完了,只剩下了一根棍儿。

大伟:我一个人在那儿,一年说不了几句话,想说。

女青年:你真有意思。

大伟不好意思地笑了,摆弄着手里的冰淇淋棍儿。

92 街道 日

大伟和女青年在繁华的街道上走着。大伟对什么都有兴趣,看不够一样。

女青年:为什么要在街上转?

大伟:我喜欢。街道上人多。

女青年:你是个爱热闹的人?

大伟：我看见每一个人都觉得亲。

大伟的视线被什么东西吸引住了——

远处的交叉路口有一伙人正在往一棵大树上拴绳子，似乎要把那棵树搬走。树冠很大，和戈壁滩上的那一棵差不多大小。有人围观。

大伟朝那棵树走过去。

女青年跟了过去。

93　交叉路口　日

这里正在修一座立交桥。一棵大树必须挪走。拴绳的人已从树上跳下来。有人指挥着，让把大树朝安全的方向往倒拽。

电视台的记者正在做现场直播。

节目主持人：……大家关心的立交桥工程正在加紧施工。为了在十月一日前顺利通车，指挥部已加强了施工力量。我身后的这棵大树一会儿就会被拽倒。代之而起的将是我们这座城市的另一道风景……

工人们已开始拽那棵大树了。

许多人在围观。

指挥者：听我的口哨，哨声一响，就一齐用力。预备——

正要吹哨，大伟从人群中突然挤了进来。

大伟：停下——

大伟跳到了大树根下，一脸焦急的神情。使正在施工的人和电视台的工作人员愣住了，他们都有些莫名其妙了：

怎么啦？

怎么回事？

他是什么人？

围观的人更多了，交通立刻堵塞。人声，喇叭声响成一片。

94 大伟家 日

大伟父母正在看电视。

电视节目主持人：各位观众，这里是南口立交桥施工现场，我们正在做现场报道。一位叫王大伟的人阻拦施工人员挪走我身后的这课大树……

大伟妈：那不是咱大伟吗？

主持人拿着话筒走近大伟：你为什么要这样做？

大伟头上冒着汗。

主持人：你能告诉我，你为什么要这样做吗？

大伟头上的汗滚滚地流下来。

主持人：请你给我们说说，好吗？

交通堵塞的更加厉害。围观者更众。

大伟一脸固执和诚恳：一棵树，好好的，我不让他们挪走……

大伟父亲：看你的宝贝儿子，他怎么跑到这儿来了。这不是没事找事嘛，丢人！关了我不看了。

大伟母亲没关电视：你看嘛，大伟也许有他的道理。

大伟父亲：狗屁道理。

大伟母亲：别吼，不看你不看，我看。

大伟父亲：看吧看吧，看他惹更大的事吧。

电视画面上出现了两名警察。他们走到大伟跟前：你已严重影响了这里的施工，请你马上离开。

大伟：不。我一走，他们就会把树扳倒。

警察：你不走，我们就要采取措施。

大伟：我不管。

警察没辙了，对现场一位负责人：他是现役军人，我们无权处理他。

负责人：那可怎么办？

警察：只有叫宪兵了。

大伟父亲：听见了没有？

大伟母亲也慌了：你就只会对我吼叫。你就不能去看看？

大伟父亲：我不去。

大伟母亲：你不去我去。

正要出门，短脖子慌慌张张骑着一辆摩托来了：你们看电视没有？大伟出事了——

大伟父亲：都是你！

短脖子：别急别急，我怕你们慌张，来打招呼。我这就去。

说着，调转车头，风一样走了。

95 交叉路口 日

大伟和施工人员僵持着。

有人喊：宪兵来了。

两名宪兵拨开人群，走到大兵跟前。

大伟啪一个立正，一个标准的军礼：85306部队四连战士王大伟。

宪兵还军礼：证件。

大伟掏出证件，递过去。

宪兵看完证件：跟我们走吧。

大伟：是。

大伟跟着宪兵走了。

大伟扭过头，看了那棵大树一眼。他知道它保不住了，一脸遗憾的表情。

短脖子喊叫着挤过来：大伟——

大伟已消失在拥挤的人堆里了。

一施工人员：让宪兵带走了。

短脖子：他女朋友呢？

施工人员：女朋友？

短脖子：个子高高的，挺漂亮的。

施工人员：没见。

短脖子在慢慢疏散的人群里看着，寻找着。

没有那位女青年的影子。

短脖子：完了，肯定吹了。

施工人员：哎，他是你什么人？

短脖子：管得着吗？

指挥拽树的人对短脖子：闪开——

短脖子慌忙跳到一边。

那棵大树正在缓缓倒下。

96　大伟家　夜

大伟一脸沮丧，坐在床沿上。

大伟父亲：还逞能不？亲没相上，还惹了一堆事，舒服了不是？

大伟拉开被子，倒在床上，蒙头睡了。

大伟父亲：你看你看。你怎么给我生了这么个儿子！

大伟母亲很难过，但更同情儿子：大伟心里不好受。不成就是没缘分……

97　郊外　雨

大伟一个人在雨里转悠着。

大伟的画外音：我喜欢到这儿来。这儿人少，雨天人更少……

确实没几个行人。偶尔有骑自行车的人披着五颜六色的雨披过去。

路边是大片的菜地。

大伟的画外音：我想着我的菜地，那儿能下雨就好了——

98　菜地　雨

绵绵细雨敲打着蔬菜上的罐头盒。

大伟的画外音：要下雨，就该把罐头盒拿掉……

99　蒙古包　日

乌云和爷爷正在制奶酪。

草场上是他们的羊群和骆驼。

大伟的画外音：也想乌云其其格……她大概又该迁移到另一个地方去了……

乌云不时地往戈壁滩的路上看着。

爷爷：想大兵哥哥了？

乌云：他正在相亲呢。

乌云想象着什么。

乌云：爷爷。

爷爷：嗯？

乌云：等大兵哥哥回来咱再走吧。

爷爷故意地：为什么？

乌云：不为什么。

爷爷：你看，草黄了。

乌云不吭声了。爷爷同情地看着乌云。

乌云突然地：我要去菜地。

说着就站起来，朝一匹骆驼走去。

100　菜地外　日

乌云拍打着骆驼朝菜地奔来。

乌云跳下骆驼，朝菜地走去——

101　菜地　日

一位士兵（和大伟掰手腕的那位）替大伟照看着菜地。

乌云走进菜地，在宿舍、骆驼棚寻找着。

士兵：哎，小姑娘，你找谁？

乌云：我找大兵哥哥。

士兵：大兵哥哥，噢，你是不是乌云？

乌云：你怎么知道我的名字？

士兵：猜的。我还能猜你是找那位叫大伟的大兵哥哥，是不是？

乌云：是啊。

士兵：他还没回来。

乌云有些失望：那就算了。

要走。士兵叫住了她。

士兵：哎，等会儿。

士兵不知从哪儿提出来一只手工制作的鸽子笼，里边有一只鸽子，带着鸽哨。

乌云一脸迷惑。

士兵：这是大兵哥哥留给你的。说你要迁移，就带走它，要回来时，让鸽子带信回来。

乌云看着笼里的那只鸽子。

士兵：放心，它不会迷路的，保证把信传到，还有哨哩。

士兵吹出一阵鸽哨声。

乌云乐了，接过鸽子笼：谢谢你，你也是大兵哥哥。

士兵也乐了。

102　大伟家　日

大伟在收拾行李，要走的样子。他把那只熊玩具装进了行李包。

父亲在生闷气。

母亲在抹眼泪。

大伟的画外音：我不想让父亲看着我生气。所以，我提前回部队了。

门外停着一辆破旧的客货两用车。短脖子把头从车窗里伸出来：大伟，快点。

哗一声，父亲把一筐萝卜干掀翻了。

大伟看了一眼父亲，拉上行李包的拉链，提着行李包，走到抹泪的母亲跟前。

大伟：妈，我会给你写信的。

母亲哭出声了。

大伟提行李出门。

短脖子殷勤地把大伟的行李放上车厢，让大伟坐在前边。大伟要上车。

母亲追了出来：大伟——

大伟停住了，看着母亲，然后，朝母亲走过去。母亲的头上已是缕缕灰丝。大伟也很难过。母亲抱住大伟：大伟……

短脖子握着方向盘，泪水盈眶，喃喃自语着：可怜天下父母心呐……

不小心，竟按响了货车的喇叭。

103　连队驻地　日

连长和一群战士正在练习翻单杠双杠。

一战士：大伟回来了！

连长扭头看去——

大伟一身风尘，提着行李包，快走到跟前了。他放下行李包，给连长敬礼。连长和战士们围上去。

连长在大伟胸脯上砸了一拳：好你个大伟，情系边防，心在部队，至少给你一次嘉奖。

大伟：不，不是。我父亲看我不顺眼，跟我生气。

战士们笑了。

连长：是么？

大伟一脸认真：真的，我没骗你。

战士们又哄一声笑了。大概是笑他的愚憨。大伟莫名其妙，不知道他们为什么发笑。他摸摸头，也憨憨地笑了。

104　拆掉蒙古包的草场　日

大伟的画外音：乌云和爷爷走了。

大伟走到敖包跟前，添上一块石头。

冬天的草场有些荒凉。

105　空镜　日

夏天来了。

106　菜地　日

大伟正在给蔬菜浇水。鸽哨声。大伟抬头看去——

一只鸽子从天空飞来。

大伟伸开手，鸽子落在大伟的手掌上。

大伟看见了鸽子带来的"信"。他看着，眉梢展开了。他兴奋地叫了一声，手一扬，鸽子飞上天空，鸣着鸽哨。

大伟跑进宿舍。从行李包里取出那只小熊玩具，看着。

大伟向天上看去——

那只鸣着鸽哨的鸽子在天空飞翔着。

107　胡杨林　日

大伟骑着骆驼，催骆驼快走。骆驼昂头挺胸，快步走着，大伟还嫌不快。

大伟骑着骆驼，出了胡杨林。

108　草场　日

大伟骑着骆驼在戈壁上走着。

长毛狗欢快地叫着，朝大伟奔来。

大伟看着远处的蒙古包，没看见乌云和爷爷。大伟扭头朝草场看去——

乌云和爷爷正在拦着羊群和骆驼。

长毛狗围着大伟叫着。大伟跳下骆驼，抱起长毛狗，在脸上挨着。

远处的乌云和爷爷没看见大伟。乌云的裙子在风中飘动着，是一团鲜艳的色彩。

风声从远处传来,大伟的脸突然变了。他看见从西北方向升起一道黑色云坎一样的东西,遮天蔽日,席卷而来,呼啸着,拔起地上的东西,卷上天空。

大伟脱口而出:沙暴!

乌云和爷爷在狂风中驱赶着四处奔突的羊群和骆驼。沙暴离他们越来越近。

乌云绊倒了。

大伟:乌云——

乌云又爬起来,挥着羊鞭。

大伟扔下长毛狗,跳上骆驼,朝乌云奔去。

长毛狗朝涌来的沙暴狂吠。

狂风中的乌云和爷爷,羊群和骆驼已失去控制。

拍打骆驼迎风而上的大伟。

沙暴吞没了乌云和爷爷。

大伟:乌云——

大伟拍打骆驼冲进沙暴。沙暴抓起他抛上天空。那只小熊玩具掉下来,骆驼的蹄脚踩了上去。

沙暴狂吼着吞没了一切……

109 医院病房 日

几个病号正在打扑克。

身着病号服的大伟独自躺在病床上,正在看一张画片。

是天安门。

有人喊了一声大伟。大伟抬起头——

连长和几个战士涌了进来,围在大伟床前,把几袋水果一一放上床头柜。

打扑克的几个病员扭头朝这边看着。

一战士：还有更好的。

连长把一个精致的盒子捧到大伟跟前。

大伟似乎有些茫然，看着连长。

连长：打开。

大伟打开盒子，是一枚三等军功章。

连长：高兴吧？

大伟一脸真诚，点点头。然后，又去看那枚军功章。

盒子里的军功章闪闪发光——

110　医院病房　日

镜头从盒子里的军功章上拉开时，已没了连长和战士们，围观的是那几个病员。他们摇着头，很遗憾的表情。

一病员提起军功章，又放回盒子里：三等功，没用。

另一病员：咱们出去吧。

病员们很同情地看着大伟，朝病房外走去。

大伟脸上的神色黯淡下去。他看着盒子里的那枚军功章，很难过的样子。

一只好看的手伸过来，拿起那枚军功章。

大伟抬起头——

是乌云。

大伟没想到乌云会来：乌云……

乌云不吭声，把那枚军功章认真地别在了大伟的胸前。她看着大伟，双眸闪着清澈的光泽。

大伟愣愣地看着乌云。

乌云一脸俏皮的笑。

大伟的眼里涌满泪水。她让他感动了。他感激她。

乌云：大兵哥，你怎么啦？

大伟：你真是个好姑娘。走，我们也出去，看太阳。

大伟跳下床，拉着乌云的手，往外走去。

111 医院草坪　日

阳光下，坐着大伟和乌云。乌云一脸天真烂漫，抱着双膝，歪着头，听大伟和她说话。

大伟：……本来，我想当将军。

乌云：会的。只要你想，奇迹就会出现。

大伟兴奋了：我想把我的骆驼拉到天安门广场。我一直这么想。

乌云有些听不明白了。

大伟：我也不知道我为什么有这种怪想法。我经常有许多怪想法。你呢？

乌云：我要和爷爷走了。

大伟愣了，看着乌云。

乌云：这儿的草场被沙暴毁了。

大伟不吭声了。他知道他无力留住乌云。

乌云：大兵哥，我会想你的。

乌云和大伟站起来。乌云拉起大伟的手。乌云深情地看着大伟。

乌云：等我长大了，就去找你。

大伟点着头。

乌云要走了。

大伟：乌云。

乌云回过头来。

大伟取下胸前的军功章，递给乌云，放在乌云的手心里。

大伟：你拿着。

乌云看着军功章，又把它别在了大伟的胸前：你会用得着的。

乌云转身跑了。

大伟看着远去的乌云。阳光在他的背后……

112　菜地　日

两个战士把大伟的那两匹骆驼从棚里拉出来。骆驼不肯跟他们走。他们强拉着、拍打着，终于把骆驼拉出了菜园，朝连队驻地的方向走去。

大伟的画外音：我的骆驼退役了，他们拉走了它……

两匹骆驼随那两名战士走远了。

113　胡杨林　日

那把圆号蹲在胡杨林边的沙丘上。

静静的胡杨林。

长毛狗在另一边蹲着。

大伟躺在沙窝里，一动不动。

大伟的画外音：我很难过……

骆驼的蹄脚声响了起来，很遥远。

大伟侧过脸。半边脸上沾满沙子。

骆驼的蹄脚声大了起来。

起风了。胡杨林摇动着。

大伟没有起身。他看着前边，眼睛里射出一种奇异的光彩。

骆驼的蹄脚声，很空洞。

大伟拼力喊出嘶哑的口令：立正——

114 天安门广场 日

几千匹骆驼按大伟的口令收住了蹄脚。

半边脸上沾着沙子的大伟正在指挥一支庞大的驼队。

大伟嘶哑的口令：向右看——齐！

唰。骆驼们的头一起摆了过去。

大伟：向前——看！

唰。骆驼们的头一起摆正过来。

大伟：稍息。

骆驼们一起稍息。

大伟：立正——

骆驼们一起收回蹄脚。

大伟：齐步——走！

几千匹骆驼迈着整齐的蹄脚，在广场上行进着，发出惊心动魄的蹄脚声。

大伟：卧倒——

庞大的驼队一齐卧倒了，寂静无声。

大伟：起立——

驼队站了起来。

大伟：齐步——走！

驼队在行进。到观礼台前了。

大伟：正步——走！

驼队在正步行进。

大伟：敬礼——

驼队挨个儿齐齐地摆过头去，向观礼台行注目礼。

惊天动地的驼队在行进……

大伟像一尊雕塑，拼力喊着口令：一二一，一二一……

115 练车场 日

大伟在学开一辆军用卡车,教练在教他。

长毛狗在旁边蹲着。

大伟的画外音:我学了两个月车……

大伟和教练跳下车。长毛狗跑过来。大伟抱起长毛狗,接过教练递过的军用水壶,喝了几口,然后,给长毛狗喝水。

大伟的画外音:然后,我又回到了我的菜地。

116 菜地 日

大伟抱着长毛狗走出菜园的小门,上了一辆客货车,开走了。

117 草场 日

大伟开着客货车朝草场驶来。

客货车在乌云和爷爷搭蒙古包的地方停下来。大伟抱着长毛狗跳下车。

大伟放下长毛狗,看着这块地方。

大伟的画外音:不知为什么,我总感到他们会在这儿出现……

马头琴的声音。

乌云轻盈优美的舞姿。

大伟朝敖包走去。

大伟把一块石头放在了敖包顶上。

大伟的画外音:每次路过,我都要这样做。这是我添上去的第1081块石头。

长毛狗的叫声惊扰了大伟的沉思。长毛狗在沙窝里叼着一样什么东西,朝大伟叫着。大伟走过去,捡起来——

是乌云的练字本。

大伟翻看着,翻到一页,停住了。

练字本上写着几个字:我想和你相亲。

大伟被触动了,抬起头,看着草场。

草场一片辽阔,直到天边。

长毛狗叫了两声,朝远处跑去。

长毛狗越跑越远,消失了。

大伟的画外音:它也出走了,大概是找它的主人去了……

大伟在跳舞,响着乌云爷爷的马头琴声。他跳得笨拙而动人。

远远看去,大伟和那辆客货车在夕阳照射的草场上,显得很小。

大伟在跳着。

118 菜地 日

大伟坐在鸽子楼下,正在剪鸽子们的翅膀。鸽子们围绕着他。

大伟的画外音:我只有它们了。我不想让它们离开我,也舍不得鸽子楼……

菜地的蔬菜长势很好。

119 菜棚 晨

大伟在采摘西红柿。西红柿在绿叶之间,鲜艳可人。

大伟的画外音:我到底把它种成了。

大伟把一筐西红柿倒进车厢。车厢里已装上多种蔬菜。

120　连队文化活动室　日

活动室布置一新，墙上挂着"庆祝八一建军节"等字样的横幅。

十几位军嫂坐在会议桌周围，每人跟前放着一瓶矿泉水。

连长：你们都是军人的妻子，我们的军嫂。今天是军人的节日，也是你们的节日。军功章上，有我们的一半，也有你们的一半，歌子唱得没错。请你们到边防来，是想让你们看看，你们的男人是怎么生活的，也想向你表达我们的感谢。这里很艰苦，缺菜缺水，更缺你们这些愿意嫁给军人的女同志。这矿泉水，是连队专门派人到城里买来的。一人只有一瓶。打开喝吧——

有人打开矿泉水，有人没动。

连长：都喝都喝。喝完矿泉水，还有大会餐。我们把蔬菜的问题基本解决了。今天会餐的蔬菜，是我们的战士在戈壁滩上种出来的，现在嘛，在路上走着哩……

121　连队伙房　日

炊事班的战士们兴高采烈地洗刷着炊具。

士兵乙：大伟这回可给咱连队露脸了。

122　戈壁　日

大伟开着客货车朝连队驻地疾驰而来。

大伟的车离开道路，开进了戈壁。

大伟的画外音：我可能是急了点，想走近路……

大伟拼命搬动方向盘。车在戈壁中颠跳着。

迎面一道高坎，快撞上去了。大伟一个急转，客货车一声尖叫，**翻倒了**……

123　连队伙房　日

炊事班的战士静等着大伟送菜来。

士兵乙：怎么还不来？

124　戈壁　日

大伟的脚被夹伤了，鞋上渗出血来。他全然不知，从倒扣的车厢底下往外拉着菜筐。

到底拉出来了。可是，西红柿成了一筐烂泥。大伟急了，在里边刨着，刨的两手全是西红柿肉浆。

他还在刨着。

125　连队伙房　日

炊事班战士们等不见大伟，急躁了。

士兵甲：大伟是怎么搞的？

士兵乙：这狗日的大伟！

连长急匆匆进伙房：还没来？

战士：没有。

连长说：还坐着干啥？找去！

几个战士们正要出门，愣住了——

大伟一身泥土，脸上有明显的擦痕，很狼狈的样子，抱着一筐蔬菜。

连长：你搞什么名堂？

大伟：翻，翻车了。

连长的眉毛竖了起来。

大伟：这是我从车底下刨出来的。

一战士接过蔬菜。

连长一肚子气，却无法发作。

大伟：还有西红柿……

大伟从两个衣兜里掏出六个西红柿：也是我刨出来的。

连长嘿了一声，走了。又歪过头来：熬菜汤！

大伟站着，表情可怜。一战士走过来，拿走了大伟手中的六个西红柿。

炊事班长：愣着干什么？洗菜！

战士们忙乎起来，没人理大伟了。

大伟依然没动。他似乎感到疼了，朝脚下看去——

大伟的一只胶鞋正往外渗着血，在地上流着，已一大摊了。

大伟一阵晕眩，倒了下去——

士兵乙：大伟！

正要离开的连长回过头来，一愣，扑过来，抱住了要倒下去的大伟，对愣着的战士们：都成木头了？送医院！

126　连队食堂　日

全连战士围成十几桌，还有十几位军嫂。他们每人面前放着一碗菜汤。

连长端起菜汤碗：这是大伟的菜汤，六个西红柿做的，喝！

战士们端起碗，站起来：大伟的菜汤，一二三！

他们抱着碗灌了起来。

军嫂们也喝着，噙着泪水。

……………

127　医院手术室　日

大伟躺在手术台上，睁着眼。

医生们正在给他做截趾手术。

大伟的画外音：我失去了一根脚趾头……

手术进行得有条不紊。

医生甲：没压死，命大。

医生乙：评个三等残废没问题，不影响什么，还能够照顾安排工作。福气。

大伟在听着，眼睛一动不动。也许他什么也没听。

大伟的画外音：我没当上将军。我当了三年兵，两年志愿兵，然后，我离开了部队……

128　菜地宿舍　日

大伟在擦枪。

大伟的画外音：这是我最后一次擦枪。我的枪号是58432415……

大伟把擦净的枪械重新装好，动作熟练。

129　菜地　日

大伟在练瞄准。

大伟的画外音：这是我每天必做的功课。分配我种菜以后，我没打过枪。我请求在我离开部队前打一次实弹。连长批准了我的请求……

130 靶场 日

连长把一箱子弹重重地放在掩体跟前，亲自为大伟装弹夹。他将装满子弹的弹夹装上枪支，递给大伟。然后装第二个弹夹。

大伟爬进掩体，瞄准着。

枪声突然响了。

大伟痛快地打着连发。

大伟的画外音：我打得很痛快。就像我在新兵连野战训练时憋尿的感觉一样。我真想永远这么打下去……

大伟已打出了一堆空弹壳。

枪还在响着：啪啪啪啪……

131 鸽子楼 日

大伟的枪声变成了鸽子扇动翅膀的声音。

大伟的鸽子们向天空飞去。

132 哨所 日

大伟背着蔬菜和水向哨所跋涉着。大伟快到哨所跟前了。几个战士走出哨所，迎接大伟。

大伟的画外音：我认真地走完了我作为军人的最后时刻。

哨兵们从喘气的大伟身上卸下水袋和蔬菜。

大伟舒了一口气，看着哨楼。

哨楼高耸入云，在崇山峻岭之间。

大伟扶正军帽，面对哨楼，右手庄严地挨上帽檐。

歌声起。是那首军人很熟悉的歌曲：

十八岁，当兵到部队。

…………

133　连队草场　日

歌声延续着。

大伟已站在了猎猎招展的军旗下，和一排退役的老兵面对军旗行最后一个军礼，庄严、神圣。

部队官兵在他们的身后，唰一下，也举起了右手，面对招展的军旗。

歌声在继续：

一辈子，有过当兵的历史

终生不后悔……

两颗泪珠从行军礼的大伟眼里滚落而下。

红色的军旗迎风招展。

134　连队宿舍　日

大伟正在整理行装。

连长走进，把一张证书递给大伟。

是一张三等残疾军人证。

连长：它对你会有用的。

大伟看着连长，把证书放在了行李包内，拉上拉链。然后——

大伟取过那把圆号，郑重地交给连长。

连长：你带回去，留下想头。

大伟和连长对视着。他们的心里都翻滚着同一种情感。眼睛都湿润了。

大伟突然抱住连长，哭出了声。

连长也噙着泪花，手在大伟的肩膀上拍着。

135　城市郊区大伟的小楼　日

几年后，客厅的墙上醒目的地方并排挂着三枚三等军功章，还有一张残疾军人证书。还有那支圆号。

大伟的画外音：我立过三次三等功，这是对我当兵的馈赠。我没让他们安排工作，我在郊外租了几十亩地。几年后，我成了有钱人，这也是我当兵的馈赠。

大伟漂亮的小楼。

136　大伟的菜地　日

大伟正在浇菜。他打开开关，自动喷水器喷洒着水雾。

大伟的画外音：还有鸽子……

大伟的鸽子楼和戈壁菜地的鸽子楼很像，楼檐上落着许多鸽子，一片祥和。

大伟的画外音：鸽子粪确实是最好的肥料。他们都爱吃我的菜，亲切地叫它们"大兵的黄瓜""大兵的西红柿"……

137　菜地　日

大伟的画外音：短脖子每天都来我这儿拉菜。我们相处得很好……

短脖子正和几个工人往车上装菜。大伟给他们帮着手。

138　大伟的小楼　日

大伟母亲把炒好的菜端上桌子，亲切地看着大伟和父亲喝着酒。

大伟的画外音：父亲常来我这儿小住。父亲不再生我的气，母亲也不再抹眼泪了。

有人敲门。大伟打开门——

是短脖子，领着和大伟曾经相过亲的那位女青年。

大伟和父母热情招待着短脖子和那位女青年。

大伟的画外音：他们给我介绍过好几个对象。有人也愿意嫁给我……

139　大伟卧室　夜

月光探窗而入。大伟在床上躺着，但没睡着。

大伟的画外音：我没订婚。我常常会想起乌云说过的话，她说她长大了会来找我……

140　大伟的小楼　日

大伟的父母和短脖子朝小楼走来。

大伟的画外音：只要你想，奇迹就会出现。有一天，我接到了乌云的信……

大伟拿着一封信，从小楼里冲出来：妈，乌云给我来信了！还有照片。

大伟父母和短脖子争相看照片。

是一张合影照，很多人。

大伟妈：哪个？哪一个？

大伟指着中间的一位：她，就她。

大伟妈仔细地看着，微微摇着头：看不清。

短脖子：我看。

大伟妈惋惜地看着大伟：妈看不清楚。

大伟一脸甜蜜的憨笑，让人心动。

短脖子还在看着那张照片，想看清楚一些。

141　大伟的菜地　雨

细雨蒙蒙。

大伟的画外音：下雨的时候，我一个人，我会想起那儿——

142　戈壁菜地　雨

雨滴轻轻敲打着蔬菜上的罐头盒。

大伟的画外音：那儿有我的生命，我无法忘记……

143　戈壁　日

日出的镜头。

日落的镜头。

驼铃声隐约可闻。

圆号声响起——

144　大伟的菜地　日

大伟坐在菜棚跟前，吹着那支圆号，是一支舒缓悠扬的曲子。一只大气球从远处升起来,缓缓移向那座大城市——

145　江南某大城市

气球在城市上空缓缓移动,和影片开始时何其相似,但城市已非昔时可比。高楼林立,气势更加宏伟。

气球上突然吊下来两幅商业广告,传单如雪片,飘向城市,纷纷扬扬。

飘向高楼的尖顶。

飘向街道和各色如蚁涌动着的人群……

剧　终

1997年10月15日,二稿

1997年12月15日,再改

1998年4月9日,定稿

注:

该剧本获第二届夏衍电影文学奖二等奖(1998年);发表于《解放军文艺》2017年第6期。

帝国的情感

《帝国的情感》主要人物表

历史人物：

唐玄宗（52—72岁）

杨玉环（19—38岁）

安禄山（45—54岁）　范阳、平卢、河东三镇节度使

李林甫　宰相，死于公元752年11月

杨钊（国忠）　公元750年改名，公元752年为相，死于公元756年

高力士（53—73岁）　宦官，玄宗呼之为"将军"

陈玄礼　龙武大将军

魏方进　御史大夫，马嵬驿兵变被杀

高仙芝　右金吾大将军，平叛副帅

封常清　安西节度使，安史之乱发生后，为范阳、平卢节度使，公元755年年底，和高仙芝同时被朝廷杀于潼关

哥舒翰　陇右节度使兼领河西节度使，著名将领，安史之乱时为太子太保兼御史大夫。带病参战，潼关保卫战失败，投安禄山

边令城　宦官，安史之乱时为监军，宫廷总管，长安失陷时投安禄山

崔光远　京兆尹，长安失陷与边令城一起投安禄山

王思礼　哥舒翰部将

火拔归仁　哥舒翰部将，缚哥舒翰投安禄山

田承嗣、安忠志、崔乾祐　安禄山部将

武惠妃（38岁）　玄宗爱妃，寿王李瑁生母，死于公元737年

太子李瑛、鄂王李瑶、光王李琚　公元737年，三人同日被玄宗赐死

宁王李宪　玄宗之兄

寿王李瑁　杨玉环前夫

太子李亨（36—46岁）　公元756年称帝，为唐肃宗

杨铦　杨玉环从兄

虢国夫人、秦国夫人、韩国夫人　均为杨玉环姐姐

李龟年、李彭年、李贺年　宫廷乐工，三兄弟

谢阿蛮　民间歌舞艺人，后随侍杨玉环

念奴　一匹可以闻歌起舞的马

现实人物：

希里·布劳恩（50岁）　欧洲某国著名建筑设计师，中国古建筑史学者

东方允中（60多岁）　中国唐史专家

东方含笑（25岁）　东方允中之女，美术学院油画系研究生

1 大明宫遗址 瓦当

在直升机的引擎声中——

画面上是不断闪动变化的色块。然后——

色块逐渐化开。然后——

化成一个城市的地图。然后——

粗糙的地图在闪耀中化成城市的剪影。

是现在的西安。从高空看去,它像一个规模宏大的巨型沙盘,在摇晃中逐渐上升,逐渐清晰……

它是一座拥有几千年历史的帝都,也是一座正在迅速发展的现代化都市。历史与现代兼容并蓄。唐代的大雁塔、小雁塔;明代的城墙、钟楼;新兴工业区高耸的楼群,井字形的街道,街道上的车辆和人群……

城市在摇晃中又被逐渐推远。(直升机)越过整个城市——

布劳恩画外音(本剧中布劳恩画外音及台词均为英语):我接受了中国方面的聘请,参与中国唐代大明宫遗址公园恢复工程的论证和设计……

城市郊外,唐代大明宫遗址,一项巨大的工程正在准备之中。劳动的人群,轰鸣的各种机械,场面宏大。

布劳恩画外音:……作为一名建筑学家和设计师,我当然知道,伟大的建筑只能产生在伟大的时代……

直升机在下降,降落在一片废墟的旁边。

布劳恩和中外专家学者走下飞机,被引领到正在挖掘清理的废墟现场……

一块一千多年前的瓦当在专家手中传看着。

瓦当传到了布劳恩手里。他五十岁左右,看上去要年轻一些,正逢盛年,精力充沛,面部棱角分明,有一双深邃智慧的眼睛。他看着那块瓦当，神情专注，又似乎思绪遥远。

瓦当被推进。推满整个画面，纹理清晰。

又被拉远，拉到一千多年前大明宫一座宫殿的一根橼头——

2 大明宫

橼头上的瓦当被渐渐拉开，拉出整个大明宫——它不是一千多年前真实存在过的那个大明宫，也不是将要复制成功的大明宫，而是布劳恩感觉里的大明宫，像一座规模宏大的历史典藏，每一个部位都蕴含着丰富的记忆。

布劳恩画外音：帝国的许多重大事件就发生在这座伟大的建筑里……

随着布劳恩的画外音，镜头开始游走。它似乎对这座伟大的建筑群极其熟悉，充满自信，甚至有些骄傲：从整体到局部，从轮廓到细节，从宫殿到宫殿。甬道，回廊，台阶，墙壁上的艺术，室内的摆设、用具及其上的花纹和图案……每一处都能感受到这座建筑的非凡、精美，以及内含的精神和智慧。

布劳恩画外音：……这个王朝历经太宗（昭陵六骏一闪即逝，像突然现身又消逝的历史幻影，并不影响正在游走的镜头）、高宗和他的皇后武则天，她也是中国历史上唯一的一位女性皇帝（乾陵，无字碑一闪即逝）——奠定了帝国强大的基础。然后……

历史画面：正在打马球的玄宗英姿勃发。

布劳恩画外音：……发生了流血的宫廷政变（清除韦氏和太平公主的历史画面。唐中宗的皇后韦氏在逃跑中引刃而死；上官婉儿一脸媚笑，李隆基手起刀落，上官婉儿立刻血溅宫墙；太平公主血溅帷帐……历史画面均转瞬即逝），玄宗得到了帝国的权柄……

井然有序的宫廷；威严的仪仗……

外国使节来朝；进贡的驼队和马队……

布劳恩画外音：……幸运的玄宗承继了帝国的全部遗产，励精图治，使他的时代成为中国历史上公认的盛世……

繁华热闹的长安西市……

阵容齐整的宫廷乐队……

生动活泼的民间歌舞……

整肃的边塞军马……

布劳恩画外音：……有效的政治管理，繁荣的经济和文化艺术，稳固的国防，各民族和谐共处……这就是中国观念里的盛世。

陇右节度使哥舒翰率兵突袭吐蕃军队的画面……

布劳恩画外音：……帝国的自信让人惊讶，几乎所有的边防军司令都由外族将领担任，掌握着帝国的军事力量。没有一个王朝有这样的胸怀和气度……

范阳、平卢节度使安禄山的军马追杀契丹军队的画面……

布劳恩画外音：帝国是安全的，战争只发生在遥远的边塞。保卫帝都的军事力量只是一个象征……

回到大明宫。大殿内高居龙位的玄宗正在接受朝拜。百官跪地：万岁万岁万万岁……

布劳恩画外音：……公元755年，玄宗皇帝钟爱的一位将军与帝国反目，使这座伟大的建筑遭到浩劫（涌进大明宫哄抢财物的市民；崔光远挥刀杀人；一头在混乱的宫院中引颈鸣叫撒欢的驴……），也使帝国陷入持久的内战，帝国从此衰落……

战乱的历史画面：安禄山的铁骑呼啸南下；狼藉的战场……

许多历史画面会在其后的叙述中隆重上演。所有的历史画面都像历史的记忆一样触手可摸，又像游丝一样遇风即逝。

布劳恩画外音：……据说，整个事件与玄宗和一位女性的情感有关。他爱上了他的儿媳杨玉环。他们的旷世绝恋既为后世诟病，也有后人赞美……

戏曲舞台上的《贵妃醉酒》；

现代书法《长恨歌》；

线装的唐史；

本片中将会出现的杨玉环和金步摇……

布劳恩画外音：……玄宗和这位女子的恋情和悲剧结局正发生在中国历史的转折点上，意味深长。此后，这个国家再也没有出现过可以和大唐盛世比肩的历史时期……

布劳恩的工作台，设计中的图纸和那块瓦当。

布劳恩画外音：……我试图对发生在一千多年前中国盛唐历史上的这一恋情进行一次探寻和"打捞"，这不仅出于我的好奇，也对我正在从事的工作意义重大。大明宫能否恢复？复制出的大明宫能否开口说话，向现在以至后来的人讲述它曾经拥有的鲜活的历史？就是说，现在的我们有没有能力讲述真实的历史……

布劳恩画外音：我结识了一位中国的唐史专家，东方允中先生……

正在查阅历史典籍的东方允中先生。他六十多岁，是一位严谨的历史学家。

布劳恩画外音：……一切都出乎我的意料……

3 东方允中的书房 东方含笑的画室

布劳恩已经在东方允中先生的书房里了。他们都很随意。东方先生正在看那块瓦当。布劳恩在打量先生的书房。先生的书房丰富得有些压抑，各种书挤满了四周的书架，甚至挤到了书架之外，地上、书桌上也堆放着书籍和报刊。书架和书桌陈旧而朴素。这里是他生命的时间，也是他生命的空间，但不是他生命的全部。他有一个美丽的女儿，东方含笑。她正在她的画室里作画，能看到她的背影或侧影。她二十多岁，是美术学院油画系的研究生。先生把这套居室中最大的空间给了她，就是他对她爱的一个证据。画室宽敞、明朗，有她已经完成和未完成的绘画作品。她和父亲一样拥有丰富的生命世界，但和父亲的丰富完全不同。

东方先生放下了那块瓦当，对布劳恩（三人对话均为英语）：是好奇？

东方显然已经知道了布劳恩的意图。

布劳恩：不仅仅是。

东方先生看着布劳恩，似乎感到布劳恩的回答太过随意。布劳恩的回答确实也显得有些随意，因为他的目光并没有离开满架的书籍。

布劳恩：这些书好看么？

东方：不好看。

布劳恩：为什么？

东方：都是历史的陈籍。

布劳恩：为什么？

东方：枯燥。

布劳恩：历史就一定枯燥么？

东方：我的女儿就不看这些。

东方含笑似乎听到了父亲和布劳恩的谈话，也许感到有失礼貌，沏来两杯清茶，并端来一盘水果。

她的目光和布劳恩发生了碰撞。她就像一盘水果。

布劳恩：你的父亲说得对么？

含笑给布劳恩一个微笑，并没回答他的问话，回画室，继续作画。

东方含笑显然引起了布劳恩的好感，他一直看着她走进画室，看着她作画的背影。

布劳恩对东方先生：我可以看看她的画么？

东方：当然可以。

布劳恩：她愿意么？

东方：含笑，布劳恩先生又对你的画产生了兴趣，他想看看。

含笑并不停止作画，她很自信：欢迎。

布劳恩对东方先生：我们一起？

东方：不，我看不了，就像她看不了我的这些书一样。

布劳恩走进画室，看着含笑那些完成和未完成的作品。

东方含笑的绘画和她本人一样，率性，构图和色彩都很大胆，充满活力。

布劳恩：很美。我是说……（走到依然在作画的含笑跟前）你和你的绘画都很美。

含笑：谢谢。

布劳恩：我和你的父亲有不同的看法。我不相信历史是枯燥的。我们都是将来的历史，我们枯燥么？包括你和你的绘画。

含笑：你很幽默。

布劳恩：为什么不画一幅杨玉环呢？她也许是中国历史上最美丽最生动的女性。还有玄宗。

含笑：我不了解他们，也没有兴趣。

布劳恩：为什么不试试？

布劳恩很执着，甚至有些孩童般的固执，从东方先生的书房里拿来了那块瓦当：这块瓦当里就有他们的气息。

含笑打量那块瓦当。布劳恩已引起了她的好感。

含笑：它确实很美，可以是艺术杰作，可是……（她扬起头，看着布劳恩。）

显然，她也引起了布劳恩的好感。

含笑：……它和你说的那两个人有什么关系？

布劳恩：它见过他们，知道他们的故事……当年的杨玉环就像现在的你一样，美丽，生动（一闪即逝的杨玉环）……当她和她的恋人玄宗皇帝在长生殿对月盟誓的时候，这块瓦当也许就在大殿的某一根橡头上

（对月盟誓的玄宗和玉环）。

东方允中忍不住了，走了过来：公公和儿媳妇对月盟誓是没有美感的。

布劳恩：你们有"脏唐臭汉"的说法，这也是"脏唐"的一部分么？

东方："脏唐"说的不是那个伟大的时代，而是个人的私情和品行。

布劳恩：伟大的时代，肮脏的感情——这样的说法有说服力么？（对含笑）你们的历史不相信他们的感情，包括你的父亲。一个二十多岁，正值青春妙龄；一个五十多岁，至高无上，握有生杀大权。这样的两个人相遇，很难让人相信他们会有真正的感情。但有人相信，比如你们的诗人白居易（念诵长恨歌诗句）：在天愿作比翼鸟，在地愿为连理枝……

东方：诗人隐去了历史真实，是想象出来的，是艺术。

布劳恩：你不认为人类的历史就是行为的艺术么？在历史学家和诗人的想象之间，我更愿意相信诗人。诗人更尊重个体生命的欲望和情感。很难想象，没有情感和精神个性的人能够创造和演绎出辉煌的历史和同样辉煌的生命故事。

东方：结果呢？大难临头的时候，他抛弃了她，杀死了她。这也是事实。

高力士把白色的丝带递给杨玉环，让她自缢的历史画面一闪即逝。

含笑担心地看着布劳恩：是啊，他爱她，为什么要下令杀死她呢？

东方含笑不知该相信谁了。她很不情愿布劳恩在父亲的质问面前尴尬。

布劳恩似乎在遥远的历史中：也许还是他亲手杀死了她……

玄宗杀死玉环的画面转瞬即逝。

东方允中并不掩饰他的讥讽：你又该如何想象呢？

面对东方含笑担心而又期待的目光，布劳恩恢复了自信：如果你愿意，我可以试着讲述。

东方含笑点头，她的情感是偏向这位固执、幽默、智慧的布劳恩先生的，也有好奇心。

布劳恩拿起那块瓦当，似乎要拂去瓦当上千年的尘垢，看出历史的真相。他的思想已浮游到了久远的历史之中。

东方允中的表情有明显的不屑。

东方含笑轻轻地放下画笔，怕打扰了这位布劳恩先生的思想……

4 大明宫

布劳恩画外音：历史和人生在一点上是相同的，一个偶然的事件，一个突如其来的想法，就可以使人生改道，让历史拐弯……

随着布劳恩的画外音，瓦当又一次飞上宫殿的椽头。

字幕（叠印）：公元737年

一声巨响，宫殿的飞檐似乎颤动了一下。

一扇宫门被撞开，太子李瑛和鄂王李瑶、光王李琚兄弟三人率一队侍从提刀执剑冲入宫门，砍倒两个想阻拦他们的守门人，穿过宫院，直奔大殿而来。

空荡荡的深宫大院竟无一人。兄弟三人情急心切，正要冲上大殿台阶，四周突然出现早已埋伏着的禁军士卒，张弓搭箭，正对着他们。

他们愣了。

龙武大将军陈玄礼出现在殿前石栏前。

陈玄礼：太子为何披甲执剑入宫？

兄弟三人面面相觑。

李瑛：有贼人入宫谋害皇上！

陈玄礼：整个皇宫大院并无贼人，只有提刀执剑违禁入宫的人。

李瑛已知上当，看着四周的弓箭，胆怯了：皇上呢？

陈玄礼：皇上在皇上愿意在的地方。

李瑛：我要面见皇上！

陈玄礼示意，禁军向李瑛围拢而来。

陈玄礼：禁军有禁军的职守，请太子见谅，以免惹起事端，伤及太子性命……

三兄弟一脸恐惧，刀剑落地。

李瑛要哭了一样：我要见皇上！

分明是绝望的呐喊……

布劳恩画外音：这是一个阴谋……

5　从宰相府到皇宫大殿

匆匆出宰相府的大轿。

大轿匆匆进入皇宫。

匆匆向皇宫大殿拾级而上的李林甫。

进入大殿拜见玄宗的李林甫：臣李林甫叩见陛下。

高居龙位的玄宗面无表情。

李林甫：皇上急召臣入宫，必有要事。

玄宗：太子披甲执剑入宫，该如何处置？

李林甫气神已定：这是皇上的家事，臣不便多言。

玄宗点头，若有所思……

6　大明宫

宣诏的宦官边令诚及其宣诏的声音：太子李瑛、鄂王李瑶、光王李琚披甲执剑入宫……贬为庶人，即日离京……

宣诏声在恢宏的大明宫上空回旋……

7　从宰相府到皇宫大殿

匆匆出宰相府的大轿。

大轿匆匆进入皇宫。

匆匆向皇宫大殿拾级而上的李林甫。

进入大殿拜见玄宗的李林甫：臣李林甫叩见陛下。

玄宗高高在上，面无表情：太子及鄂王、光王已贬为庶人。

李林甫：臣已知晓。

玄宗：听说他们三人常在一起游乐喝酒，心存异谋。

李林甫：臣也有耳闻。

玄宗：所以你屡次进言，言虽委婉，实有废太子之意……

李林甫虽有些紧张，但沉着应对：臣知道这也是陛下的心愿。

玄宗点头：现在，我们都遂愿了。

李林甫已感到玄宗心态有些异样：陛下召臣入宫，只为此事么？

玄宗：太子有结党之嫌，虽犯大禁，但还只是暗中泄愤。此次披甲入宫，就是肆无忌惮了。人虽贬为庶人，心也会变为庶人之心么？不会留下后患么？

李林甫已知玄宗心思：后患？已为庶人，与平头百姓无异，且人在乡野，远离京城……

玄宗站了起来：人在乡野，心在庙堂的事还少吗？我就是中宗和韦氏留下的后患，如果中宗和韦氏当初除掉先帝和我，站在这儿的就是另一个！

李林甫：那也就没有大唐盛世了。陛下承天顺时……

玄宗打断了李林甫：这只是一种冠冕的说法罢了。我知道了，这是我的家事，我来处置——

8　路上

宦官边令诚率一队禁军向长安城东驿疾驰。

9　长安城东驿

被贬为庶人的李瑛三兄弟及家眷行走进驿站。家眷愁眉不展,有人哭泣,落寞之象令人感叹。

三兄弟被让于酒桌,一脸沮丧,无心进食。

李瑶:我们千小心万小心,还是上了武惠妃的当。

李琚以拳擂桌:圣心不明,皇上昏头了!

李瑛:这一天早晚要来的。世人只知皇室尊贵,却不知皇上每天都是在刀刃上过日子。也好,现在我不是太子,二位兄弟也不再是王子,都是平头百姓,不再有太子王子的提心吊胆了。吃吧,吃饱了上路。

边令诚率兵入驿,满驿受惊。

边令诚:三庶人接旨——

李瑛三兄弟跪地听旨。

边令诚:三庶人心存异谋暗中结党在先,又披甲执剑入宫犯禁于后,虽贬为庶人,实意气难平,若起事端,不仅自毁声名,且有辱皇室,唯结束性命,方可明示三庶人忠君爱国之心,特赐御酒,就地伏死——这可是圣上的一片爱心呐,来,给三庶人上酒——

三兄弟闻言色变。

三碗药酒已摆上桌案。

三人不动。

酒清如水。

边令诚催促:三庶人请——

李瑶、李琚起身欲愤然质问,士兵抽刀剑相逼。门外家眷一片哭声。

李瑛起身，双眼含泪，对二位兄弟：当初我不被立为太子，也就不会有今天的遭遇；如果二位兄弟不和我交好，就不会和我一样死于今日。是我连累了二位兄弟，我先走了——

李瑛端起一碗药酒，大口饮下。他扔掉酒碗：我们九泉之下相会……

李瑶、李琚看着扭曲着倒在地上的李瑛，比死者更为痛苦。

李琚突然血气偾张，抽士兵刀剑未及，已被乱剑穿身，倒在了李瑛身边。

李瑶看呆了。

边令诚：就剩下你了。

李瑶被唤醒了，看着士兵捧过来的酒碗。酒中可见李瑶面影。他冷静下来，推开药酒。

边令诚：还是药酒好，免得他们动手，乱刀之下，更不好受。

李瑶：你们走开，我自个儿来。

士兵闪开。

边令诚愕然：你自个儿怎么来？难道要自个儿憋气憋死不成？

李瑶突然向墙壁撞去，然后顺墙壁缓缓倒下……

布劳恩画外音：这就是你们的史书上记载的唐玄宗"一日杀三子"……

10 东方允中家

听得入迷的东方含笑看父亲：他说得对吗？

东方允中并不迎接女儿和布劳恩投来的目光，他转身进了书房，闭上了门。

布劳恩有些尴尬。

东方含笑叫了一声爸爸，东方允中没有回应。

布劳恩以幽默的言行去除尴尬：他不能接受我的讲述。

含笑拦住了要离开的布劳恩，冲进书房（东方允中与含笑对话均为汉语）：爸爸，你为什么这样？这样是很不礼貌的。他说得不对吗？

东方允中一脸严肃：他可以写小说，但不能讲述历史。历史是严肃的学问！是考证和辨析！

东方允中有些激动了：没错。史书上有"一日杀三子"的记载，你听他是怎么讲的，三庶人被赐死于长安城东驿，他好像在现场一样。我无法接受这种幼稚的想象！

含笑：如果你讲述，该是什么样子？

东方：没有样子，"赐死"二字是矣。

含笑：你不觉得"赐死"两个字太抽象了吗？所有的死都是具体的。

东方：在严肃的历史学家的眼里，这样想象出的具体是没有重量的！可笑的！甚至是无法容忍的！

含笑也生气了：爸爸，我也不能接受你的偏执和霸道！

含笑跑出书房，跑进画室。布劳恩已经离去。

东方允中还在激动中：他不懂中国，不懂历史，他应该好好画他的设计图纸。

含笑也激动了：你有什么理由认定你比他更懂？你们所依据的是同样的史料！在你的抽象和他的想象之间，我更喜欢他的想象！

情绪中的东方含笑像一只因生气而显得更质感更可爱的小母鸡。

11 布劳恩的工作室

工作台上堆满书籍，已画出许多设计图纸，几张效果图尤其惹眼。布劳恩的工作是潜心的，认真的。

有人敲门。

是东方含笑。她温和的表情中带有羞涩，不知是因为她贸然地拜访还是因为她父亲的无礼而不好意思。

含笑：对不起。

布劳恩：为什么？

含笑：因为我的爸爸。

布劳恩为含笑倒上沏好的茶：我对中国茶的喜爱快要超过咖啡了。

含笑：我更愿意喝咖啡。

布劳恩换了一杯咖啡：你父亲有他的理由。

含笑并不掩饰：我更喜欢你的。

布劳恩：谢谢。

含笑：我喜欢听你的讲述，或者叫想象……

12 武惠妃寝宫

三十八岁的武惠妃正在梳妆，美丽，成熟，有侍女伺候。

布劳恩画外音：据说阴谋的制造者就是这个女人，武惠妃。玄宗登基后最钟爱的妃子，寿王李瑁的生母，杨玉环的婆婆……

能听见玄宗的脚步了。

玄宗在高力士的陪伴下向寝宫走来。

高力士留步。

玄宗进寝宫内室，侍女行礼，引领玄宗，照顾玄宗入座。玄宗坐定，侍女退下。

玄宗在欣赏中等待为他梳妆打扮的武惠妃。

一切都像编好的程序一样。武惠妃插好最后一件头饰，亲自点上一根蜡烛，光彩照人，动作优美，然后，给玄宗一个更诱惑的笑。

布劳恩画外音：……她并没有得到好处……

玄宗起身，他抚爱她，并不急着入帐，但他们都知道，他们的一场激情的戏很快就要上演。可是——

边令诚打扰了他们，使这场未及上演的激情停在了预热阶段，没有继续。

边令诚的声音：回禀皇上——

玄宗回头，边令诚已经跪在了寝宫门口，轻松流利地报告着行刑的经过：三庶人已在长安东驿赴阴曹地府，不再是世间活人。李瑛饮酒口鼻喷血而亡；李瑶撞墙倒毙；李琚企图反抗，死于乱刀之下……

玄宗愣了，仿佛已没有知觉，没有感觉到边令诚是怎么离开的。他变成了一尊僵硬的石雕。他被边令诚宣读公文式的报告深深刺痛了。

武惠妃也感到了不祥。看着僵硬的玄宗，更感不安。

武惠妃：皇上……

玄宗僵立不动。

武惠妃：皇上……

玄宗似乎被唤醒了，推开了武惠妃伸过来的手。他走了几步，回身看着武惠妃。

武惠妃有些不知所措了。

玄宗：给太子传话说宫中有贼要谋害我的是你。给我传话说太子披甲执剑入宫心存异谋的也是你。

武惠妃并不否认。慌乱和不安消失了，脸上的神情表明自己没有做错什么。

玄宗：你为什么要这样？

武惠妃：你应该知道。

玄宗：除掉太子？

武惠妃：太子瑛不死，寿王怎么办？你们都是这么做的。从太宗到你自己，李唐王朝都是这么做的。

武惠妃没有说错。就因为她没有说错，玄宗受到了更深的刺痛。

玄宗：杀子的是我。我不怪你。我很厌恶……我很厌恶我自己！

玄宗转身离去了，就这样，他永远离开了他钟爱了二十多年的武惠妃。

武惠妃懵了，看着远去的玄宗，绝望地叫了一声"皇上"，软了下去……

13　宁王府

玄宗和宁王李宪正在合奏一首曲子。玄宗抚琴，宁王吹箫，曲调像悠远的回忆。二人都沉浸在音乐的境界之中。

布劳恩画外音：他是玄宗的胞兄，仅存的同胞兄弟，四年后死去……

宁王吹得很投入。他很珍惜这样的机会。他们一起长大，曾合盖一条被子。玄宗成为皇帝以后，他们兄弟就很少在一起了。他吹得正在情绪之中，玄宗的琴却不响了。他很诧异，扭头看去，玄宗正在发愣。他倾身趴在琴上，双目空洞。

李宪：你怎么啦？

玄宗：我杀了太子瑛……

玄宗不再说了。

宁王知道玄宗心里很郁闷，想安慰他，却找不到合适的语言。他放下玉箫，坐到玄宗的跟前，搂了一下玄宗的肩膀，让玄宗感到了一种久违了的兄弟手足之情。玄宗用目光把他的感激和感谢告诉他的兄长。他没有说话。他起身离开了宁王。宁王看着离去的玄宗，在长长的走廊上，那么孤独……

14　玄宗寝宫

高力士正在给玄宗梳头。

玄宗：我有多少个儿子？

高力士：皇子二十九个。

玄宗：女儿呢？

高力士：皇女三十。

玄宗：有这么多么？

高力士：千真万确。皇孙就更多了，一百多吧，具体数字老奴也说不清。

玄宗：我有这么大能耐？

高力士：这是国家社稷的福气。

玄宗：我想见见他们。

高力士：哪一个？

玄宗：全部。

高力士：去每一个王府？

玄宗：不，让他们进宫。

高力士：所有的皇子皇女皇孙？

玄宗：所有的皇子皇女皇孙。

高力士：王妃呢？

玄宗：一起。

高力士：驸马呢？

玄宗：一起。

15 大明宫

这是一次盛大的家庭聚会。

王子王妃和公主驸马坐轿骑马在侍从的簇拥下纷纷入宫。宫门、宫院、大殿外台阶前，都是王子王妃和公主驸马。侍从们在大殿外留步。王子王妃公主驸马上阶进殿。

玄宗已高高在上。

进殿的王子王妃和公主驸马依次行礼入座。几乎排满了整个大殿。

最后进殿的是住在百孙院的皇孙们,他们在几个太监的引领下进殿,行礼后,坐成了一个儿童方阵。

应该到场的都到了。这是一个庞大的家族。他们都是高居在上的那个人的亲人,但在这座大殿里,也是一个寂静无声的群体。他们离他那么遥远。他挨个儿看着他们,分明感到了这种距离。这距离又一次刺痛了他。从"一日杀三子"之后,他似乎变成了一个容易受伤的人。他的心理和精神正在疼痛中发生着蜕变。

当然,这时候的他还不能特别注意到杨玉环——她很快就会进入他的生命,但现在还没有。她是寿王妃,正坐在寿王李瑁的跟前。在扫视众人的时候,他和她的目光曾发生过碰撞,却很快就滑过去了。他想不到他的孤独和疼痛已经引起了她的关切。她清纯灵动的目光里深藏着对他的同情,还有疑惑:曾经的英雄和伟丈夫为什么会这么孤独和无助,孤独得让人心疼。她一直看着他,他的孤独和疼痛在向她渗透。

她看了一眼寂静的现场。满场的王子王妃公主驸马都像活着的僵尸。那些皇孙们也正襟危坐,悄然无声。就在这时,龙椅响了一声。她扭过头去,看见玄宗站起来了,走下龙位了,走到皇孙们的方阵跟前了。孩子们没有因为"爷爷"的到来而欢欣雀跃,反而更为紧张。因为他不是爷爷,而是皇帝。他弯下腰,刚要伸手摸一个皇孙的头,皇孙立刻跪地叩头:谢皇上隆恩。他脸上柔软的表情立刻被冷却了。他感到了一种巨大的悲哀。他控制着自己,努力让脸上的表情重归柔软,再摸下一个皇孙。结果是一样的:跪地叩头谢恩,像在复制。他气馁了,气馁到绝望。他站着,不再伸手,没有了伸的气力。

杨玉环看到了这一切。她感到这样的情景对他太残忍了。她有了一种冲动,想站起来。寿王李瑁感到了她的冲动,拉了一下她的衣角。李瑁拉住了她的肢体,却并没有拉住她的心。她看着站在皇孙们面前呆立不动的玄宗,眼里突然涌出了泪水。

在她泪水模糊的目光里,玄宗模糊的身影走回去了,重新坐在了龙椅里。他没有说话。他一直没有说话。庞大的家庭聚会给他的是更深的疼痛和孤独。

泪眼模糊的杨玉环轻轻咬住了她美丽而倔强的嘴唇,似乎有了一个决定:她要帮助他。她需要机会。

事实上,他们生命的融合正是从帮助开始的。

下雪了,外面正在飘雪。

布劳恩画外音:也许就是类似这样的家庭活动,给玄宗和杨玉环后来的感情提供了机会……

飘扬的雪花也是寂静无声的——

16 武惠妃寝宫 大明宫

雪花已铺盖了整个宫殿和屋宇,还在下着,纷纷扬扬,轻如羽毛。

不堪精神折磨而发疯的武惠妃在雪地上跑着,喊着:三庶人饶命!三庶人饶命……

她倒在了雪地上,再也没有起来。

布劳恩画外音:武惠妃死于这一年的冬天。她和玄宗有过二十多年的感情……

白雪覆盖的寝宫。

白雪覆盖的大明宫。

17 东方含笑的画室

含笑要自己制作一个画框。她跪在地上,叮叮咣咣,忙得不亦乐乎,不时理一下被汗水浸润的头发。

含笑挪走了几件作品，把画架和制作好的画框摆在了她以为合适的位置。

含笑端起一杯咖啡，喝了一口，抱着胳膊，看着画框上空空如也的画布，似乎在思考该怎么开始她的新作。

含笑的画笔率性地点上画布——

是一块鲜艳的红色……

18　大明宫

大殿前等待上朝的百官翘首以待。

高力士现身：皇帝身有不适，百官各自回省院办公。

有人走了，有人没走。他们围着李林甫：

许多天不上朝了，怎么回事？

真生病了？

李林甫经不起百官追问：你们问我我问谁去？他连我也不愿意见！知道吗？

李林甫径自走了。

19　高力士府邸

高力士亲自捧来一杯茶：李相日理万机，难得来寒舍一叙，请先用茶。

李林甫放下茶杯：我哪有心思吃茶啊将军。皇上不上朝，我给百官无法解释。我几次上书，皇上不理，你说我该怎么办？闯宫吗？

高力士：当然不能了。李相心焦，我也心焦，皇上心情不好……

李林甫：想办法让皇上心情好起来不行么？心情不好也不能耍孩子脾气嘛。我要见皇上！只有你能帮这个忙？行不？

20　兴庆宫龙池畔

有人戴着一顶竹笠，一身乡野钓翁的打扮，一只手支撑着半斜的身子，另一手掌握着一根伸向龙池的钓竿，似乎在钓鱼。这里实在不是钓鱼的地方，因为龙池里养的全是供人观赏的金鱼。但他确实在钓，钓得很认真，很投入，隔一会儿就会像鱼咬钩了一样，兴奋地起钓，好像能钓出一条大鱼来——不会的，如果看得仔细，就会发现他的钓线上根本就没有钓钩。

是玄宗。他在和自己玩耍。也只有他才能以这样的方式在皇宫的龙池边上做这样的"钓翁"。钓翁之意不在鱼，也不在钓，而在玩耍。玩耍得很上心，高力士和李林甫已在他的旁边站立多时，他竟然没有察觉，也许是故意的。

高力士：陛下，李相已等候多时了……

玄宗歪头看了李林甫一眼：来看我钓鱼么？

李林甫：这里不是钓鱼的地方。

玄宗：我现在就喜欢在不是钓鱼的地方钓鱼。

李林甫一脸正色：皇上已经多日没有上朝了。

玄宗好像没有听见一样。

李林甫：没有不上朝的皇帝。

玄宗语气平缓：国库怎么样？

李林甫：充盈实在，从未有过。

玄宗：生民怎么样？

李林甫：国泰民安，道不拾遗，野无遗贤。

玄宗：边关怎么样？

李林甫：将领尽职，兵强马壮，胡人不敢牧马。

玄宗：那我上朝干什么？

李林甫一脸惊愕，一时无言以对了。

玄宗：所有的人都很如意，包括你李林甫。不如意的只有我。

李林甫：皇帝不如意么？

玄宗：你们想要的都有了，官职、俸禄、权力，还有家庭。你们不想要的也可以不要。比如太子，你们想除掉，已除掉了。你们想做的都做了，包括杀我的家人，我的儿子，亲生骨肉，且不用背杀人的恶名。杀人的是我。我是杀亲凶手。我已经一无所有，只有一个女人，疯了，死了。国家国家，你们家国两全，我只有国没有家。

高力士从旁解劝：国就是皇上的家，贱臣就是您的家奴！

玄宗：家奴？我的家奴也有自己的家，不是么？你是宦官娶妻的第一人。

高力士：普天之下都是您的。

玄宗情绪突变，站了起来：是皇上的！谁是皇上就是谁的。就因为这个，才兄弟相残、父子反目。你们也加入了，因为有所图。皇上呢？我呢？家破人亡，兄弟不为兄弟，骨肉不为骨肉，空有一个叫国家的家！我不想上朝了，你让我自个儿待几天好不好？

玄宗扔下钓竿，走了。龙池里是结队游泳的金鱼。

21　玄宗寝宫

玄宗躺在舒适的躺椅里，两个小太监一人一只脚，正给玄宗修脚指甲。

高力士在一旁正给玄宗做思想工作：李相忠于职守，犯颜直谏，也是为国家社稷，为了皇上好。

玄宗：我没说他不好啊，我只是说我不如意。

高力士：我准备去江南一趟……

玄宗：是寻访美女吧？

玄宗从躺椅上跳了出来，光着脚在地上走来走去。两个小太监退到了一边。

玄宗：别费那个心思了。后宫三千佳丽，在皇帝的床上哪一个是真正的女人？一个也没有。为什么？就因为上的是皇帝的床，是服侍，不是欢爱！我和女人与嫖客逛窑子有什么区别？我不要这样了。后宫佳丽还不如婊子。婊子只想钱。佳丽一上皇帝的龙榻，立刻就变脸，就想五想六了。武惠妃陪我二十多年，到头来不也这样么？

高力士：那也得想个办法高兴起来啊。

玄宗：那你就想吧。

玄宗又躺回了躺椅。小太监赶紧过来继续给他修脚。

高力士摇头长叹：我一直以为我是皇上肚子里的蛔虫，能猜透皇上的心思，这回不行了，猜不透了。哎……

22 武惠妃寝宫

夜色浓重，虽然无人居住，但宫灯依旧，更显凄凉。

玄宗一人坐在武惠妃生前的居处，神情恍惚。

高力士远远站着。看着独自伤情的玄宗。

玄宗已老了两岁。

高力士走近玄宗：陛下，时候不早了……

玄宗好像没听见高力士的催促：这里已两年没有人声了……

孤独的玄宗。凄凉的寝宫。

布劳恩画外音：重大的生命机遇往往是极其偶然的。孤独伤感的玄宗只是想到了失去母亲的寿王，动了恻隐之心……

渐显出杨玉环的丽影——

23　东方含笑的画室

杨玉环的丽影是东方含笑刚刚开始的作品。鲜活生动的眉目已跃然画布之上。

东方允中送两个客人出门，返身回书房时，有意无意地往画室里瞄了一眼，就看见了画布上的丽影。站住了。

东方允中：是杨玉环吧？

含笑：我想象中的……

东方允中的心情立刻起了变化，有了一种他极不情愿有的预感。送客的那种轻松从他的脸上消失了。

含笑：也许你不喜欢。

潜心作画的含笑并不知道父亲已经离开。她继续画着——

24　寿王府

画布上的杨玉环化为一千多年前的寿王妃。她和寿王正叩见刚刚走进王府的玄宗。

李瑁：儿臣叩见父皇——

玄宗：我没什么事，想来看看你……

…………

玄宗和李瑁一前一后在王府里走着。这不是两个人的漫步，也不是一个陪着一个阅览府中的景致。他们是一对父子，一个失去爱妃，一个失去母亲。都没有愉快可言。都有话要说，却都找不到合适的话说给对方。他们仅仅是在走路，脚步缓慢，和心情一样茫然而沉滞。他们就这么走着，一段路可以来回走几遍，已经走了很长时间了。

天色已近黄昏。玄宗终于站住了，转身看着寿王。

玄宗：本来想和你说说话的……

李瑁：儿臣知道父皇心情不好。

玄宗点点头，看着旁边。

李瑁：儿臣不知能为父皇做点什么……

玄宗：不用。也没用的。我该回宫了。

李瑁：父皇不介意，就在王府用膳。

玄宗：不了，我回宫——

仿佛要留住玄宗似的，一阵琴声传了过来，是《霓裳羽衣曲》中的一段。玄宗正要走，停住了，在听。

李瑁：是王妃玉环，她喜好乐舞。

玄宗：噢……

御轿已到跟前了。玄宗正要上轿，一个年轻的女子匆匆而来：皇上且慢——

玄宗停住了。

年轻女子气喘吁吁施礼：王府奴婢谢阿蛮有话和皇上说。

玄宗打量着阿蛮。

李瑁赶紧解释：她是王妃的贴身婢女，能歌善舞。

玄宗：是吗？

他对阿蛮的出现有些惊奇，也显然对阿蛮有了好感：王府家奴，敢和皇上如此说话！

阿蛮并不怯惧：皇上也是人。

李瑁却有些紧张了：阿蛮！

玄宗：不不，她说得好。我倒要听听这个阿蛮要给我说些什么。

阿蛮：阿蛮的话要在别处说，请——

玄宗：噢？好吧——

…………

阿蛮把玄宗领进了一个空荡荡的房间。琴声就是从这里传出来的。

阿蛮：请——

有人在抚琴。

玄宗打量着房间，从里边的摆设可以看出，这里是专门练习曲舞的地方。墙壁上挂着许多舞衣。

阿蛮退了出去。

玄宗正要问阿蛮为什么要退出的时候，琴声停了。

抚琴人转过身来，看着玄宗。是玉环。她天生丽质，仪态大方，用她清澈而又丰富的目光看着玄宗。

这是玄宗怎么也想不到的。他已知道留下他要和他说话的不是那个阿蛮，而是寿王妃。他似乎有些慌乱，他要很快让自己镇定下来。

玄宗：是你让我留下的……

玉环没承认也没否认，大胆的目光让玄宗有些受不了。

玉环：你自己不喜欢自己了。

玄宗受到了刺激：你在可怜我？

玉环：你曾经是喜欢自己的。

显然，玉环是有准备的。如果玄宗的心像一面鼓，玉环就是有备而来的击鼓者，话语就是鼓槌，简短而直接，准确而有力。

玄宗感到他很被动，没有人让他这么被动过。他坐在了椅子里。他想摆脱被动，也许是在挣扎——

玄宗：你应该先施礼然后再和我说话。

玉环：把你当皇上，就不让阿蛮留你了。

玄宗：就是想让我听这些话？

玉环：还想让你哭，让你笑。你会哭么？

玄宗：哭？

玉环：会么？

玄宗完全放弃了内心的挣扎：……小时候可能哭过，也笑过，那时候他们叫我三郎。现在不想笑，只想哭，就是不知道怎么哭……

玉环：哭几声也许就会了。

玄宗抬头看着玉环，茫然得像个孩童。他定定地看着玉环，渐渐地，眼睛湿了，突然涌出了泪水。突然，连他自己也没有想到，他放声大哭了。这是一个男人真正的悲恸，哭得不可抑止，泣不成声了。

玉环也没有想到玄宗会真的大放悲声。她似乎骇怕了，一时不知所措了。她被他的悲声震动了。她的心在疼痛中颤动着。她双眼含泪，情动于衷，叫了一声："三郎——"她扑过去，跪在他的跟前，摇着他，泪如雨下……

"三郎"就是从此叫起来的。

玄宗还在哭着……

25　长安西市　波斯酒楼

一切在突然间变得欢快起来，就像这辆正在奔驰的马车。马车上的玄宗已经完全被玉环和阿蛮"控制"了。他也愿意被她们左右，很听话地让她们在奔驰的马车上给他化妆，给他换衣服。她们要把皇帝打扮成一个叫作"三郎"的平民。

马车穿过满是华灯的长安西市，到了一家波斯酒楼。这里是阿蛮和玉环时常化妆光顾的民间乐舞场所。

这里是庞杂的、拥挤的、喧闹的，也是丰富的、激情的，甚至是亢奋的。这就是民间，充盈和飞扬着的是自由的性情。各式各样的乐器所在的位置不是为了整齐和阵容，而是随心所欲的，甚至在不可思议又让人惊奇的地方。手鼓是边敲边在舞蹈的人群中随意游走的。所有的人既是表演者也是观众，欣赏别人也欣赏自己。任何人置身于这样的氛围都会受到感染，产生冲动，加入其中。

事实上，已经变成三郎的玄宗随着阿蛮和玉环一走进来，立刻就被感染了。从惊奇到心动到冲动，几乎是在瞬间完成的。

有人看见了他们，向他们吆喝一样地召唤着：阿蛮，来啊……

阿蛮立刻加入其中，如鱼得水。

有人喊：念奴，和你的朋友一起来！

他们不知道玉环是王妃，只知道她叫念奴。玉环也确实是一身民间歌舞女子的打扮。她听到呼唤，看了一眼玄宗，然后做了一个舞蹈造型，自然而然地舞进了人群中。她跳的是一种民间的舞蹈，动作自由奔放，和其他的舞者不同而又和谐。所有的人都给玉环投来赞许的目光。

玄宗的目光一刻也没有离开玉环。他就势找了一个位置坐了下来。他在欣赏她。她也不时把目光投给玄宗。

有人端着酒杯扭着跳着到了玄宗跟前：跳啊，不会跳么？

他喝了一口，把酒杯递给玄宗。玄宗已经不习惯这样喝酒了，不知该怎么办。他看到了正在舞蹈的玉环投来的鼓励的目光，便接过酒杯，一饮而尽。跟前的人以为玄宗不善喝酒，以喝彩叫好为玄宗的勇敢递上赞美。有人甚至有力地拍了一下玄宗的肩膀：好样的，够朋友！

有人在跳胡旋舞，吸引了大家的目光，却因太过兴奋而摔倒了，引来一阵并无恶意的哄笑。

玉环给阿蛮示意，让玄宗加入。阿蛮舞到了玄宗跟前，拉起玄宗，走到了一架琴跟前。阿蛮不由分说，把抚琴人推到一边：现在听三郎抚琴——

全场突然安静下来。玄宗一脸尴尬似乎有些不自信了，不知该不该坐下去。

又是玉环鼓励的目光。

阿蛮把三郎按在了琴凳上。

玄宗看着琴弦，突然一划，像划在了所有人的心上一样，众人发出一声轻呼。

优美的《霓裳羽衣曲》响起来了。

有人瞪大了眼睛：《霓裳羽衣曲》！当朝皇上的！

所有的乐器都跟着玄宗的琴声加入了合奏，所有的人都目不转睛地看着抚琴的玄宗，不由自主地随着乐曲摆动着。

激情演奏的玄宗。他知道他赢得了他们的认可和欢迎，还有无声的赞美。这赞美不是礼貌，而是来自内心。他感到了一种从未有过的满足。他找到了生命最自由的状态，有了一种想飞或正在飞的感觉。

看着激情演奏的玄宗，玉环的眼睛湿润了，被泪水模糊了。她在为玄宗高兴，也为自己的成功激动。

阿蛮到了她的跟前。她握住了阿蛮的手。

突然响起的掌声和欢呼淹没了乐声……

26　玄宗寝宫

刚刚回宫的玄宗满脸放光，好像还在兴奋之中，正在脱换"三郎"的那一身衣装。高力士要伸手帮忙，被他拒绝了：我自己来。

他把脱下的衣服一件件扔给了高力士，包括裤子和鞋。

高力士：陛下一夜未归……

玄宗：是的，一夜未归。我知道我该怎么做了。

高力士：老奴听不明白。

玄宗已经完全脱完了那一身装束。他走近高力士，几乎要碰到高力士的鼻子了。

玄宗声音虽小，但清晰有力：玉环嫁错了人！

高力士惊愕地瞪大了眼睛，眼珠子几乎要掉出来了，说不出一句话来。

玄宗拍拍高力士的肩膀，好像在安慰高力士一样：没关系，错了就改过来。

高力士更为惊讶和震惊，看着背手来回走动的玄宗：这可是惊天动地的事啊！

玄宗转过身，说得斩钉截铁：就是天塌地陷也得做！

高力士：寿王那里怎么说？

玄宗：不用说。

高力士：寿王不愿意呢？

玄宗：寿王要敢不愿意，我会说玉环嫁错了人吗？我已杀了三个，再多一个罢了。让翰林起草诏书——

27　寿王府

高力士的声音：寿王接旨——

从王府深处匆匆走来的寿王。

正在卧室中收拾自己东西的玉环。她似乎已经知道将要发生什么。

跪地听旨的寿王。

高力士：……宣寿王妃进宫问事。

28　皇宫

玄宗对跪地的玉环：知道为什么召你进宫么？

玉环：知道。

玄宗：怎么办？

玉环：我愿度为女道士，为窦太后在天之灵祈福。

玉环的胸有成竹使玄宗更为惊愕感佩。他用表情把他的感佩传递给了同样惊愕又感佩的高力士。

布劳恩画外音：公元740年，杨玉环自度为女道士，玄宗赐号太真……

29　太真宫

已为道士的玉环黄冠素服，另有一番风韵。阿蛮陪伴。

宫人抬来一样东西，玄宗跟进，扯去绸布，竟是他的御琴。

玄宗：这里太过清静，它可陪你消解寂寞。

玉环：此琴为皇上爱物，玉环承受不起。

玄宗拉起玉环，四目相对：我弹，你听。

玉环：你将不是一个好皇帝。

玄宗：我已经历过了，不再稀罕。

玉环：你也许做不到。

玄宗：我可以试，就像你让我试着哭一样。

玉环又一次情动于衷，叫了一声：三郎。

玄宗：你是我救命的稻草。

玉环又叫了一声：三郎。

就这样，他们达成了一致，成为塑造生命的伙伴。

30　路上

浩浩荡荡的队伍在去华清宫的途中。

能看见华清宫了——

31　华清宫

富丽堂皇的温泉如梦似幻。

是一次洗浴，也是隆重的仪式。一队队侍浴的宫女轻若浮云，柔似暖风。每人抱着一个彩色琉璃罐，依次飘然而至，往池中撒放香料和花瓣。

温泉中洗浴的美人。

准备迎接美人出浴的宫女，飘然而至。捧着各式各样的器皿，里面放着各种衣物和首饰。

…………

寝宫中的玄宗正在欣赏和挑拣饰物。他似乎看中了一件金步摇（首饰，着于发髻，上有垂珠）。

洗浴梳妆过的美人进来了，玄宗捧金步摇迎上去——

侍女退去。

站在玄宗面前的不是玉环，而是谢阿蛮。

玄宗愣了。

阿蛮并不胆怯，她很俏皮地向玄宗施礼。

谢阿蛮：阿蛮吓着皇上了。

玄宗心情急切，目光越过阿蛮，寻找着。

阿蛮：别找了，她不在这儿。

玄宗愕然地看着阿蛮。

阿蛮：她更喜欢曲江，像小时候在蜀中玩水一样。

玄宗闻言有些不知所措了。

阿蛮拿过玄宗手中的金步摇：还发呆啊，皇上！快找她去吧。

阿蛮和她的笑声像滚珠一样飞出了寝宫。

玄宗不但没有生气，反而突发童稚之心：好啊，你们合起来耍弄我这个老小伙——

玄宗追了出去——

32　曲江

嬉水的玉环。

阳光中金色的头发，金色的水珠。

仿佛从遥远处传来一群男女孩童嬉水打闹的笑声。

嬉水的玉环。

男女孩童们的嬉笑声变成了整齐的童谣：狼来了，狼来了，老虎豹子都来了……

变成了水中玉环的声音，她在喃喃念诵童年的歌谣：狼来了，狼来了，老虎豹子都来了……

一群欢快的鱼儿围绕着她，触碰着她。她叫了一声，突然跳了起来，扬起了无数金色的水花——

咯咯的笑声。

…………

笑声是玉环的。她在草地上奔跑，舒朗，开心，放肆。

玄宗追了上来。

玄宗抓住了玉环的腰带。玉环旋转着，腰带越扯越长，飘飞起来——

她还在旋转中奔跑，衣裳在一件件地飘落，连同飘落的丝带，随心所欲地飘落在曲江岸边的青草地上。

还在开心追逐的玉环和玄宗。

镜头把他们越推越远，一直推成了一个旋转的地球。

欢情的喘息……

33　室内

是布劳恩和东方含笑的声音。

正在欢爱中的东方含笑和布劳恩的肢体。

似乎是一千多年前的欢爱的延伸，一样欢畅，一样淋漓……

沸腾的咖啡壶——

34　山林

沸腾的咖啡化为奔腾的马蹄。

山林中奔驰的马队在追逐猎物。呼啸如风。

玄宗一马当先，意气风发。

马蹄如急雨般敲过。

马队向猎物奔去——

35　浴房

一桶水向赤身裸体的玄宗泼来，激起一声酣畅的轻呼。他正在用这种方式洗澡。他的情绪似乎还在射猎的激荡之中。他在清水的袭击中享受着蓬勃的激情。几个年轻的太监把一桶又一桶清水传给泼水的太监。泼水的太监泼得准确有力。

泼水突然停了。玄宗抹去满脸的清水，睁开眼睛，正要问泼水的太监为什么要停下来，就看见了衣装齐整的高力士。

高力士：李相求见，就在宫外。

玄宗很干脆：不见！

一桶水随声泼来，淹没了玄宗……

36　甬道　大明宫

玄宗的车辇在太监的簇拥下匆匆通过甬道，奔向大明宫。玄宗心情很好，且有些急切。

布劳恩画外音：这条甬道连接着兴庆宫和大明宫。

37　大明宫

宫门打开，玄宗的车辇进宫，直奔太真宫。刚拐过弯，李林甫率群臣挡住了去路，车辇停了下来。李林甫和群臣齐刷刷跪在了车辇前。

李林甫：陛下走错了路，陛下应该上含元殿处理国事。

这是故意的，有准备的。太真宫就在眼前却去不得了，看着近在咫尺的太真宫和跪在车辇前的李林甫和群臣，玄宗一脸羞愤，但他并没有屈从李林甫。

玄宗对舆手：回！

玄宗的车辇调头了，扔下李林甫和跪在地上的群臣，原路返回。

布劳恩画外音：伟大的帝国推崇的是鞠躬尽瘁，死而后已，卑视个体生命的享受，君与臣只有死在工作岗位上，才是合乎道德的。这种被认为是天经地义的道德立场不仅困扰着帝国的当事人，也影响着一直注视帝国历史的目光……

38 玄宗寝宫

玄宗雷霆震怒。踢掉了脚上的鞋，甚至摔砸器皿。

他大骂并不在场的李林甫：你是个什么东西，竟敢让我当众出丑。我罢张九龄的官，给你腾下了位置，你何德何能？比九龄远去千里！我要你干什么？管理朝政！富国安民！

高力士看玄宗发泄得差不多了，可以说话了：李相虽无前相之才，诟言甚多，却也鞠躬尽瘁，平庸也中庸，治世要平安，他正是治世之材。为相多年，国泰民安，边官将领多畏其威，忠于职守，大唐盛世，也有宰相之功。

玄宗：他的那点本事全用来对付我了。

高力士又劝玄宗：陛下舒心，老奴自然高兴，但不理朝政，国将不国，舒心也不能长久的。再说，把大事小事都交给宰相，大臣小臣都唯宰相马首是瞻，皇上不就成了摆设了么？

玄宗气消了许多：让宫人给太真送点东西过去，就说我被狗咬了，不行，太真会不安的。就说围猎时不慎，被马摔了。不行，她会更担心，就说……

高力士：什么也不用说，娘子不但国色天香，也深明大义。

玄宗：好吧，那就什么也不说，去吧。

宫人未走，小太监报李林甫又要求见皇上。玄宗火气又上来了：这个人怎么这么讨厌！铁心跟我过不去！不见！

玄宗：见吧。

玄宗：偏不见！

高力士：皇上成孩童了。

玄宗：孩童就孩童，不见！你去把他打发走。

高力士不去。

玄宗瞪眼：连你也要气我不成？

高力士出门，又转身回来。

玄宗：这么快？

高力士：老奴刚出门又折回来了。

玄宗：为什么？

高力士：不知该如何对宰相言说。

玄宗：就说我要上朝就先罢他的官！

高力士：那老奴就更不敢去了。

高力士干脆坐下了。

玄宗气得头晕：你们通通一气，气得我头晕了！

高力士知道玄宗不是真晕，也演戏，对小太监：唤太医——

玄宗赶紧阻挡：别别，我头晕只是个说法，是心晕。

高力士：心晕？过去没听过有这种病，更要唤太医诊治了。

玄宗泄气了：好了好了，我没晕，我上朝——

39　勤政殿

百官呼万岁，平身。

玄宗：有事说事，无事退朝。

全体退出，只有李林甫一人留了下来。

玄宗：你三番五次不惜让我出丑逼我上朝，就为了让我听几声万岁？

李林甫义正词严：这也是朝政。

玄宗：好吧。我说不过你，你有理，现在没事了吧？

李林甫：臣知陛下不愿见臣，但臣不能不见陛下。

玄宗：不是不愿见，有事需要商议就见，有事吗？

李林甫：有事。

玄宗有些意外，正准备走，又站住了：什么事？

李林甫：寿王妃成为太真以后，没有寿王妃了，寿王日夜提心吊胆，寝食难安。

玄宗拉下了脸：寿王寿王，你念念不忘寿王！武惠妃在时你们串通一气，想立寿王为太子……

李林甫：那是过去的事了。忠王李亨立为太子已经几年，臣从未有过异议，臣早已说过，这是陛下的家事。

玄宗：寿王有无王妃难道是国事了？

李林甫：陛下多心了。臣不过是想提醒陛下，太真天生丽质，才艺绝伦，陛下不能让太真永远在太真宫里抚琴诵经吧？

李林甫的话点到了玄宗的心病上，对立的情绪立刻消解，只是还拉不下面子。

李林甫：不册立寿王妃，太真也难以正名，这虽是陛下的家事，但在臣，却是应该为陛下操心的，陛下以为呢？

李林甫给了玄宗一个意外的高兴。

玄宗扭头看着李林甫：好啊你个李林甫……

40 韦昭训府

弘文馆大学士李适之和崇文馆大学士陈希烈一行进韦昭训之府邸。

韦昭训全家跪听李适之宣诵《册寿王韦妃文》：咨命左卫勋二府右郎将韦昭训第三女育庆高门……爰资辅佐之德，以成乐善之美，是用命尔为寿王妃……

爆竹声声，鲜花满院。

字幕（叠印）：公元745年

41 花萼楼

高力士正在指挥小太监和宫女们摆设酒宴，布置现场。

字幕（叠印）：十天后

小太监们手快脚快，宫女们美若天仙。

叠化李林甫向玄宗奏告的画面：多位翰林查阅案卷，前朝曾有先例，以"贵妃"为佳……

已成为贵妃的杨玉环正在化妆着装，兴奋得有些慌乱，不知该穿什么戴什么了，恨不能让小兔子一样乱跳的心平静一些：阿蛮，我的心跳得太厉害了。我喝口水。为什么要这么大张旗鼓呢？不行，我还得再喝一口……

谢阿蛮和几个宫女如穿梭一般来去，给玉环取拿东西：金钿、银簪、香囊、玉坠、紫绡。每样均为稀有之物。

阿蛮：皇上说了，没有大典，他已经很不安了。只是一个家宴，全是你的家人，还有从蜀中特意赶来的，是皇上亲自安排的，他可真细心。皇上说了，他今天只看不说，一句话也不说，把所有的风光都给你。

正往发髻上插饰物的玉环扭头向旁边看了一眼。旁边不远处坐着的正是玄宗。他拿着那件金步摇，安静地看着玉环，表情和目光里满是欣赏和爱恋，他喜欢看她，看不够。

…………

有人说了一声：来了。宴会场全体起立，目光投向豪华的楼梯台阶。

两排宫女如天仙下凡一样，在台阶上依次排开。

然后，一身盛装的玉环出现在楼梯口，从服饰到容貌，从身段到仪态，文质和美互映，光彩逼人，香气四溢。所有的人都被惊呆了，即使是她的亲人，即使知道她的美丽。

他们不约而同地发出一声惊呼。

然后，阿蛮也是盛装打扮，引领着玉环款款走下台阶。

未及走下台阶，参拜已经开始。

先是玉环的三个姐姐：虢国夫人、秦国夫人、韩国夫人参拜贵妃娘娘。

然后是玉环的兄长杨铦：杨铦参拜贵妃娘娘。

然后是杨国忠：杨钊参见贵妃娘娘……

如此正规的礼仪，玉环似乎有些不适应。

阿蛮跳下台阶，舞蹈一样：谢阿蛮参见贵妃娘娘。一下改变了气氛。

玉环一把拉起阿蛮：阿蛮，不许你作怪！

阿蛮对大家：贵妃娘娘说我作怪，我作怪了么？

玉环要拧阿蛮脸蛋，阿蛮笑着跑开，引来满场嬉笑。

已走下台阶的玄宗示意高力士。高力士宣布开宴。乐师们奏响音乐。

宴会是轻松愉快的。玄宗和玉环喝了不少酒。杨国忠和三夫人及杨铦有说有笑，开怀畅饮。

布劳恩画外音：这位叫作杨钊的人后来改名为杨国忠。尽管没有足够的证据证实杨国忠的升迁是因为裙带关系，但历史学家和民间情绪化的传说是一致的，他和杨氏家族因玉环而受到了浩荡的皇恩……

42　玉环寝宫

宴会当晚，玉环不胜酒力，由阿蛮扶入芙蓉帐。

芙蓉暖帐中的玉环面如桃花。

玄宗坐在一旁看着玉环,一动不动,永远也看不够一样。

阿蛮端来解酒的清茶,服侍玉环喝了。看玄宗还没有离开的意思,一脸的痴憨,不禁掩嘴笑了。

玄宗:笑什么?

阿蛮:皇上怎么这么看人啊,看傻了。

玄宗:我就是喜欢看她,怎么看怎么好。

阿蛮:那您就慢慢看吧,小奴歇息去了。

只剩下玄宗和已经入睡的玉环了。

漏声清晰可闻。

玄宗还在看着玉环,像父亲,像情人,像孩子。

酒后入眠的玉环确实好看。好看得不容惊动。

…………

夜已很深了。一声柔软的琴弦使静谧的夜变得生动起来。

是玄宗。玄宗没有打扰玉环,他在外庭抚弄起了他的那架古琴。琴声如诉,幽远而情深……

43 兴庆宫

琴声化为宫廷乐队的合奏。

抚琴的依然是玄宗。还有李龟年、李彭年和李贺年三兄弟。

乐队行当齐全,阵容庞大。

舞蹈的杨玉环。

天才的音乐与天才的舞蹈。玄宗和玉环在艺术的世界里心有灵犀,精神相通。这是另一种状态中的激情。

谢阿蛮和一群舞者加入了舞蹈,众星捧月,玉环时而轻如虹霓,时而劲如疾风。整个兴庆宫被美妙绝伦的乐舞感染了。

沉香亭上静气凝望的仕女宫人。

龙池中欢快结队的金鱼在舞蹈。

柳絮和花草在舞蹈。

马厩中的汗血宝马和马夫看呆了。一匹漂亮的公马闻乐而动，一舞，竟舞出马厩，和玉环遥相共舞。

惊异的玉环舞兴更为高涨。乐舞正在高潮之中……

…………

乐舞结束了。乐师们在赞叹中收拾乐器。

玄宗向满脸香汗的玉环走来。

阿蛮和舞者向已经松弛下来的玉环：太好了，从未有过。

阿蛮给玉环递香巾擦汗。

玄宗已到了跟前：确实，从未有过。

玄宗满怀信任，两手搭在玉环肩上。众人知趣地退去。

玄宗：我终于知道了。我的《霓裳羽衣曲》是为你作的。

玉环：我会让它出神入化的。

玄宗点着头，似乎在想象将来的《霓裳羽衣舞》。

玉环突然想起了那匹舞蹈的公马：马，那匹马！

马夫正要把那匹马牵往马厩。

玉环：等等——

…………

玄宗和玉环已来到那匹马的跟前。

马夫也因为新的发现而惊叹不已：我只知道它俊美善奔，却不知它会闻乐而舞。真是太神奇了！一定是贵妃娘娘的舞蹈具有神力……

玉环抚摸着那匹马。那匹马很善解人意，很安静，让玉环抚摸着。

玄宗：想骑吗？

马夫：它奔跑起来疾如飓风……

玉环摇头：我喜欢它……我想给它起个名字，叫它念奴。

玄宗：念奴？

他立刻想起了波斯酒楼有人叫玉环"念奴"的那一幕。

玄宗：我立刻让翰林起草诏书，为此马赐名……

布劳恩画外音：玄宗对玉环的情感在他的情爱史上绝无仅有……

44　长安城街巷　波斯酒楼

有小女孩模仿玉环舞姿，围观者众，多有称赞：谁家的孩子？

有人回答：我家的。

称赞者：天生丽质，皇宫里的胚子，将来必定大富大贵。

有人发感慨，有"遂令天下父母心，不重生男重生女"之意：现在生男已不稀罕，酒囊饭袋，劳累一生。女孩只凭一张脸，就可以有一生享不尽的荣华富贵，让门户生辉。

这样的话让旁边的男孩很觉尴尬。

有人说：那也得有杨玉环的漂亮和运气。生男生女不由人，是命。人家杨玉环的父母下种是算好了时辰的，咱是凭高兴胡整，整出个啥就是啥。

也有带着酸味的讥讽：就算天生丽质，就算能进后宫，可后宫三千佳丽，有福分的只有玉环一个，说到底还是个命。为了生出个杨玉环，每一次夫妻高兴之前先求神问卦掐时辰，还能高兴么？那叫劳作。白天劳作一天，还要把晚上的高兴也弄成劳作，累死你！累死也弄不出个杨玉环！

众人嬉笑附和。

跳舞的小女孩不跳舞了，茫然地看着散去的大人们。

刚才尴尬的男孩们围过来戏弄小女孩：跳啊，看你能不能跳成个杨玉环……

…………

波斯酒楼里也在谈论杨玉环，正是那一帮民间乐舞者，怀恋当年和玉环一起的情景，对玉环赞叹有加。有满足感也有不能再见到玉环的遗憾：后宫佳丽三千，宠爱只在玉环。那是自然的，才貌两全，德艺双馨，不爱才叫怪事。她再也不会来波斯酒楼了，可惜！

今年曲江踏春，我专门去了，那风光，那场面，那气派……

见到玉环了？

哪能啊，根本到不了跟前。别说玉环，就是玉环的几个姐姐也看不上。她们都跟着玉环享福了。

那可不，杨氏满门都沾光。听说虢国夫人很霸气，连公主驸马都不放在眼里……

布劳恩画外音：恋爱中的皇帝和常人一样，是慷慨的，没有智商可言。和常人不一样的是，他拥有的绝对权力和巨大财富，必然使杨氏家族得到好处，也使他和玉环恋情的真实性像幽深的皇宫一样难以究竟……

突然响起的琴声打断了他们的议论和感慨，都把目光投向旁边的一位琴师。

琴师自弹自唱：福兮祸所伏，祸兮福所倚；乐兮悲中来，悲兮乐极生……

满场瞪目静听。

整齐的马蹄声从遥远处升起，越来越重——

45　长安城街

安禄山带兵凯旋班朝，像一场声势浩大的入城式，倾城观瞻。

街道两边和临街的楼上满是惊叹的目光。

上千铁骑，八千降虏，几十车珍禽异宝。

四十多岁的安禄山高居轿内，双目微闭，自信自傲。

部将安忠志：满城百姓围观，会不会引起是非。

安禄山睁眼拨开轿帘，神情如孩童，看着满城围观的百姓：没事，满城转一圈，让兄弟们见识见识长安城……

布劳恩画外音：他就是几年后大唐帝国遭遇灾难和悲剧的当事人，安禄山，玄宗皇帝最喜爱的将军，掌握着帝国近一半的军事力量，驻守在帝国的北疆。此次回朝，是述职，也是邀功，也把他和王朝复杂的人事更深地纠缠在一起……

46　望春宫

玄宗和太子李亨在这里等待着接见安禄山。

玄宗兴致勃勃地给玉环和杨氏姊妹讲述着安禄山。

玄宗：大肚子，满脸毛，能征惯战。这还不是我愿意见他的原因，我愿意见他，就因为他有趣，不烦我。

玄宗的讲述显然引起了玉环和几位姐姐的好奇心。

有人报：三镇节度使安禄山已到宫外。

玉环和三夫人翘首以待。

玄宗告诉玉环：禄山的胡旋舞超群绝伦。

更引起玉环对安禄山的好奇。

宫外，安禄山的坐骑刚收住蹄脚。

在宫外迎候的杨国忠：监察御史杨钊奉旨迎候将军。

安禄山下马，杨国忠扶蹬。

安禄山：都是自家兄弟，请——

二人进宫院上阶。

到玄宗跟前了。满场都看着安禄山。

安禄山憨态可掬，看玄宗又看玉环，独不看太子。

太子李亨细微的表情可以看出他对安禄山的态度。

众夫人以目互相示意，对禄山不依礼跪拜感到不解。

玄宗熟知禄山，知道他要耍把戏，故意收敛笑容，正色：小胡儿见皇上何不跪拜？

禄山并不惧怕，一脸诚恳：禄山此次回朝，有一事乞请皇上恩准。

玄宗：先拜！

安禄山：先准！

众人笑。

玄宗：朕就放你这小胡儿一马，讲吧。

禄山：请陛下恩准禄山为贵妃养儿。

玄宗玉环及在场者都没想到。

玄宗看着玉环，又看禄山，突然大笑起来。

禄山一脸认真：陛下为何笑禄山？

玄宗：贵妃，你，养儿，这……

笑得更响了。

禄山一脸委屈：禄山少时不幸，无亲无故，喝马奶长大，乞请贵妃收为养儿，就有人牵挂疼爱禄山了，禄山纵使流血疆场，命断北国，有亲人烧纸钱惦念，就能安然瞑目于黄泉之下。此心久矣，只是难以启齿，今番说于皇上，也是甘苦参半，皇上不准也就罢了，何以戏笑禄山，让禄山无地自容……

禄山之言之情，令满场动容。

三夫人示意玉环。

玉环：我愿收禄山为养儿。

玄宗也被禄山之言打动，但还想让禄山表现，故作思考状。

禄山急了：贵妃已经首肯，皇上非要让禄山伤心撞壁而死么？

玄宗对玉环和三夫人：他是真会撞墙的。

三夫人：那就准了吧。

玄宗对禄山：小胡儿你听着——

众人提心静待。

玄宗：准了。

众人放下心来。

禄山正衣冠，要跪拜了，谁也没想到他会跪在玉环跟前。

玉环惊慌：先拜皇上。

禄山：即为贵妃养儿，皇上就是儿臣养父。儿是胡人，先母后父。

众人及玄宗点头赞许。

禄山行礼：贵妃娘娘请受禄山一拜。

玉环：禄山请起，赶紧拜见皇上。

禄山跪拜。

玄宗不言平身，却道：我有一事相问，不如实回答，不让平身。

禄山：请问。

玄宗：你肚子这么大，比别人多装了什么？

禄山眨了几下眼：启禀皇上，禄山肚子虽大，并无他物，只有对皇上的忠心赤胆，不信可剖出来看。

玄宗笑扶禄山起身：这话说得乖巧，听着舒心，我喜欢的就是这样的禄山……

47　相府月宫

这里是李林甫谈论私话的地方。

韦见素向李林甫禀告，也有发泄不满的成分：皇上对安禄山情有独钟，已令朝中侧目，还要专为他建造一座豪华府第，不知宰相有何感想？

李林甫：没有感想。

韦见素有些意外。

李林甫声色不露，喝了一杯茶：现在呢？

韦见素：赐宴望春宫，看安禄山跳胡旋舞呢——

48　望春宫

在李龟年三兄弟和宫廷乐队的乐声中，安禄山在跳胡旋舞，如旋风一般，果然名不虚传。

玄宗来了兴致，亲自操鼓。

玉环一边观看，一边悄悄用肢体捕捉着对胡旋舞的新领悟。

观者情绪高涨……

49　席间

胡旋舞的热情已经消退。

玄宗得意地问三夫人：有趣吧？

三夫人：有趣。

玄宗：奇人吧？

三夫人：奇人。

玉环含笑点头。

虢国夫人：我有一事想不明白，想问安将军，每次话到嘴边，怕问得不合适，就作罢了。

玄宗：没有合适不合适，问吧。

虢国夫人：安将军拜见皇上，太子也在，为何不拜太子？

玄宗显然知道为什么：禄山，问你呢。

安禄山正大口吃着：我给皇上说过的。

玄宗：再说说。她们不知道，想听。

安禄山：我不知道太子是何官职。

三夫人和玉环都笑了。

虢国夫人：太子就是将来的皇上啊。

安禄山：禄山只认现在的皇上，将来的事将来再说。

引起三夫人一阵感叹。

玄宗：这就是禄山，奇人奇语，不可思议吧？但我喜欢。

顺便问安：你的府邸快成了吧？

安禄山：快了。落成之时，我想请朝中百官喝酒。

玄宗：那是应该的。

安禄山：禄山常年驻守边塞，家中事务多得朝中诸臣照应。新邸落成，也是报答诸公的机会，就怕有人不给面子，请客不成，反为笑柄。

玄宗：怎么可能？花钱请吃酒，谁会不去？朝中有这么不识礼遇的人么？

安禄山：我担心请不动李相。

玄宗：李林甫？

安禄山：李相事务繁杂，日理万机……

玄宗：禄山不用担心，到时我给他一道手谕。

安禄山故作不相信的样子：真的？

玄宗学安禄山的样子：真的？

逗笑了众人。

50　安禄山新邸

安禄山新邸落成，朝中百官纷纷道贺，依次落座。

安禄山正在招呼刚到的杨国忠，眼睛却不时盯着府外。

杨国忠话中带有酸味：担心李相不来吧？

安禄山掩饰：哪里……当然……

有人报：李相到——

安禄山心中一块石头落地，喜出望外，丢下杨国忠，亲去府前迎接，让杨国忠有些尴尬。

安禄山来到门口，李林甫已经进府。

安禄山：宰相赏光，禄山有失远迎。

李林甫：有皇上手谕，迎不迎我都要来的。

安禄山侧身请让，百官已全体起立：请李相上座。

李林甫穿过众臣，在上位，见百官肃立依然，故意地：诸位，怎么不坐？

众臣：只等李相发话。

李林甫知道他已经让安禄山感到了他在朝中的威势，又加了一码：今天是安禄山请客，应该由他发话。

安禄山正在擦汗：李相发话，禄山一介武夫，口拙眼笨，李相发话。

李林甫：那我就不客套了。

安禄山：不必不必。

李林甫：禄山新府落成，有心请诸位吃酒，此处不是朝中，自可随便。禄山，我先吃一杯，以谢你的美意。

李林甫一饮而尽。

众臣：谢安将军美意。

饮酒后随李林甫纷纷落座，酒宴开始。

安禄山亲自为李林甫添酒：李相赏脸，禄山感激涕零。有需要的地方，禄山必鞍前马后，竭诚效力。

李林甫：安将军深得皇上欢心，我该为将军高兴。只是将军务必好自为之，效力朝廷，不辜负皇上一片好心美意。

安禄山：那是那是。

李林甫话外有音：皇上春秋已高，但宰相不老。

安禄山：那是那是。

安禄山又擦汗了……

51 兴庆宫沉香亭

安禄山向玄宗玉环辞别：……边塞军务繁杂，时有外敌犯境，禄山不能久恋京城，安享快乐，禄山快乐，皇上和贵妃就难保安乐。

一旁的玉环闻言动容。

玄宗对玉环：我是不想让他走的。

又对安禄山：说心里话，有你在北国边塞，我放心。

宫人捧来一只玉盘，盘中只有一杯酒。玄宗取过酒杯递给安禄山。

玄宗：我让杨钊专程送你出城十里。

安禄山感极盈泪，一饮而尽：禄山生长蕃戎，无异才可用，愿以身为皇上死。

又对玉环：还要谢贵妃娘娘不弃之恩，有几车异禽珍宝已留在宫中给贵妃娘娘赏玩。

玉环：我也有重礼送给将军……

三人已到亭下了。

马夫牵着一匹骏马等候多时，正是念奴。

玉环牵过念奴：这匹宝马可闻乐而舞，我叫它念奴……

安禄山深为感动：娘娘……

玉环：请善待念奴，将军自己也多保重。

安禄山接过马缰：禄山走了——

牵着念奴的安禄山一步一回头。

玉环：他真像个孩童。

玄宗：胡人单纯，脑袋里的皱褶少，但并不比我们更愚蠢。

52　长安城外

安禄山离别长安的队伍。

杨国忠和安禄山并马而行。

安禄山面有得意之色：禄山离京，已专程向十郎辞别。

杨国忠：十郎？

安禄山：李相啊。李相有威也有恩，恩威并重。满朝文武，禄山只敬十郎一人……

杨国忠又一次受到刺激，看着远去的安禄山，一股恶气正从心底升起——

53　虢国夫人府邸

杨国忠发牢骚：安禄山居功自傲，除了皇上，只认李林甫一人。在他的眼里，我只是个牵马提蹬的下人！

又转话锋：安禄山权倾北国，迟早是一大患。

又激愤起来，边关将帅皆为胡人，都是李林甫一手促成。

又言：事关国家安危，我要面见皇上直谏。

虢国夫人亲自捧上茶果慰劝并举：安禄山正受皇上恩宠，李相是总理帝国军政的首脑，你碰哪一个都是鸡蛋碰石头，何况，皇上的心思都在玉环身上，哪有心情听你的牢骚。

杨国忠：这是牢骚么？

虢国夫人：就算不是牢骚，现在说也不是时候。

杨国忠：玉环难道不能说句话么？

虢国夫人：玉环不理人事是非，你又不是不知道。皇上喜欢玉环，除了天生丽质，兴趣相投，不惹是非也是个顶顶重要的原因。

杨国忠：你呢？你可以自由出入皇宫，顺嘴就可以说。

虢国夫人：我在宫中说说媒还可以，说你要说的大事，我的胆子还不够。你就在我这儿顺顺气吧。

杨国忠没有心思享受温存，他站起身来要走。

虢国夫人：去哪儿？

杨国忠：找李林甫去——

布劳恩画外音：没有人能够肯定这位未来的帝国宰相之言是出于公心还是私欲。和安禄山将军一样，他也是当朝及后世备受争议的人物，也是帝国悲剧中的当事人和牺牲者……

车轮及马蹄和杨国忠的情绪一样急切。

马嵬驿杨国忠被杀的镜头，一闪即逝。

当然，这样的结局是此刻的他无法想象的。他正在奔往相府的途中——

54　相府月宫

杨国忠情绪激动，向李林甫发难：我想不通，你为何把帝国的安全交给胡人？

李林甫：胡人憨直勇猛，能征善战，功高不会盖主，不会入朝为相，为御史。这叫用其所长，也能显出朝廷的胸怀和气度。

杨国忠：安禄山不是封王了么？不是做御史大夫么？

李林甫：现在他在哪儿？还不是回范阳去了？

杨国忠的心气也被打下去了许多：胡人轻慢我们。

李林甫：我没觉得。

杨国忠：不受安禄山轻慢的只你一人！

李林甫突然正色：此言何意？我和胡人勾结谋反了？你对我说这样的话合适么？不是所有的边疆大吏都是胡人。你自己不就是剑南节度使么？南诏屡犯国境，我看你该去蜀地处理军事了！

杨国忠一脸羞愤,又无言反击,转身离去,出门时碰到了鸟笼上。

笼中鸟儿念念有词。

杨国忠自觉失态,回头时,正和李林甫的目光相遇。

李林甫:小心走好啊!

杨国忠咬牙,说出口的话只有他自己能听到:会的……

55　东方允中家

已是深夜。

轻轻扭动的门锁。

黑暗中呆坐的东方允中看着门。

含笑轻脚进,以为父亲已睡,进画室,开灯。

她满脸绯红,端详正在完成的画作,沉浸在古今两种情绪之中。

她取出画笔,挤油彩。性感的画笔伸向调色板开始调色。

画笔要上画布时,父亲的声音:你在和他约会。

含笑吓了一跳,回头,父亲表情和目光疲惫而复杂。

含笑不知道该怎么回答,没承认也没否认。

东方允中很固执:是不是?

含笑依然没有回答,看着父亲。

父亲已清楚了,心被刺痛,下意识地捂了一下胸,表情痛苦,转身要走。

含笑叫了一声:**爸爸**!

要扶,被父亲拒绝。

东方允中:画你的画吧。

东方允中回屋。

含笑看着父亲闭上了屋门。她坐下来重新调色,但画笔明显有些迟疑了。她的目光在画布上的玉环脸上。玉环好像要笑了——

布劳恩画外音：好像和帝国的人事呼应一样，行进中的恋情也出现了波折……

56 宫廊

玄宗因愤怒而吼叫的声音穿越着长长的宫廊：走！让她走——

布劳恩画外音：类似的事情发生过两次，没有人能确切地说清具体的原因。

57 城街　牛车

牛车上醉酒发笑的玉环。

陪送的阿蛮。

牵牛和陪送的宫人。

舆手不时抽打着辕牛。

58 杨铦府前

三夫人的马车依次赶到，匆匆进府。

醉笑的玉环。

三夫人围着玉环：怎么了？又怎么了嘛，玉环！

玉环只笑不答，还要喝酒：酒，我要喝酒……

三夫人恨不能从玉环嘴里掏出原因来。

三夫人只能问阿蛮了：阿蛮，到底怎么了？

阿蛮直抹泪摇头。

问杨铦：你知道吗？

杨铦连声叹气：顶撞了皇上。

虢国夫人：怎么又顶撞了？

转头对玉环：你就不能驯顺一些吗？

玉环只是笑。

虢国夫人：阿蛮，你也太不尽心了！

阿蛮一边委屈流泪，一边照顾着玉环。

三夫人正不知如何是好，杨国忠匆匆赶来：这回闹大了。玉环被逐出宫是下了圣旨的。

三夫人立刻放声大哭：完了，玉环完了，我们也完了，一切都完了。还要大祸临头呢！

虢国夫人问杨国忠：怎么办？

杨国忠瞪眼：你问我我问谁去？

三夫人又哭。

醉中的玉环看每个人都很可笑，一个一个指着三个姐姐：你哭了，你也哭了，你也哭了……

然后又笑，让阿蛮给她酒喝。

三夫人还在哭。

杨国忠杨铦没心思理会玉环了，呆坐着……

59 梨园乐坊

梨园乐坊空荡荡的，只有乐器。

呆坐的玄宗。

蝉声。

一只蝉跌落在琴上，发出一声响，余音悦耳又刺耳。玄宗坐不住了，很烦躁，又不知如何排遣。

一旁的高力士知道玄宗的心思，见机会已到，上前试探：贵妃出宫匆忙，没带衣物，是不是让老奴给她送过去？

玄宗抬头看高力士，眼里已盈泪。

高力士知道玄宗已答应：皇上放心，老奴会办好的。

高力士匆匆离去，只怕玄宗改变主意。

60　玄宗寝宫外厅

玄宗和李林甫。

玄宗心思在玉环身上，好像不知道有人找他。

李林甫有话要说，却不敢开口。

玄宗转了半晌，才想起李林甫：说你的事吧。

李林甫：皇上心情不好，不说也罢。

玄宗突然发作：有什么好不好！我心情很好！

玄宗又觉失态，稳住情绪：说吧。

李林甫并未直接说他要说的：后宫佳丽三千，皇上为何非贵妃不悦不欢？

玄宗正色：朝中官职无数，你为何非宰相之位不足？

李林甫笑了：贵妃顶嘴冒犯陛下，固然有些胆大，却是真性情。

玄宗点头：三千佳丽，就她一个是活的……

突然醒过神来：嗯？这就是你要说的事？

李林甫：不不，剑南守备松懈，南诏人屡屡犯边，掠地抢夺，奸淫妇女，地方接连告急……

玄宗：你是宰相，何来问我？

李林甫：身领剑南节度使的是杨国忠，本应到蜀中处理事务，可他身兼数职，为国家重臣，朝中也有事务，又是贵妃兄长，臣难以立断，所以要面见陛下……

玄宗：别扯上玉环！她从来没为杨国忠说过什么话，说他好话的是你们。

李林甫：今日蜀中又有快马到京，送来了贵妃爱吃的荔枝，也有告急的文书。荔枝已送到贵妃寝宫，唯蜀中之事，须陛下定夺。

玄宗不耐烦了：行了行了，让翰林草诏……

61　杨铦府

几十辆车排列在杨铦府前，宫人正在搬卸贵妃用物：供帐、衣服、首饰、器玩……

三夫人转悲为喜，殷勤支使宫人把东西放在该放的地方。

杨国忠和杨铦心情舒朗，在喝小酒。

杨国忠：没事了。又是一场虚惊。你和贵妃亲兄亲妹，有些话是可以说的，她图一时痛快，使小性子，惹出事来，多少人跟着担惊受怕。她是咱杨门的擎天柱啊。

杨铦：就是就是，两次事故，我都吓了个半死，再来一次，不死也得发疯的。

高力士正在玉环居室宽解已经醒酒的玉环：皇上还是放心不下，你一离宫，他就摔碟子摔碗，闹得鸡犬不宁，这是从未有过的。你先在这儿待几天，皇上离不开你的。

玉环：有时使小性子是故意的，是想看他发脾气的样子，没想到他会动怒。

杨府突然一阵骚乱，原来是边令诚携圣旨到了：杨国忠接旨——

杨国忠慌忙放下酒杯，跪地听旨。

边令诚宣旨：南诏屡犯边境，蜀中告急，杨国忠即日离京赴蜀，处理地方军政事务。

杨国忠：遵旨。

边令诚刚离开，杨国忠立刻跳起来：这是陷害，是株连！

杨国忠冲进玉环居室：妹子，你看你惹的事，株连到我了！

玉环一脸茫然。

高力士：这是两回事嘛。贵妃也在犯难，刚刚有所宽解，你就别添乱了……

虢国夫人把杨国忠从里边拉了出来：山不转水转，蜀中也不是虎狼之地，玉环有好日子，就少不了你我。君命不敢违，别因此惹出大事。我去帮你收拾行装……

杨国忠无奈，要走了，又返回对高力士作揖：国忠之事，还请将军关照。

高力士：当然当然。

杨国忠离去。

高力士对玉环：老奴也该走了。两头我都得顾啊……

高力士边说边往外走了。

玉环叫了一声：将军——

高力士转过身来。玉环又不知该说什么话。

高力士：你耐心等着。该吃就吃该喝就喝……

玉环：这已是第二次了，这一次下的是圣旨，怕是真要一刀两断了……

言未尽，已双目盈泪。

高力士：八次也没关系。老奴不会看错，你和皇上，在地是连理枝，在天是比翼鸟，你记着我的话就是。老奴真的得回宫了。我担心皇上在宫里胡整。

玉环看着高力士出屋了。她突然拿起剪刀，剪下一绺头发，追上了高力士：将军……

玉环递断发给高力士。

高力士瞪大了眼。

玉环：在玉环眼里，皇上不是皇上，是三郎……

玉环说不下去了，泪水涌出，捂脸转身跑回居室，哭声痛彻。

阿蛮也跟着哭了。能听见阿蛮带着哭腔的解劝：别哭嘛，你就别哭嘛。

高力士慨然心动，看着手中断发——

62　贵妃寝宫

断发已在玄宗手上。

高力士一言不发。

宫女端来几盘带着绿叶的新鲜荔枝。

玄宗看着盘中荔枝，立刻便想起了他满怀爱心看着玉环吃荔枝的开心。

高力士挥走宫女。

玄宗摇头，放下手中断发，开始一粒一粒剥荔枝，剥得细致专心，声音清脆，每一粒都饱满、剔透、性感。

玄宗竟剥满了一盘。

高力士看宫外月已在天，觉得可以说话了：皇上，老奴有话，不知当说不当说？

玄宗：说吧。

高力士：皇上得贵妃以来，行同辇，止同室，宴专席，寝专房，都已难以割舍……

玄宗：没什么割舍不了的！

高力士：就是割舍，也得把《霓裳羽衣舞》作成吧？

玄宗立刻想到空荡荡的乐坊：……不作也罢。

高力士：碟子和碗总有磕碰的时候，亲密嘛，老在一起嘛。当然，皇上是钢刀利刃，贵妃是血肉之躯，碰不过的……

玄宗一惊，看断发。

高力士：一盘荔枝一个人吃是没有滋味的，不信皇上吃一颗试试。

玄宗又看盘中的荔枝了：……我不吃，我随便给个宫女吃，让她怎么吃她就怎么吃。

高力士：皇上不说心里话，皇上还是想给贵妃吃的，已经剥好，还是请贵妃回……

玄宗突然爆发一样：逐她出宫，我是下了圣旨的！岂能当成儿戏！

高力士反应敏捷，立刻整好衣冠跪地：臣高力士奏请皇上——

玄宗一愣。

高力士：贵妃天真率性，顶撞皇上。虽铸成大错，却不是罪过，且已悔恨，痛不欲生，有断发为证，能断发也能断命，臣奏请皇上恩准，迎贵妃归院……

63 长生殿前

在高力士奏告的余音中——

长生殿前，月下，玄宗和玉环，还有那盘荔枝。

玄宗：……我怕是真的老了……

玉环：天上的月亮千年万年，从不说老……

64 外景

也许就是大唐芙蓉园。

雨中的湖边，伞下的东方含笑和布劳恩。

敲打湖面的雨点。

含笑似乎有点冷，靠近布劳恩。

布劳恩善解人意的手自然地揽住了含笑……

65　路上

途中疾驰的快马。

字幕：公元752年

布劳恩画外音：一个意外的事件使不可避免的灾难和悲剧提前逼近了帝国和所有的当事人……

66　馆驿

馆驿里跪地接旨的杨国忠：宰相李林甫染患不起，圣上急召杨国忠回朝议事……

67　相府

韦见素告诉病榻上的李林甫：杨国忠已奉旨回朝，面见皇上……

李林甫哀叹：我为相十几年，朝中事务，每必亲躬，修纲纪，明法度，政有方圆可依，事有规矩可循，正如鱼得水，却身患绝症，似在一夜之间，可悲可叹。但时有长短，命有生死，此乃天律，非人力可以奈何，也还在意料之中。只是身后之事，要交给一个我最看不上眼的人，才是真正可悲可哀的。

外间有人禀报：御史大夫杨国忠请见——

韦见素：我回避一下……

李林甫摇头：我死之后，你们要一起共事，把要说的说给你们，正好是一个机会。

杨国忠进门直奔病榻，跪于榻前：国忠还朝，不及更衣洗尘，便来拜见李相……

李林甫想起身，却无力支撑，便放弃了努力，躺在病榻上，喘过气后：你没想到我这么快就死吧？

杨国忠：……李相染患，有宫中太医精心调治，何及言死……

李自说自话：我也没想到……

杨：李相安心静养，朝中大小事务我和韦相都会及时禀报……

韦：是的是的。

李：不必了。我已是将死之人。我死之后，你当入相位。人知宰相位高权重，少知居高之危、处重之险。天意既定，事在人为，二位好自为之。我虽半道而殁，却也算寿终正寝，唯身后留下一家大小，只能托付二位，如蒙善待，我李林甫在九泉之下……

韦见素拉了一下地上的杨国忠，抬头看去，李林甫已命归黄泉，脸上的泪水正在凝固……

68　安禄山府邸　军帐　大漠

开怀大笑的安禄山：李林甫死了！哈哈——朝中再无我安禄山惧怕之人了！哈哈哈——

部将安忠志禀告：请来的奚人和契丹人的首领们已到帐中，请安帅赴宴——

安禄山走进帐中，看着十几位喝了毒酒的奚和契丹首领正一个个倒下，有一位正在痛苦死去的首领指着安禄山，未及出言，即毙命。

安禄山又一次开怀大笑：把他们的头割下来装筐，腌泡……

…………

随安禄山狂奔呼叫的马队在大漠上纵情释放：嗷嘀——

69　马球场

疾驰的马蹄已在宫中的马球场上了。马上的玄宗挥杆击球，他勒住马，满意地看着飞旋而去的马球，然后跳下马来，把球杆扔给宫人，向已等候多时的杨国忠走来。

杨国忠已着宰相级别的衣饰，毕恭毕敬。

宫人及时搬来龙椅，递上香巾和茶果。

玄宗：宰相的滋味怎么样？

杨国忠：臣入相位以来，事无巨细，皆谨慎为之，不敢怠慢，唯恐给皇上添惹麻烦。

玄宗：这就对了。李林甫为相十九年，从未给我惹过大麻烦。

杨国忠：朝中事务虽然繁杂，都有规矩可依，臣还是能做到胸中有数，处之安然的。

玄宗：听你的口气，还有不安然的，是不是？

杨国忠：就怕皇上不爱听。

玄宗：爱听不爱听，说了才能知道。

杨国忠：臣总觉得皇上对安禄山太过放纵……

玄宗：这话我确实不爱听。你和禄山都是我放心的人，一个主内，一个主外，各自至诚守职，井水不犯河水，就不会有事。

杨国忠：前相张九龄曾有奏本，言安禄山日后必反……

玄宗又一次打断了杨国忠：反了吗？事过多少年了，安禄山没反嘛。张九龄确有大才，却也不是每言必中，是不是？

玄宗丢下杨国忠，又进了球场。

杨国忠不服，却不敢上前再言——

70 殿中

杨国忠焦躁不安。

玄宗进殿入座：说，什么事？

杨国忠：安禄山要从陇右调五万马匹，皇上可曾知晓？

玄宗：知道。没有我的手谕，他能调去么？他需要嘛。

杨国忠：安禄山在范阳加筑新城，打造兵器，皇上可曾知晓？

玄宗：国防强兵，不正是安禄山应该做的么？

杨国忠：安禄山威权过盛，赏刑己出，日益骄恣，且拥有强兵，一旦反起来，将不可收拾……

玄宗：禄山的脑袋里没有你那么多的渠渠沟沟。我对他恩爱有加，他没有反的理由。

杨国忠：过去他怕李林甫，现在没有他惧怕的人了。

玄宗：连我也不怕么？

杨国忠：要他怕就得挽上笼头。你让他变成了一匹野马，不知道怕了。

玄宗：我为什么非要他怕我呢？怕我和我在一起就没趣了。我要的是他的忠心不贰。

杨国忠：皇上想不想见安禄山？

玄宗：你这是什么意思？

杨国忠：你召安禄山回朝，他不一定应召回来。

玄宗：为什么？

杨国忠：他有反心，就会心虚。

玄宗看着杨国忠，杨国忠并不躲避，迎着玄宗的目光。

玄宗沉思良久：那我倒想试试……

71　安禄山军帐

安禄山与部将谋臣史思明、孙孝哲、安守忠、李归仁、田承嗣、崔乾佑、阿史那承庆、高尚、严庄等正在商议。

武将反对回朝：这是杨国忠的阴谋。他几番派人来范阳，名为安抚，实为搜罗罪名，此次回朝，结果不可预测。杨国忠身居相位，又是皇亲国戚，贵妃之兄，可以左右皇上。

谋臣高尚：回朝固然有风险，不回朝正坐实了杨国忠的拨弄。

安禄山：他是贵妃之兄，我还是贵妃养儿呢！回！带上那几筐人头，还有念奴——

72 望春宫

安禄山已坐在了玄宗为他摆设的酒宴席上了。

安禄山绘声绘色地给玄宗和玉环及陪酒的三夫人及杨国忠讲他的鸿门宴。

安禄山：我挨个儿给他们发请帖，请他们吃肉喝酒。我愚笨憨直，他们比我还憨，不知道我的酒宴就是鬼门关，一个个都来了，等我进去时，他们正一个一个往下倒。然后，就是轻轻松松地一个一个割他们的头了。然后装筐，成了我见皇上的礼物。

玉环听得目瞪口呆。

杨国忠不动声色。

安禄山：这就叫兵不血刃，取敌之头颅，他们可都是方圆几百里的头领，一次解决，可保几年太平。（对玄宗）不是么？

玄宗：这样杀人，也太毒辣了一点，非君子丈夫所为，但为防后患，倒也是个省力的办法。

安禄山对玉环：想你的念奴么？

玉环来了兴致：念奴？想啊，它好么，乖么？

安禄山：为报贵妃娘娘不弃之恩，禄山每日亲自喂养念奴。

玉环：就知道你是有心之人。

安禄山：想见么？

玉环：见？

安禄山：我知道贵妃娘娘会想念奴的，就把它带回来了。

玉环没想到，要跳起来了：真的？它在哪儿？我要看看念奴！

安禄山：就在宫院里。

安禄山起身领玉环和三夫人去看念奴。

玄宗对一直没动声色的杨国忠：你说他不敢回来，他回来了，这下你没话说了吧？

杨国忠：他在演戏。

玄宗不高兴了：你这样没根没由地疑神疑鬼，反倒要我怀疑你的用心了。

杨国忠：小心总好一点。

玄宗已起身离席：不该有的小心会生出不该生的麻烦的。

玄宗走了，杨国忠没动。

73　宫院

玉环抚爱着念奴。念奴好像通人性一样，和玉环很亲近。

玉环：你可真是一匹好马。

安禄山：禄山不是好养儿吗？

赶来的玄宗：念奴是好马，禄山也是好养儿，都好，很好。

玉环：想不到你把它照顾得这么好。

安禄山：在禄山的眼里，它不是马，是念奴！禄山把它当神敬呢！

玄宗：没办法，禄山就是让人喜爱。

安禄山：禄山也没有辜负皇上的厚爱。此次接到诏书，我就立刻启程，不知皇上有何嘱咐？

玄宗：没有，就是想见见你。她们还想看你的胡旋舞。今天算了，你一路劳顿，先回府好好歇息，如何？

安禄山：听皇上的，禄山告辞了。

玉环：念奴先留在宫中，我替你照看。

安禄山：听贵妃娘娘的，告辞——

安禄山走后，玄宗问：像这样的人会反么？玉环和三夫人都没听懂。

玄宗问玉环：他会反么？

玉环抚摸着念奴的脖子，似懂非懂：反也好正也好，玉环反正都喜欢你……

好像是说给玄宗也说给念奴。

74 安禄山府邸

安禄山已躺在床榻上。安庆宗捧上茶点：杨国忠一直对咱家怀有敌意，暗中派人监视，甚至进府盘查府里的客人。

安禄山：他是冲着我的，想搜集我谋反的证据。此次回京已不比往常，如入虎穴，不能久留。

安庆宗：我随你一起去范阳。

禄山起身：那不正给了杨国忠口实了？就是死，你也得留在长安，有任何风吹草动，快马送信给我，明白？

安庆宗：明白……

75 兴庆宫

几天后。安禄山在兴庆宫向玄宗玉环辞别。

宫女捧过一件衣服。

玄宗：这是专门为你做的。

安禄山从玉盘中取过，抖开，是一件崭新的战袍。

玄宗：满意么？

安禄山：禄山立马穿给皇上看——

安禄山刚穿好战袍，马夫已把念奴牵到跟前了。

玉环把马缰递给禄山。

身着战袍的安禄山提缰上马：皇上、娘娘保重——

安禄山拍马而去。

玄宗玉环目送……

布劳恩画外音：他们都没想到，这一次会是他们的永别……

76 长安城外

安禄山和随行人员出城后突然加鞭，马队疾驰而去。

马上的安禄山不时回望，好像害怕后边有追兵似的……

77 大明宫　路上

两台大轿被簇拥着出了大明宫，向华清宫匆匆而来。

一抬大轿里是左相韦见素。另一抬轿内坐着杨国忠，身边还有一位满身风尘的人，叫马承威，刚从范阳回京。他们表情凝重，内心焦灼——

78 华清宫

伟大的艺术杰作《霓裳羽衣舞》正在准备彩排。

几百名乐师身着演出服，按文武两个场面各就各位。武场面的鼓、磬、铙、钹、铃等打击乐器和文场面的琴、瑟、筝、笙、箫、笛、唢呐等弹拨和吹奏乐器，门类齐全；每一样乐器都有几十名演奏者，阵容庞大。上千名舞者也在着装或就位，令人眼花缭乱。

最忙的是《霓裳羽衣舞》的创作者玄宗和玉环。

玄宗也身着演出服，忙着调整乐队阵容、调弦试音。

玉环花枝招展，步态匆忙却不失轻盈，穿梭于舞者之间，交代演出时各组舞者该注意的动作和姿态，并不时示范，也会顺手整理一下舞者的服装和佩饰。

阿蛮是玉环的助手，来来去去，忙得不亦乐乎。

闯入舞阵的杨国忠和韦见素显得狼狈而寒酸，不知该怎么抬脚起步，到哪儿寻找他们要找的人。

韦见素终于看见了神情投入的玄宗，指给杨国忠。二人的脚立刻有了力气一样，东拐西绕，朝玄宗匆匆而去——

玄宗坐在了一架鼓前，正要从鼓架边的槌袋里取出鼓槌，杨国忠和韦见素站到了他的跟前。他歪头看着他们，像看着两个怪物一样。他们指手画脚给玄宗急切地说着什么，要求玄宗到能说话的地方去说。玄宗摇摇头，很不情愿地把刚取出的鼓槌放了回去……

79 偏殿

刚跨进殿门，未及玄宗落座，杨国忠就迫不及待开口说话：安禄山一次换了三十二个将领，陛下知道不知道？

玄宗一听就火了：又是禄山！你们怎么就和他过不去呢？

杨国忠并不怯惧：他换下来的是清一色的汉人，换上去的是清一色的胡人！

玄宗：汉人胡人不都是大唐王朝的人么？有什么大惊小怪的？

杨国忠有些急了：安禄山的不臣之心已昭然于天下，只有陛下一人视而不见！

玄宗也急了：你在教训我？

他看着杨国忠和韦见素：你们教训我来了是不是？

韦见素：陛下误会了……

杨国忠示意，马承威从殿外走进，跪拜玄宗：臣马承威参见圣上——

玄宗看着眼前的三个人，不知道他们在耍什么把戏。

杨国忠：他就是陛下两月前遣往范阳携旨安抚安禄山的朝廷命官，刚刚回到长安。

玄宗想起来了：噢……见到禄山了吗？

马承威点头。

玄宗：他不愿意入朝为相？

马承威点头。

玄宗：这也是意料中事。让他入朝为相，本是你们的主意，我也乐意听他的性情之言，就答应了。他不愿意在朝中做官，说明他有自知之明，算不得什么错，再说，有他在范阳镇守北疆，我也放心。

杨国忠更急了，对马承威：说啊！

马承威对玄宗：皇上净想安禄山的好了。臣携圣旨到范阳，安禄山是知道的，却不出迎。臣只能到他的府邸宣诏，他竟大排兵仗，要杀人一样，气焰嚣张。臣宣诏时，安禄山直乎乎坐在床上，两眼直冒杀气，吓得臣唇齿打战，两腿哆嗦，只怕不能活着回来见皇上……

玄宗似乎有所触动，但很快又相信了自己的判断：朝廷命官到地方，大多居高自傲。禄山是胡人，性情直悍，吃软不吃硬……

杨国忠：陛下，咱不能不见棺材不落泪啊！

玄宗愤怒了：放肆！

玄宗甩下杨国忠等人，拂袖而去。

三人顿时愣了。

韦见素问杨国忠：怎么办？

杨国忠下了决心：皇上不管，我们管！我们不能坐以待毙——

80 安禄山府邸

大门被轰然撞开，几百名禁军士卒冲进安府。

杨国忠亲临现场，一个角落都不放过！安府顿时大乱。

色厉内荏的安庆宗无力阻拦冲向四处的士卒，只能在院中喊叫：你们要干什么！你们要干什么！

几个士卒把一个中年男子推到了杨国忠跟前。

安庆宗急忙赶过来：他是我家的门客！

杨国忠：分明是窝藏的反贼！

话音未落，已有刀光闪过，门客身首异处。

安庆宗一声惊叫，软在了地上。

杨国忠：绑了！

几个士卒冲向安庆宗——

81 快马

急促的马蹄。

一匹快马沿着地图上的路线向范阳狂奔——

82 范阳安禄山府

安禄山端坐在床榻上，愤怒和痛苦正在胸中聚集，脸上的肌肉在颤抖，目光越来越阴冷。

聚集在院内的将领和士卒们开始呐喊：反了！反了！呼喊的人越来越多。呼喊声在范阳上空震荡。

鼓声——

83 华清宫

散漫的鼓槌。鼓声仿佛从遥远处升起。越来越近，越来越重。执鼓的正是玄宗。鼓声渐渐调集起各类乐器加入合奏……

恢宏瑰丽的《霓裳羽衣舞》正在上演它的第一部分：散序——

84　范阳

安禄山双膝跪地，双眼含泪，面南向天：皇上，贵妃，禄山对不起了。我不想反，他们逼我，我不得不反……

华清宫的鼓声和器乐声合奏成了他向天而泣的音乐背景。

安禄山身后的将领和士卒们振臂齐呼：反了！反了——

85　华清宫

无数仙女从天而降，翩翩起舞。

《霓裳羽衣舞》进入它的中序部分，乐舞合为一体。

领舞的杨玉环登场亮相，美艳绝伦……

86　范阳城外

风中的旌旗，整肃的马队。将领和士卒手牵马缰，只等一声令下，便可飞身上马，呼啸南下，踏碎万里河山。

字幕（叠印）：公元755年

安禄山身披战袍，腰佩利剑，向他的坐骑大步走来。安禄山跳上马背。战马挪了几下蹄脚。

安禄山面向十万大军：奸相杨国忠祸乱朝廷，禄山奉皇上密旨入京讨伐，今天就是起兵的日子，击鼓——

鼓声和华清宫的鼓乐合为一体。

一声马嘶，舞马念奴不知从哪里跑了出来，踩着鼓点舞蹈着。

骑兵将领安忠志：舞马念奴，怎么办？

安禄山：战场上只有战马，没有舞马！

士卒立刻跑过去，牵住了念奴。

安忠志下令：上马——

骑兵士卒齐身上马。风吹旌旗，也扯动着安禄山的战袍，正是玄宗送他的那一件。

鼓声大作，战马嘶鸣——

87 华清宫

《霓裳羽衣舞》进入它的高潮部分：曲破——

激情的鼓乐。

激情的舞蹈。

激情击鼓的玄宗。

激情舞蹈的玉环，香汗淋漓……

88 室内

激情的肢体，汗水如豆，是布劳恩和东方含笑。

鼓乐声正在隐退——

89 东方含笑的画室

一声惨烈的撕扯——

东方允中的手撕裂了画布上的玉环。

女儿的叫声：爸爸——

惊叫声中有对父亲的惊愕、不解和制止，也惊醒了千年前的惨烈杀戮——

90　城池　战场

画布破裂的声音和东方含笑的惊叫化为利刃切割肉体的声响。

安禄山的铁骑越池破城。人头落地，血光冲天。

战争是铁骑和利刃的激情，是杀戮的艺术。生命和血肉之躯与马蹄和利刃遭遇，如泥似雪……

铁骑风卷残云，一路南下……

91　长安城街　大明宫

高仙芝和封常清拍马驰进城门，疾过城街，直奔大明宫。

大明宫内，惊慌的百官或骑马或乘轿匆匆赶来，正在大殿前聚集……

92　玉环寝宫

玄宗要哭了一样，摇着玉环的双肩：他反了！禄山反了！

未及卸妆的玉环香汗淋漓，精神还在《霓裳羽衣舞》的情境之中，明眸闪动着，好像没听懂玄宗的话。

高力士匆匆走进：皇上，该换衣服了，都在大殿外等着呢！

玄宗这才发现自己没有更换演出时的服装，两个宫女捧着衣服就在旁边站着。他放开玉环，开始匆忙更换服装。

93　含元殿

百官肃立。玄宗和太子李亨坐居高位，正在听杨国忠的禀报。

杨国忠像念公文一样：……太平日久，民不闻战，将不思战，军不习战，武库兵器大多朽坏，各地守军不敌强兵劲旅，叛军势如破竹，所过州县望风瓦解，守令或开门降城，或弃城逃匿，或为安贼所擒，人头落地无数，民无助悲号向天……

玄宗打断了杨国忠：行了行了别斯文了，说要紧的。

杨国忠：东都洛阳失陷，安贼的铁骑已到黄河边了。如无良策应敌，长安不保，大唐王朝生死存亡只在朝夕之间。

大殿里一片死寂。满殿官员闻言变色，有人双腿打战尿裤子了。

高力士凑到玄宗跟前，让一脸木然的玄宗开口说话。

玄宗：……我老了，不是当年马背上意气风发的李隆基了……

杨国忠突然义气偾张：请杀安禄山之子安庆宗及荣义郡主，以壮人心士气！

殿中官员果然有了活气。

玄宗：人在何处？

龙武大将军陈玄礼：已押至殿前。只等陛下发话了。

玄宗：安庆宗该死。只是荣义郡主奉旨下嫁，还不到半年……

杨国忠喊：杀！

有人呼应：杀！

玄宗无力地点了几下头。

陈玄礼走出大殿。

安庆宗和荣义郡主各被两名士卒押在殿外的石栏前，身后各站着一位手执大刀的刽子手。陈玄礼挥手，刽子手挥刀，安庆宗夫妇饮刃而死。

陈玄礼回大殿向玄宗复命：叛贼安庆宗夫妇已在殿前伏法。

殿内又一片死寂了。

玄宗：能杀的杀了，该杀的谁去杀？

满殿文武无人应对。

太子李亨突然站起身，指着殿里的武官们：养兵千日，用兵一时，武将都死了吗？

高仙芝和封常清心气相通，同时出列。

高仙芝：臣右金吾大将军高仙芝愿率兵出关迎敌。

封常清：臣安西节度使封常清愿随高帅出征。

高仙芝和封常清都是威震西北，久经沙场的军事将领。他们请缨出马，使许多人精神为之一振。殿内一时活跃起来。

玄宗也受到现场感染，心血来潮：好，二位将军就是我大唐王朝的脊梁。国难当头，朕不能安居室内，愿挂帅亲征，即日起由太子监国……

太子李亨眼睛一亮。

杨国忠却大吃一惊，立刻跪奏：陛下不能离开京城！大敌当前，乱象环生，陛下在朝中，举国心定，陛下不在朝中，后果不堪设想，请陛下收回成命，挂帅亲征太子监国之事，容当再议……

有人赞同，有人摇头。

玄宗看李亨，李亨不动声色。

玄宗稍作思量，点点头，表示收回了刚才的话。他下龙位走到高仙芝和封常清跟前：朕就把拒敌平叛的重任交给你们二位了。

高仙芝封常清二位要跪地谢恩，被玄宗挡住了。

玄宗：安禄山能征善战，你们好好商议商议，出征之时，朕为你们设宴送行……

玄宗的眼睛似乎有些湿润了。他转过身：边令诚——

宦官边令诚应声到了跟前：臣在。

玄宗：朕命你为监军，随他二位出征。

高仙芝封常清顿时愣了。边令诚刚刚退下，高封二人交换了一下眼色，双双跪地：启奏陛下——

玄宗站住了，背向着高封二人。

封常清：边令诚常年深居宫中，不谙军事，难以监军，请陛下收回成命——

玄宗突然转过身来，一脸愤怒，和刚才几欲泪下的玄宗判若两人：我对安禄山恩重如山，情深义厚，他都可以忘恩负义，我还能相信谁？

跪在地上的高仙芝和封常清大瞪着眼睛。

玄宗又提高了声音，似乎吼叫起来：我还能相信谁！

玄宗要晕倒了一样，高力士急忙上前扶住玄宗，匆匆离开了大殿。

大殿里一阵骚动，有人以为退朝了，准备离开。

李亨：都给我听着！

百官立刻肃立静听。

李亨：龙武大将军陈玄礼即日起不许离开皇上左右。

陈玄礼：遵命。

李亨：百官各守其职，擅离者斩！

百官纷纷出殿，无数腿脚从跪在地上的高仙芝和封常清身边划过……

94　战场

封常清率马、步军数万和叛军正在激战。烟尘四起，杀声震天，双方处于胶着状态。各有死伤。

封常清接连将几名叛军砍下马来。

安禄山部将安忠志和田承嗣率领的铁骑呼啸而至，杀入阵中。形势立刻起了变化。

封常清的士卒都是新招募来的乌合之众，未经训练，仓促上阵，面对骁勇善战的叛军铁骑，只有招架之功，没有还手之力，纷纷成为刀下鬼。招架的成为刀下鬼，缴械的成为刀下鬼，逃窜的被追上也成了刀下鬼。

叛军铁骑横冲直撞，封长清的阵地正在溃散。

封常清已是满脸血污，还在拼力苦战……

监军边令诚和一群随从士卒一直在山顶上看着战场上的厮杀，像观看一场热闹的拼杀演习。

封常清的阵地终于垮了，所余残部仓皇溃退。

边令诚没心情看了：回。

边令诚转身离去。

战场上的杀戮和溃退还在继续……

95　潼关　高仙芝军帐

边令诚颐指气使，正在教训高仙芝和封常清。

边令诚：你们是给皇上吹过牛的，如今怎么样，短短二十多天，三道防线都垮了。退到潼关了。

封常清怒向边令诚，拍案而起，被高仙芝拦住了。

高仙芝耐心向边令诚解释：三道防线失守是有原因的。你也看到了，叛军是训练有素能征善战的强敌劲旅，我们呢？都是临时招募来的乌合之众，无法与叛军对决，只能兵合一起，据险以守，保住潼关，京师长安就会安然无恙。

边令诚：保不住呢？

封常清搥着桌案冲边令诚：那就死在潼关！

边令诚：冲我凶什么？有本事冲安禄山凶去！我看我得见皇上去了。

边令诚离帐而去。

高仙芝和封常清四目相对。他们都有了一种不祥的预感。

阵地上，风撕扯着旌旗。

96 兴庆宫

边令诚向玄宗和太子李亨及杨国忠跪奏：封长清言反贼骁勇善战，诬我为乌合之众，以卸败军之责。高仙芝尽听封常清不实之言，弃地数百里，且私吞军粮，如此将帅，实不堪重任，若潼关失守，就只等叛军马踏京师了……

97 潼关阵地

蹄声如雷。安忠志和田承嗣率叛军铁骑从峡谷向潼关阵地扑来。

高仙芝和封常清亲临阵地。

看着排山倒海之势的铁骑，唐军士卒精神紧张，面露惧色。

高仙芝一声令下：放箭——箭如飞蝗，射向叛军。

中箭的叛军骑兵纷纷栽下马来。但几轮放箭，并没有挡住叛军，更多的铁骑向阵地扑来，冲上了阵地。

高仙芝提刀上马，杀入敌群。

双方兵马在阵地上展开血战，伤亡惨重。

山腰阵地上的封长清一声令下：放——

滚石如雨，砸向还在扑来的敌群。

正在阵地上厮杀的叛军见身后大乱，不敢恋战，调转马头仓皇逃去……

阵地上一片狼藉，到处是死尸和哀号的伤兵。

高仙芝走到一个中箭落马坐地哀号的叛军士卒跟前，挥刀砍去——

98 唐军营地

月光如水，风声鹤唳。高仙芝和封常清正在查看伤兵营帐。

伤兵们横七竖八倒卧在营帐里，呻吟哀号不绝：疼死我了！我没胳膊了！有的在号啕痛哭，惨不忍睹。

高仙芝封常清和随行的将领士卒走出营帐，营帐内的哀号声仍不绝于耳。

一队士卒从一座营帐里溜出来，正和迎面而来的高仙芝一行撞在了一起。他们是一群要逃跑的士卒，见到高仙芝一行，立刻跪地求饶：将军饶命，我们骇怕了，我们不想死！我们还有老人和孩子……

随行的士卒抽剑捅倒了几个。跪地求饶的声音更为凄惨：饶命！我们不逃了，死也不逃了。

高仙芝一脸凄然：别杀了。活下来的几个把头叩得更响了：谢将军不杀之恩……

高仙芝和封常清离去……

99　哥舒翰府邸

哥舒翰跪地迎旨。

边令诚宣诏：……太平盛世，突起狼烟，安贼反叛，四海震怒，国家危在旦夕。察高仙芝封常清不堪重任，无力拒敌，特遣哥舒翰为兵马副帅，率大军守关却敌……

100　潼关高仙芝军帐

高仙芝和封常清，表情沉重，虽在对饮，心思却不在酒上。

高仙芝：封二……

封常清好像被唤醒了一样：嗯？

高仙芝：过去我一直这么叫你的。

封常清：好长时间不这么叫了。

高仙芝：你是在我做都知兵马使时跟的我，是吧？

封常清点头：我虽出身寒微，却多所历览，仰慕将军雄才大略，愿投身将军帐下，数十天守在军府门口不走，将军才收留了我。

高仙芝：你很争气，善战有谋，马蹄踏遍了整个西北……

封常清：没想到这一次却成了败军之将，还连累了将军。

高仙芝：封二，我不会这么想的。我在想边令诚，他不会说我们好话的……

封常清神情更为凝重：不管他怎么说，我已抱必死之心，在这里以身殉国。

封常清掏出一封遗表：这是我给皇上的遗表——

高仙芝接过遗表，展阅，渐渐念出声来：……仰天饮鸩，向日封章，即为尸谏之臣，死做圣朝之鬼。若使殁而有知，必结草军前，回风阵上，引王师之旗鼓，平寇贼之戈铤。生死酬恩，不任感激……

…………

在高仙芝念诵遗表声中：

哥舒翰在取盔戴甲。

边令诚的马队在驰往潼关的途中。

…………

高仙芝折好遗表，递给封常清：就怕皇上看不到。

封常清：为什么？

高仙芝拥着封常清：我们去阵地上看看。

二人出帐——

101 潼关阵地

士卒们正在为下一次残酷的抵抗做准备。

封常清光着膀子，和士卒们一起喊着号子，往阵地边上搬抬石头。

一士卒穿过阵地,来到封常清跟前:监军请将军回帐接旨。

封常清闻言色变,立刻又冷静下来:高帅呢?

士卒:有人去传唤了。

封常清点点头,从旁边的石头上取过衣服,面向夕阳,边穿衣服,边向阵地外走去——

102 监军帐

边令诚看着封常清走进军帐。

封常清站住了。几十天的征战虽然使这位将军衣衫破败,面色疲倦,但双目如电,使边令诚不敢对视。

边令诚:我带回了皇上的敕书,念给你听听,好让你死个明白。

封常清:不必了。

边令诚手中的敕书还未展开,便停住了。

封常清:上边写的什么,不听我也清楚。我身为将军,应该身死沙场,才不辱将军之名,无奈死在你的帐内,实不甘心。我有遗表一封,请代呈皇上——

封常清取出遗表,未及伸手送出,一把利剑已从他的后心捅入。

鲜血喷射到边令诚的衣服上。

边令诚张大了嘴,看着封常清。

封常清僵硬了一样,表情痛苦。

行刑的士兵抽出带血的利剑,封常清倒地身亡,遗表尚在手中。

边令诚走过去,取过遗表,一下一下撕成了纸条。

几个士兵把封常清的尸体拖到了一片芦席上,像拖一件东西一样随便。

士卒报:高将军已到帐外。

边令诚扔掉撕碎的遗表:让他进来。

高仙芝走进帐内,立刻感到杀气逼人,然后就看到了封常清的尸体。他叫了一声:封二。走过去,单腿跪在了封常清的尸体跟前,看着封常清脸上的表情,又叫了一声:封二……泪水已经盈眶。

身后响起边令诚宣读敕书的声音:高仙芝遇敌即退,偷减军饷,该当死罪……

高仙芝好像没听见一样。

帐外已有众多士卒围观,齐声大呼:冤枉!冤枉!

高仙芝依然没听见一样,对封常清的尸体:封二,你跟我跟对了,也跟错了,这是命,你我都认了吧……

他伸手想合上封常清圆睁的眼睛,刀光突然闪过,鲜血立溅帐帷……

103 潼关阵地

一队战马驰上关口高地,打头的正是身披战袍、一身盔甲的老将哥舒翰,紧随他的是部将王思礼、李承光、火拔归仁等。

哥舒翰勒马高处,把剑临风。整个雄关尽收眼底——

仿佛要烘托一代名将的壮心豪气一样,各处阵地立刻依次响起整齐的呼号:誓死守关!报效朝廷!

可以看出,各处阵地已经加固。二十万大军高昂的呼喊更使整个雄关显得巍然险峻,坚不可摧。南有秦岭屏障,北有黄河天堑,中间三道天然防线横断东西,可谓"关门扼九州,飞鸟不能逾"。

呼号声渐渐沉隐,雄关更显苍茫沉雄。

哥舒翰翻身下马,接过士卒手里的火把,亲自点燃了旁边的平安火。

将领们已纷纷下马,神情肃然,看着哥舒翰点火。

火焰熊熊,哗剥作响。

哥舒翰把火把扔进火堆,转身对各位部将:这堆火是大唐王朝的平安火，也是我哥舒翰和各位的性命。它在，大唐王朝就在！

部将们手牵马缰，随时准备上马：谨听副帅吩咐——

哥舒翰：各守其职，固守阵地，无令不许擅自出关！

部将们：遵令！

正要翻身上马，身后传来一声：慢——

哥舒翰和众将回身，边令诚不知什么时候到了跟前，还有十二位使者模样的人，各个骑在马上，排成一行。

气氛陡转。边令诚跳下马，神情怪异，看看低处的阵地，又看看熊熊的平安火，然后，走到哥舒翰的跟前了。

边令诚：那是平安火吧？

哥舒翰点头：是皇上吩咐的，在宫中可以看到……

边令诚：没错，可是你想没想，皇上给你二十万大军，可不是让你把他们塞在这山沟沟里白天吃喝晚上睡大觉的。

哥舒翰：什么意思？

边令诚指着那一排使者：他们都是从长安城里来的，皇上让来的，宰相让来的，一个时辰来一个，路上还有正在往这儿走的呢。干啥来了？

哥舒翰：催我出关……

边令诚突然变脸：你为什么不出关？

王思礼抽剑：放肆！

哥舒翰拦住了愤怒的王思礼，对边令诚冷静以对：时机未到。叛军远来，利在速战。我军扼关据险，利在坚守。我已上表皇上……

边令诚又一次打断哥舒翰：你的这一套皇上不要听，也不要看。要听你的这一套，就不杀高仙芝和封常清了。皇上要看的不仅是这堆平安火，更要看你率兵出关，收复失地，把安贼赶出东都洛阳，明白不？

哥舒翰：明白，但时机未到……

边令诚：时机未到时机未到，你打了一辈子仗，就只知道这几个字！找时机啊！皇上让你挂帅就是让你找时机的。你不找，等天上往下掉啊？

哥舒翰：皇上在宫中，不知军情。将在外，君命有所不受！

边令诚：大胆！你违抗君命，拒不出关，竟口出狂言，分明暗藏反心……

王思礼听不下去了，抽剑抢步上前，转眼间，利剑已横在了边令诚的脖子上。王思礼对哥舒翰：我杀了这只公鸡！

边令诚骇怕了：你，你……

他恐惧地看哥舒翰。

哥舒翰不动声色。边令诚强挺着，对哥舒翰：你真要反啊……你让他走开……

王思礼：杀了他，再杀进长安，取杨国忠之头，都是他惹的祸！

哥舒翰摇头。

王思礼：为什么不？

哥舒翰：那就不是安禄山反，是我哥舒翰反了。让他走吧。

王思礼很无奈，收回了利剑。

哥舒翰一脸凄然，众将无言。

边令诚心有余悸，摸摸脖子，没有血，不敢停留，赶紧上马：哥舒翰，我会把你的话转告皇上的，你等着……

边令诚和那十几位使者仓皇而去——

104　潼关

在边令诚宣诏的声音中，大军正在出关——

边令诚的声音：卿拥重兵，不恢复要地，而欲待贼自溃，按兵不战，坐失良机，倘旷日持久，或无成功之绩，国法俱在，卿自三思……

字幕：公元756年6月　哥舒翰被迫率兵出关

哥舒翰跪在阵前，仰首向天，老眼空洞无物：休矣……

队伍正从他身边沓沓而过——

105　战场

最惨烈悲壮的一场战役已经在一条七十里长的狭窄山道上展开。

哥舒翰率领的二十万大军中了叛军埋伏。

此地南面靠山，北临黄河，叛军居高临下，滚木、礌石与箭矢齐发，又以干柴烈火堵道，使唐军只能在箭矢、巨石和烈火浓烟中奔突，死伤惨重。

鼓声突起，叛军将领安忠志、田承嗣和崔乾佑率铁骑分别从山谷中呼啸杀出，使唐军雪上加霜，首尾不顾，以致相互践踏。有的在弃甲奔逃中被砍杀，有的无路可逃被迫跳入黄河淹毙。

无法指挥大军作战的哥舒翰只能在乱军中拼死苦战。

在马上拼力砍杀的火拔归仁。

王思礼砍翻了几名叛军，向远处的哥舒翰：快走！不走就来不及了！

哥舒翰没听见一样，在抵挡砍杀。

王思礼且战且退。

念奴好像真通人性一样，看着一个又一个被砍倒的唐军士卒，竟然乱跳起来，不再向前。骑在它背上的叛军士卒使尽手段，不但没使念奴驯服，反而变得暴躁，几下剧烈的跳跃，把"主人"从背上甩了出去，径自向山坡跑去——

被甩下去的叛军士卒徒劳地朝念奴喊着：念奴——你个狗娘……

没骂出口,一把刀破风而来,这位叛军士卒连杀他的人也没看清,就命归黄泉了。

念奴跑上了山坡,回过头来——

惨烈的战斗已近尾声,烟雾正在消散。

阳光中的念奴温和而俊美。它一声嘶鸣,向远处奔去……

106 潼关西驿

身心俱惫的哥舒翰被噩梦惊醒,突然一个翻身,坐了起来。梦中的刀枪争鸣变成了风声。门外是几十骑衣衫褴褛盔甲不整的士卒,身边站着的是部将火拔归仁。

哥舒翰一脸懵懂:仗打完了?

火拔归仁:完了。

哥舒翰:这是什么地方?

火拔归仁:潼关西驿。

哥舒翰似乎彻底醒过神来了。仗不仅打完了,也被打败了,败得很惨。他低下了沉重的头颅。

火拔归仁:二十万大军,逃回潼关的只有八千。

哥舒翰一下一下点着头,又突然抬起头,看看门外的几十骑士卒,然后把目光落在了火拔归仁的脸上:你们这是……

火拔归仁:在等将军上马。

哥舒翰的坐骑就在门口。

哥舒翰点着头,自语:我还活着,还能回去……

火拔归仁摇着头:将军知道高仙芝封常清的收场。将军不能见皇上,应该去洛阳见安禄山。

一脸震惊的哥舒翰未及开口,几条绳子已飞过来,搭在了他的身上。几个士卒一拥而上,迅速捆绑着。从他们的动作可以看出,哥舒翰在徒劳地挣扎……

现在，被捆在马背上的哥舒翰已经走在去洛阳的路上了，马蹄不紧不慢。哥舒翰大睁着眼睛，眼角的泪迹已被风吹干。他倒着看雄关，峰峦，曾经的战场……

这就是一代名将留给我们最后的形象。

字幕（叠印）：一年后　哥舒翰被杀于洛阳

107　平安火

潼关上的平安火正在渐渐熄灭……

108　兴庆宫

三辆马车驰进宫门，直奔玉环寝宫。

守卫皇宫的士卒仍然保持着往常一样的威仪，但往来的人脚步匆忙，透露出内在的紧张和不安。

马车还未停稳，三夫人就跳了下来，匆匆进宫——

三夫人已经坐在了玉环的寝室外间，她们对侍女端来的茶果视而不见，焦灼地看着内间的玉环。

玉环和阿蛮正在更换一套新的帷帐。玉环很专心，也很仔细，不时端详着挂上去的帷帐，让阿蛮这样一下，那样一下。不放过一个细微之处。

虢国夫人坐不住了，像憋着一泡焦急的尿水一样走来走去，终于忍不住了，冲进了内间。

虢国夫人：你可真行啊，玉环！

玉环回头看着虢国夫人。

虢国夫人：这时候还有心思换帷帐！

秦国夫人韩国夫人也进来了,玉环给她们一个笑,又端详帷帐了。

玉环:看得眼满了,就想换一套新的。

虢国夫人:城里已经有从潼关逃回来的兵士了!

玉环像没听见一样。

虢国夫人:你赶紧收拾东西,也许……

玉环语气平静,打断了姐姐:皇上正在议事,我不能给他添乱。

三夫人张着美丽的嘴巴,说不出话了。

109　大殿

百官肃立已经很长时间了。没有一个人出声说话,包括坐在龙位上的玄宗和坐在他旁边的太子李亨,只偶尔眨一下眼睛。

百官连眼睛也不眨,都低着头,像吊唁默哀一样。

有人哭了,强压着声音,一声一声。

玄宗看去,是站在前排的杨国忠。

杨国忠终于压不住了,放声哭了起来。他涕泗横流,捂着脸,蹲了下去,继续哭着。他悲痛欲绝,伤心已极,边哭边诉:不是我的错,不是!说安禄山要反的话已经十几年了,没人信啊,呜呜……

没人动。

玄宗也不动,也不辩解,也没愤怒,他面无表情,看着虚处。

太子李亨看着蹲在地上像得了肠绞痛一样疼痛难耐大动悲声的杨国忠,目光中透着冷气。

高力士走到玄宗跟前:已经大半天了……散了吧,明天再议。

玄宗依然看着虚处。

110 玉环寝宫

坐在新换的帷帐里的玄宗和玉环。

夜已经很深了，静得有些怕人。

玄宗拉过玉环的手。玉环扬起脸，和玄宗四目相对。

玄宗：怕不怕？

玉环：你不怕玉环就不怕。

玄宗点着头，像自语一样：怕也没用……

111 杨国忠府邸

夜，独自坐着的杨国忠像一尊泥塑。

一阵脚步声，虢国夫人走了进来，四下看看，没有别人，便走到杨国忠跟前：我把东西收拾好了，随时都可以走。

杨国忠突然起身，一个结实有力的耳光落在了虢国夫人的脸上。

虢国夫人惊叫了一声，懵了。她捂着脸，大张着眼睛。

杨国忠已转身走了……

112 议事大殿

杨国忠匆匆朝大殿走来。

字幕（叠印）：公元756年6月12日

殿外仪仗依旧。

杨国忠上台阶，进殿——

空荡荡的大殿没有一个官员。杨国忠左右环顾，连一个问话的人都没有。杨国忠有些不知所措了。

一阵脚步声。走进来的是韦见素，一脸诧异，也在环顾空荡荡的大殿。

杨国忠：百官无人上朝议事。

韦见素：都想自己的后事了……

113　兴庆宫勤政楼

太子李亨在给玄宗做工作。陈玄礼在场。

玄宗情绪激动，显出孩子般的固执：我不走！我不能落下笑柄！要走你们走，我不走！禄山为什么要反？我想不通！我要在这儿等他！问他！听他说个明白！

李亨已不是过去的李亨了，态度强硬：他会杀了你！

玄宗：杀了就杀了，杀了也要做个明白的鬼！

一阵匆匆的脚步声，玄宗看着杨国忠韦见素走进。

杨国忠：百官已无人上朝了……

玄宗一脸愕然：啊？

刚才的固执立刻没有了。他一阵心寒，无力地坐进了龙椅。

李亨、杨国忠、韦见素与无言的玄宗僵持着。空气像凝固了一样。

有人走了进来，他们抬头看去——

是玉环。

玄宗没想到玉环会来，他看着走近的玉环。

玉环跪在了玄宗跟前：玉环已收拾好随身用物，随皇上出城……

玄宗看着玉环，心在无声地软化破碎着。

李亨声音果断：召百官上殿，一个也不能少！

杨国忠韦见素会意点头。

玄宗茫然地看着李亨，不明白李亨的用意。

李亨对玄宗：不是议事，是演戏！

玄宗的头低了下去……

114　兴庆宫　大明宫　太极宫

宣诏官宣读玄宗制书的声音：……反贼气焰嚣张，潼关告急，朕决意御驾亲征。委命：魏方进擢升御史大夫兼置顿使；崔光远接京兆尹，充西京长安留守；边令诚掌管宫闱……

三处皇宫渐被暮色笼罩。

马蹄和车轮声——

车上的玄宗和玉环。

高力士等一群太监侍从簇拥着玄宗的车马，出了兴庆宫，行色匆匆。

夜色正浓。

玉环面带疑惑，似乎要问什么。

玄宗：这里临街，人多眼杂……你别问了。

玉环不再问了。玄宗拉着玉环的手……

115　大明宫

曙色中的大明宫渐渐清晰。

字幕：6月13日

宫阙巍然，仪仗依旧。

新任京兆尹崔光远走进宫门。

整个皇宫寂静无声，越往里走越感到异常。

第三重宫门打开了，聚集在里边的宫人和佳丽突然一涌而出，神情慌张，边跑边叫：皇上跑了！皇上扔下我们跑了！

被冲到一边的崔光远和边令诚愣了，看着乱哄哄往外涌跑的宫人和佳丽。

宫人佳丽们跑出宫门,跑上了大街——

大街上瞬间乱成一团。

有人喊:皇上跑了!去皇宫里拿东西去噢——

相向奔涌的市民和宫人佳丽。

有人被绊倒,无数只脚从身上踩过。

冲入皇宫的市民奔向四处,抢拿东西。

有宫人和仪仗士卒不但不管,也参与了抢拿。

一头毛驴也闯进宫院,引颈鸣叫,尥蹶撒欢。

崔光远一把抓住一个逃跑的宫人:说!

宫人:皇上和太子半夜跑了!

宫人号啕着,让崔光远放他逃命。

有人放火烧着了仓库,浓烟滚滚。

看着浓烟和满宫里奔突的人群,崔光远招来几个守卫皇宫的士卒,砍倒了几个人,但乱象已难以控制。

崔光远气馁了,又突然跳叫起来:抢吧!拿吧!

边令诚干脆坐在了地上,一脸绝望,解下腰上的一长串宫门钥匙,看着,摇着头:只有等着交给新主人了……

大明宫的浩劫还在继续……

116 路上

陈玄礼和近千名禁军士卒护卫着玄宗、玉环及皇子皇孙百余人在缓慢行进。

他们实在是一支逃难的队伍,虽然有宫车,有侍从,有护卫。

杨国忠韦见素在队伍里。

虢国夫人三姐妹在队伍里。

高力士骑马跟在玄宗的后面。

走了大半天的队伍已经人困马乏，越走越慢。

幼小的皇孙们叫着喊着要吃要喝。

骑在马上的玄宗满面土尘，目光茫然，问他身边的陈玄礼：到哪儿了？

陈玄礼：咸阳。

玄宗：往哪儿走？

陈玄礼：西南。

玄宗：我也饿了，让地方官送些吃的来。

陈玄礼：都跑得无影无踪了。

队伍到底走不动了，停了下来。

一群皇孙们跳下车，坐在路边又哭又叫：我要吃！我要喝！

玄宗看着他们，心里更为凄然。他跳下马，和高力士走到皇孙们跟前。

玄宗：都别哭别叫，我也饿，正在找吃的，很快就来。

几个禁军士卒提来了几袋面饼和几桶水，皇孙们一涌而上，争抢面饼。看着这些一直身居皇宫的皇孙们的吃相，玄宗心里直发酸。

高力士递来一个面饼给玄宗。

玄宗用眼睛寻找着玉环，看见了——

玉环和阿蛮正在车上吃饼。阿蛮捅了一下玉环，玉环看见了玄宗，给玄宗举了一下手中的面饼。

已很饥饿的玄宗咬了一口，嚼着，难以下咽。

玄宗对大口吃喝的皇孙们说：吃，吃饱了再走……

…………

继续行进的队伍。

暮色正在降临——

夜间行进的队伍。

远处只有零星的灯火——

117　马嵬驿

夜色苍茫。

队伍在馆驿前停了下来。

高力士和阿蛮把玄宗玉环领进里院的一间馆舍。阿蛮点上蜡烛。几个侍从把装有玉环用物的箱子抬进屋，走了。

玄宗问高力士：这里是什么地方？

高力士：金城馆驿。

玄宗身心疲惫，坐在了床边。

阿蛮打来了一盆水，让玉环洗尘。

高力士：皇上和贵妃一路劳顿，赶紧歇息，天亮还要赶路。

玄宗：你呢？

高力士：皇上放心歇息，老奴就睡在门外的台阶上。

高力士刚退出门，玄宗就站了起来，对端水要出门的阿蛮：你先别走，在这儿陪陪玉环。我睡不着，出去走走。

玉环：玉环陪你出去……

玉环的目光里似乎深藏着悲情。

玄宗：我看看就回来——

玄宗出屋，拉门时又交代玉环：你先睡。

…………

高力士举着火把领着玄宗从里向外边走边看。

馆驿内外睡满了人，皇室和士兵侍从混杂，不分贵贱，就地而卧。

那一群皇孙们挤在一起，睡得很香，更让玄宗心酸。

三夫人和杨国忠韦见素也就地而卧，睡着了。

玄宗想起了太子李亨：太子呢？

高力士：太子在偏院，正在问事。

玄宗：问事？

高力士：哥舒翰部将王思礼从潼关死里逃生，赶到这里来了。

玄宗要去偏院：走，我也去问问他——

高力士：太子问完事，会来见陛下的。

正说间，太子李亨和陈玄礼陪着王思礼从偏院走了过来。

王思礼跪奏：王思礼参见陛下——

玄宗扶起王思礼：免了免了。

李亨：哥舒翰被迫投安禄山了。

玄宗一愣，遂仰天长叹：他可是大唐王朝的一代名将啊！

王思礼：陛下还有什么要问的？

玄宗：没有了。你死里逃生，本该赐宴，可惜，这里不是王宫。都歇息去吧，我也要歇息了……

…………

满天繁星，只有风吹旌旗的声音。

有人惊叫一声坐了起来，是杨国忠。他一脸惊恐，看见跟前站着几个人，是太子李亨、陈玄礼和王思礼。陈玄礼手里举着火把。

杨国忠很紧张，站起来：有事吗？

李亨摇摇头。

三个人走了。

陈玄礼踩灭了火把。三个背影立刻变成了黑影，隐进了黑暗里。

杨国忠愣愣地看着他们的背影。什么事情也没有发生，周围的人好像睡死了一样。杨国忠又躺下去了。

浓得化不开的夜好像暗藏着一个巨大的隐秘……

118　金城馆驿

天色正在发亮。整个金城馆驿显现在晨光里。

字幕：公元756年6月14日

馆驿分前中后三院，还有偏院。

睡醒的人们正在整衣上马。

宰相杨国忠正在整衣上马。

左相韦见素在整衣上马。

御史大夫魏方进正在整衣上马。

馆驿内的人们从各处纷纷向大门走去。

…………

高力士牵来两匹马。玄宗和玉环出屋，正要上马——

有人惊叫着跑进来：不好了！禁军挡住了宰相的马头！

玄宗呆愣了。

玉环心中一震。她似乎知道了将要发生的悲剧，松开了马缰，表情和声音已很平静，对阿蛮：阿蛮，把我的东西都拿进去。

玄宗的手里还攥着马缰，他看着进屋的玉环：玉环，你等着，我去看看就来……

玉环已进屋了。

…………

馆驿门外，陈玄礼和禁军列队，像一道冰冷的屏障，挡在了杨国忠、韦见素、魏方进一行人的马前。

空气正在凝固。

杨国忠自镇情绪：陈玄礼，你是禁军统帅，应该知道你的职责。

陈玄礼像变了一个人：当然知道。

话音未落，一排弓箭立刻对准了杨国忠等人。

魏方进：你们敢！他是当朝宰相——

话音未落，飞来一支箭矢，不偏不倚，正射中了魏方进的喉咙。魏方进坠下马去，引起一阵惊呼。

陈玄礼抖动马缰，上前几步，一字一板，清晰有力：万乘震荡，社稷不守，皆因奸相杨国忠骄纵招祸，举国切齿，论罪当诛，以谢天下……

人群中的虢国夫人一声尖叫，和秦国夫人、韩国夫人放声大哭。

杨国忠朝她们喊了一声：别哭！

转身对陈玄礼：皇上就在馆驿内，我有罪无罪用不着你来说！

陈玄礼：奸相祸国，人人可诛，用不着皇上说了——

陈玄礼示意放箭。几十支箭矢破风而来，杨国忠身中几十箭，竟然还在马上。

一士卒拍马而至，刀光闪处，杨国忠栽下马来，正好摔落在刚出馆驿大门的玄宗面前。

玄宗惊叫一声，险些晕倒，被高力士扶住，匆忙拉进馆内。

馆驿门前一阵骚乱。士卒追杀虢国夫人、秦国夫人、韩国夫人，血光四起，三夫人倒在血泊之中……

禁军士卒在马上齐呼：杀！杀——

高力士扶玄宗就近进了一间馆舍，坐在了床沿上。能听见外边的喊杀声。

馆驿外，陈玄礼跳下马，对紧闭着眼睛浑身打抖的韦见素：没左相的事。

韦见素这才睁开眼，看着喊杀的士卒：莫非还要杀皇上？

陈玄礼：不，要见皇上。

韦见素：我去？

太子李亨闪面了，走到韦见素跟前：一起去。

韦见素愣眼看着李亨，好像没缓过神来。

…………

太子李亨和韦见素陈玄礼已经站到玄宗的跟前了。

玄宗惊魂未定：宰相杀了？

陈玄礼：杀了。

外边喊杀声又高了起来。

玄宗抬起头：该杀的都杀了？

李亨三人不语。

玄宗：外边为何还在喊杀？

三人依然不语。

玄宗看着他们，脸上的表情渐渐变化着，他似乎知道他们要干什么了，眼珠子一动不动了。

…………

馆舍内的玉环正在梳妆。她好像没有听见外边的喊杀声一样。阿蛮一样一样给她拿着东西：金钿，香囊……

…………

低头不语的玄宗和李亨三人长时间僵持着。看样子，话已经挑明了。

玄宗突然抬头，一脸愤怒：就算杨国忠罪该处死，已经死了，为何还要玉环死？

三人不语。

玄宗：她深居宫内，从不涉朝中人事，罪从何来？有罪的是我！

玄宗已满脸涨红，在吼叫了。

李亨示意韦见素说话。

韦见素扑通一声跪在了玄宗跟前，额头在地上一下一下重重地叩着，不几下就渗出血来：众怒难犯，皇上不割爱，六军必不护驾，大唐王朝的安危已系于贵妃，望陛下立断，望陛下立断……

韦见素一句一叩，已经血流满面。

玄宗看着跟前的几个人，突然一阵恶心，开始呕吐起来，越呕吐越厉害。这是最难受最痛苦的一种呕吐，呕不出任何东西，除了眼泪。

高力士给玄宗捶着背，要哭了一样：你们先出去吧……

李亨三人退了出去。

玄宗还在呕吐着。

高力士不知怎样才能让玄宗不再这么干呕，只能捶背：陛下……

陛下……

…………

馆驿外，士卒们振臂齐呼：不杀贵妃，誓不护驾！

…………

馆舍里的杨玉环已经梳妆好了。阿蛮把那副金步摇递给玉环。

玉环：我戴上它好看么？

阿蛮噙着泪水，给玉环点着头。

玉环接过金步摇：等会儿见三郎，戴给他看……

…………

玄宗已不呕吐了。

高力士要给玄宗擦呕出的眼泪，被玄宗推开了，自己以手抹泪。

喊杀声又起，玄宗双目空洞。

高力士垂手站在一边：陛下……

玄宗好像没听见。

高力士：陛下……

玄宗好像在问自己：他们为什么不杀我呢？

高力士：陛下不在，没有人能平定叛乱，恢复太平。

玄宗：玉环死了，太平了，我怎么办？

高力士：陛下还是陛下，还是皇上……

玄宗突然又激动起来：我现在就是！能怎么样？连一个玉环都保不住……

玄宗声音低下去了：她没有罪。她不该死。我是什么皇上……

高力士：他们杀了贵妃的亲人，贵妃不死，他们没法安心……

玄宗已听出高力士在说服他，扭头对高力士：你也要玉环死？

高力士：我不想让陛下遭遇不测……老奴知道陛下不忍心，老奴去办，行不？

玄宗像一根木桩。

高力士：不办不行啊陛下……

玄宗突然站了起来，大步向外走去，高力士紧跟过去——

…………

玉环要戴金步摇了。

阿蛮：皇上来了……

玉环举起的手停住了，她背向着门外，没有转身。

阿蛮看着玄宗和高力士向馆舍走过来了。

高力士把一条白色丝巾搭在玄宗的胳膊上，停住了脚步。

玄宗向舍门走来。

玉环听见玄宗进门了，站住了。

玉环：阿蛮，你先出去。

阿蛮的脚步远了，听不见了。

玉环转过身来，目光和玄宗的目光相遇。他们对视着。

没有人知道此时此刻对视的这两个人会不会想起什么，彼此会有什么样的感受。十六年了，二十二岁的玉环已经三十八岁，但依然天生丽质，美若天仙，仪态端庄大方。她像他可心的女儿。她是知音，是亲人，是他的心头肉。她正看着他。他呢？比过去老了一些，但在她的眼里，他依然是孩子一样的老顽童，是激情击鼓的老小伙……

遥远的鼓声分明响起来了……

白色的丝巾从玄宗的胳膊上飘落了……

玉环从心底发出的声音：我不想死……

玄宗的声音同样来自心底：你不会死……我不死，你就不会死……我死了，你才会死的……

玉环听懂了。她给他点着头，戴上了金步摇——

遥远的鼓声突然激烈起来。

玄宗突然大步向玉环奔去——

玉环飘然迎来——

玉环一声痛苦的呻吟，二人紧紧相拥。

捅进玉环身体里的是玄宗的宝剑，玄宗的一只手紧攥着剑柄，在抖。

鲜血缓慢涌出……

玉珠坠地，在鲜血里，像一粒粒晶莹的葡萄，像剥开的荔枝……

布劳恩画外音：我可以想象美丽的死亡，却无法想象当帝国连帝王的个人感情也无力保护，还要以毁灭这一感情作为帝国持续的前提的时候，应该到哪里寻找帝国存在的基础和理由……

激情的肢体，不在千年前的金城馆驿，不是千年前的玄宗和玉环。是布劳恩和东方含笑。

千年前和千年后仿佛在同一时间；爱与死是同一种激情……

…………

一声马嘶，玄宗正抱着一匹马失声痛哭。是念奴。它跑了很远的路，大汗淋漓。

高力士和阿蛮不忍视听，低头垂泪。

字幕（叠印）：一月后　玄宗退位　战乱在继续

玄宗痛彻的哭声撕扯着阳光和风，好像在为一个帝国的衰落吟唱哀歌……

119　室内　城街

坐在窗前的东方允中先生。他看着窗外的城街，好像苍老了许多。

布劳恩画外音：面对历史，我们无法一致。我们是历史的局外人……

热闹的城市街道，车辆，人流。

布劳恩画外音：……即使是一对男女的情感，我们也难究其竟……

街道人流中出现生机勃勃的东方含笑。在人流中，她显眼却不抢眼。她刺痛了东方允中先生的眼睛。

布劳恩画外音：……历史属于历史的创造者。他们和我们一样，都是难以言说的血肉之躯……

120　布劳恩的工作室

布劳恩正在一张张焚烧他设计和绘制出的图纸。每一张都很精致漂亮。

东方含笑就在布劳恩的旁边。火光映照着布劳恩，映照着东方含笑青春的脸和美丽的头发……

布劳恩画外音：……大明宫也许可以复制，它拥有的伟大时代却是无法复制的。

出现那块瓦当。

布劳恩画外音：……只有它残留的痕迹，哪怕是一块瓦当，才能散发出那个时代的精神和气息……

121　大明宫

瓦当又一次飞上千年前大明宫的椽头。

布劳恩：……复制没有意义……

一千多年前恢宏壮丽的大明宫。

孤独苍老的玄宗目光迷离。

恢宏的建筑里正在上演伟大的艺术杰作《霓裳羽衣舞》。庞大的乐队和舞者布满整个皇宫。舞者们全身着白色羽衣，只有玉环一身红装。乐者和舞者只有激情的肢体，没有声音。

布劳恩画外音：……我辞去了聘请……

建筑和乐舞的画面上，一架飞机冲天而起——

然后，是专心致志绘画的东方含笑。她画的不是玉环，是她自己。

布劳恩画外音：……我不担心那位中国女孩。她正在创造自己的历史。她和当年的杨玉环一样生动美丽。不同的是，她更愿意体验像杨玉环美丽的死亡一样美丽的爱……

飞机把地面上的一切渐渐推向遥远，自己也消失在纯净深邃的蓝天里。

镜头还在继续拉远，拉出在太空中缓慢旋转的地球。它可以被苍茫的宇宙忽略……

剧　终

2008年8月7日20:45，乾县

生日

主要人物表

李四　60岁，秃顶，红光满面，身体健壮

胡来成　15岁，念过五年级，聪明，穿着另类，喜好打扮，常用清水稳定发型

老胡　60岁左右，喜兴人，精瘦、乐观、话多，得意时会来几句醋溜普通话

李香　38岁，李四之女，纺织厂下岗工人，看上去比实际年龄大许多

刘大奇　40岁左右，李香丈夫，耳背，前货车司机

艳艳　16岁，李香刘大奇的女儿，高一学生，好打电话

李瓦　35岁，李四之子，部队转业干部，政府某部门科长

李欣　25岁，李四之子，技校毕业，正在找工作

1 李四家院 傍晚

傍晚的村街，几个老头在打花花牌，有人观看。远处几个孩子在追跑打闹。一辆满载着苹果的手扶拖拉机驶过。（画外收音机在播报时间：刚才最后一响，是北京时间，19：00整。）

院子里，蹲在一块石头上的李四，旁边放着一台半截砖头一样大小的收音机，正呜里哇啦播放着节目。老伴正坐在门槛上分拣苹果。

李四：把灯拉着去。

老伴进屋拉亮了电灯，又回来坐在门槛上，坐在了光线里。她继续分拣着苹果。

收音机里已是戏曲节目了，在唱秦腔《三娘教子》里"左边尿湿换右边，右边尿湿换左边"的那一段。

李四：不回来了……

老伴：再等等……

收音机里的三娘唱得情声并茂。

李四：不回来了！

老伴：或许在路上呢……

不知是收音机里的唱段加重了李四的郁闷情绪，还是他实在等得不耐烦了，啪哒一下关了收音机，起身转了几个来回。

老伴有意无意地看了一眼李四：把那个纸箱子拿过来……

李四的脚步声，李四走到老伴跟前，不走了。老伴抬头看看李四。

老伴：让你拿纸箱子呢！

李四不看老伴的脸。他拨了一下老伴的左腿，又拨了一下右腿。老伴有些莫名其妙，看看自己的两条腿，又抬头看李四。

老伴：咋咧？

李四：你看你给咱倒出来的都是些啥！

老伴明白了李四的意思：你去，歇着去。

李四：我不歇！

李四回屋去了，不知在翻腾什么。

老伴侧身看屋里：你弄啥呢？

李四的声音：你甭管……

2 某镇公共汽车停靠站　晨

从一辆行驶的公共汽车车窗内，可以看见路两边的各式摊点。

公共汽车停下来，车门打开，售票员从车门探出身子招揽：省城的去省城的有座——

几个正打台球的年轻人扔下台球杆，提拿行李，跑向公共汽车。

售票员：去省城的麻利些有座位——

另几个年轻人提拿着行李挤上公共汽车。

（透过拥挤的人群）李四背着草编筐和老伴朝汽车走过去。

车上售票员和那几个提拿行李的年轻人争吵起来，要他们把行李放上车顶。

李四挤上车，从他们身边经过。

车顶上，那几位打工的年轻人在捆绑行李。

售票员挨个儿让新上车的乘客买票。

车窗外一个中年妇女正向乘客兜售矿泉水。

售票员走到李四身边，李四的手从衣兜里掏出一堆东西，其中有钱和身份证。他从那堆东西里拣出买票的钱递给售票员。

车开动了。

背身的李四对车外的老伴：你回。

李四老伴和纷乱的摊点、台球桌、追赶一头猪的几个人渐渐远去。

李四转过头来，面无表情，随车摇着，摇着。

胡来成的画外音：就是这个人，他叫李四。我不认识他。他给我惹了一屁股的麻烦……

3 山区公路A 日

公共汽车在爬坡。

4 山区公路B 日

蜿蜒行驶的公共汽车。

5 城西客运站内 日

公共汽车驶入车场。

旅客纷纷下车。

最后一名乘客下车了。李四背着自己的筐也下了车。

6 城西客运站外 日

背着筐的李四在站牌前等车。

一辆市公交车开过来,挡住了李四。

市公交车开走了,留下站牌和几个下车的乘客。

7 市公交车上 日

行进的市公交车上,李四没座,他一手抓着扶杆,一手扶着筐。

8 北门 日

市公交车进了北城门,向市里驶去。

片名字幕:生日

9 政府住宅小区 日

(跟拍)背着筐的李四拐向小区。他在传达室办进小区的手续。一辆豪华小车驶出小区。

10 电梯外及李瓦家门外 日

电梯指示灯显示电梯正在上升,停在十九层。电梯门开了,李四绕过一对衣着时髦的男女走出电梯。

胡来成的画外音:这儿是李四的大儿子李瓦的家……

背着筐的李四走向李瓦家。

背着筐的李四站在门外,有些木然,不知该敲门还是该按门铃。其实门是虚掩着的。李四正要伸手,里边传出一阵响动。李瓦的媳妇抱着几瓶茅台酒匆忙地推门而出,被站在门口的李四吓了一跳。楼里光线有些暗。

李瓦媳妇:哎呀你——

但立刻就认出了李四。

李瓦媳妇:是,爸……你咋不进来,门是开着的,快进来进来。

李瓦媳妇把李四让了进去。

11　李瓦家内　日

李瓦媳妇并没放下手里的东西：我刚从外边回来拿东西，拿酒。不知道你来。李瓦要请他们局长吃饭，早就说好了，局长一直腾不出时间，就拖到了今天。

李四：噢……今天是啥日子？

李瓦媳妇：啥日子也不是，就是正好局长能腾出时间。李瓦当科长三年了，该上一级了……

李瓦媳妇边说边拨通了李瓦的手机：我，是我。咱爸来了。

李瓦的声音：他来干什么？

李瓦媳妇：我不知道。你看咱爸来了要不一起吃？

李瓦媳妇看了李四一眼。

李四：我不去。

李瓦媳妇：你听见没有，咱爸说他不去。

李瓦的声音：楼下有饭馆让他想吃什么吃什么。

李瓦媳妇挂断手机：爸，你想吃啥？

李四：你吃你们的去，我歇一下去你姐家。

李瓦媳妇：那就随你了爸，他们在等我呢。

李四：去吧去吧。

李瓦媳妇风一样出去了。防盗门咔一声关上了。

剩下了李四一个人。他环视了一下客厅，然后放下筐。他有些渴了，找水喝。他从茶几上拿起一只玻璃杯，找到了饮水机，试了试冷热出水口，似乎被热水烫了一下手指头。他接了一杯水，回来坐在了沙发上。他心里很不是滋味，摸了摸被烫的那根手指头，然后把水杯送到了嘴跟前，又停住了。

墙上的钟嘀嗒嘀嗒响着。

啪一声，玻璃杯被重重地放在茶几上，水花四溅。

李四走到他的筐跟前，把它提了起来——

12　纺织厂平房区　黄昏

背着筐的李四走进了纺织厂生活区，远看去像一只蚂蚁。

13　李香家　黄昏

院内，李香一家三口正在吃饭，已到尾声了。

胡来成的画外音：李四的女儿李香和女婿刘大奇都是下岗工人……

女儿艳艳边吃饭边和什么人通着手机，吃饭似乎是说话的佐料，有一口没一口。

艳艳：……对呀……是啊……陈楚生，我当然投他啦！……苏醒没戏！哇——姥爷！艳艳无意间抬头看见了背着筐站在门外的李四（可看见门外停放的一辆出租车），尖叫了一声，挂断手机。

李香和丈夫刘大奇抬头看看李四，放下筷子起身。艳艳已经到了门口。

艳艳：姥爷你怎么来了，还背个筐啊！

李香和刘大奇接过李四背上的筐。

李香：爸你没吃饭吧先吃饭。

李四：我从李瓦那儿过来的，饱了！

李香没听出李四话中的真意：噢噢，我们也吃完了，你要没吃我给你另做，冰箱里菜啥都有，现成的。艳艳给姥爷倒水。

艳艳领李四进客厅。

刘大奇跟进客厅：爸你招呼一声我去车站接你嘛，我承包了一辆出租车。

艳艳倒来了一杯水。李香也走进客厅，在衣服上抹着手。

刘大奇：洗完了？

李香：没洗，回来再洗。

一家三口站在李四跟前，突然没话了。

李四：你们都有事是不是？

李香：租人家的车，天天跟打仗一样，只怕包不住本……

刘大奇：油价越来越高，要挣钱就得多跑……

李四：噢噢……

李香：你看爸你刚来，该陪你说说话……

李四：你也会开车了？

李香：我押车，我怕他拉不到生意去和那帮烂人打麻将。

李四：噢噢……

李香：艳艳，你陪姥爷说说话。

艳艳：我要补英语，你们不是要我上大学吗？

刘大奇：那就让爸看电视。爸你看电视吧，喜欢看那个节目我给你调。

艳艳抢过遥控板：我调。姥爷喜欢看啥？边问边调着。

李四有意无意地：今天几号了？

李香：我都不知道几号了，忙昏头了，艳艳今天几号了。

艳艳：今天礼拜四……

李四：行了行了你们忙去。艳艳你也忙去，你给我，我会调。

李四从艳艳手里拿过遥控板：你们都忙你们的去。

刘大奇：那就让爸自己调，（对李香）咱走。

李香：爸你来了就多住几天，有时间让大奇拉你逛逛街。

李四：我不想逛街我不是来逛街的。你们去吧，我一个人歇会儿。

刘大奇：那就让爸歇会儿，爸那您歇着啊。

刘大奇和李香出去了。很快就听见出租车开走了。最后走的是艳艳，从里屋背着书包，走过沙发上的李四。

艳艳：姥爷你慢慢调，四十多个台呢！

门响了一声。剩下李四一个人了。他拿着遥控板调了几个台，调出一个唱歌的女人。

李四突然生出一种厌恶。他扔了遥控板，把杯子里的水灌进喉咙，然后起身朝草编筐走过去。

李四出门了，留下了电视里唱歌的女人。

14　城中村　暮

背着筐的李四在敲门。

房主话外音：你找谁呢？

李四：我找李欣，他是我儿子，我来过……

房主从麻将桌上抽身走到门外，伸脖子抬头往上：李欣！

李欣和女朋友从楼顶花台探出头。

房主话外音：李欣！你爸来了！

李欣松开女友往下看：啊？啊……

15　李欣屋内　夜

李欣拉着灯，转身坐到李四旁边，透过他们可看到窗外闪烁的霓虹灯。

胡来成的画外音：李欣半年前从技校毕业，正在找工作，谈第三个女朋友……

李欣：您去我哥我姐家没有？

李四：去咋了没去咋了？

李欣：不咋不咋，我就问问。

李欣一时找不着话了。

李四：对象？

李欣：才谈呢。

李四：咋不叫她进来？

李欣：她说她等我一会儿。

李四：噢噢，那你快去，别让人家等。

李欣：您看，总得和您说几句话嘛。

李四：你先跟人家谈去，咱有话慢慢说。

李欣：那您……

李四：你先别管我，你先跟人家谈去。

李欣：不是，我是说，您晚上……住哪儿？

李四明白了李欣的意思，眉头皱了起来。

李欣语无伦次，有些说不清了：爸您千万别误解我的意思。我是说，我这儿条件差，就一张床，您睡不好……那女娃，我和她在外边谈一谈，也许还要回屋里再谈，我是说怕影响您……

李四突然想开了一样，眉头舒展了：我不住我不住，你哥你姐那儿有的是地方我为啥住你这儿？你谈你的去，我来看看我歇一会儿就走。

李欣：爸，我可没别的意思。

李四：我知道你没别的意思，你对你爸能有啥意思。你赶紧谈你的去，我歇一会儿就走。

李欣：真的？

李四：真的真的赶紧去。

李四把李欣往门外推。

李欣：真的爸？要不要我给我姐打个电话？

李四：不要不要我知道路。

李四把李欣推出门，把门推上了。

李欣画外音：真的爸？

李四不吭声。

李欣画外音：那我走了？

李四依然没吭声，听着李欣走了。

李四一脸茫然，坐回到床边，软了一样。

床上的被子胡乱卷着。有一个简易衣柜，挂着几件衣服。桌上排列着几本书……

李四起身叠床上的被子，随意拉过枕头，看见几个避孕套。他似乎不认识，拿出一个放在手心里看着，然后又冲着电灯看，看见里边有一个圆圈。然后，他把它放回原处。然后，他走到筐子跟前，把筐子拖出画，关电灯开关声，拉门声。窗外依然是不知疲倦的霓虹灯。

16 烤肉小摊（兴庆公园） 夜

李四背对镜头正在吃烤羊肉夹馍，大嚼大咽。似乎把一直积压着的情绪都使在了嘴和牙齿上。当然他确实也饿了。一辆电动三轮车进画，出画，潇洒的绕了一圈，又进画。

老胡下电动三轮车，朝李四走去。

胡来成的画外音：我爸就是这时候遇上李四的。他看中了李四屁股底下的那一片瓦楞纸板，然后就和李四搭上了话……

李四屁股下的瓦楞纸板越来越清晰。

老胡下车，看李四和李四屁股下的纸板。

胡来成的画外音：……他就是我爸，认识的人都叫他老胡。他给别人也这么介绍自己……

老胡对摊主和李四：我是老胡……

摊主胡乱应着：好好好……

老胡看见了筐里的酒坛：酒吧？

没人回应他。

李四看了老胡一眼。

老胡：你的？

李四大嚼大咽，看着老胡。

老胡把鼻子放在筐里闻了闻：酒！

李四在嚼咽。

老胡：吃烤肉不喝酒？有酒不喝？

李四在嚼咽着。

老胡：就这么干坐着，吃呀？啊？

李四在嚼咽着。

老胡：你咋不说话？嗯？问你呢。

李四咽下了一口：你要我说啥？

老胡：说啥都行，想说啥就说啥，别啥也不说。

李四又嚼咽他的烤肉夹馍了。

老胡蹲在李四跟前，审视着李四：乡下来的吧？这你瞒不过我老胡。走亲戚？那该到亲戚家吃喝么。看儿女？那也不能背一坛酒啊……

老胡又扳着筐子看了一眼筐里的酒坛，抽了几下鼻子。

老胡：我觉得你这人是个怪人。说你不爱酒吧，你进城来啥也不带，背着一坛酒。说你爱酒吧，你吃烤肉却不喝酒，你说你这人怪不怪？怪，怪人！你说你怪不？

老胡再看李四的时候，发现李四的眼睛有些湿了，不嚼咽了。

老胡：哎哎，我可没说啥啊，你咋啦？咋啦？

李四突然地：你说我咋啦？你说我咋啦？

老胡：我不知道啊。

李四：今天是我六十岁生日你说我咋啦？我六十岁生日没有一个人记得起来你说我咋啦？我背着一坛酒跑到城里来就是想让他们想起今天是我六十岁生日，没一个人能想起你说我咋啦？三个儿女都忙自己的事没有人记着他爸的生日你说我咋啦……

李四满脸涨红，向老胡也向虚空发泄着他压抑太久的委屈和愤怒。

老胡有些瞠目结舌不知所措了。

李四还在发泄，好像对着全世界一样：咋啦？咋啦？你说我咋啦……

17　街道A（南大街）　夜

那一块瓦楞纸板和李四都已在老胡的电动三轮车上了。李四扶着他的筐子。电动三轮车正在繁华的街道上行驶。

胡来成的画外音：我爸是捡垃圾的。他说捡垃圾也能成为有钱人……

18　街道B（西高新）　夜

老胡的电动三轮车在灯火辉煌的市街上行驶着，行驶得自信自在，就像一条鱼在它熟悉的海水里一样。

19　街道C（鼓楼小吃街）　夜

老胡的电动三轮车停下来。老胡下车朝牛肉店窗口走过去。车厢上的李四看着老胡的背影。

胡来成的画外音：……五年前，我妈让我们县上的一个包工头偷走了，我们家炕上就空了一个人……

看老胡的背影，似乎正在付钱。

胡来成的画外音：……我妈比我爸年轻很多很多，也愿意被人偷走……

老胡拿着一包牛肉朝三轮车走过来。

胡来成的画外音：……我爸去县城找过我妈几回，没找回来，就突发奇想，提着我的胳膊，把我从五年级的课堂上提出来……

老胡把牛肉递给车厢上的李四：拿着。

老胡的电动三轮车又启动了,又自在地穿街过巷了。

20　街道D(含光门外)　夜

胡来成的画外音:……走了几天几夜,走到了这座城市,让我和他捡垃圾……

老胡驾车的姿势和表情舒展自信。迎风而行。

21　街道E　夜

街巷的灯火越来越稀少了,旁边的建筑物也越来越简陋。

胡来成的画外音:……我说我想念书不想捡垃圾……

22　烂尾楼　夜

胡来成的画外音继续:我爸说念书不顶用钱才顶用。他说捡垃圾的人也是捡钱的人……

老胡的电动三轮车驶进了烂尾楼大院。镜头升起——

巨大的烂尾楼好像要插进天里去一样。

老胡提着酒筐,李四相跟着,走进烂尾楼,东拐西拐着。能看到有人在洗刷啤酒瓶子,有人在卖西瓜、卖冷饮,有人在打麻将,有人在弹棉花,有小孩在赢易拉罐……时髦的音乐声时强时弱,老胡和他们胡乱打着招呼,引领着李四走进自己的家。

23　老胡家内　夜

李四已坐在"客厅"里了。他的对面摆放着十几台旧电视和录放机,有两台电视有画无声。

李四一脸茫然，似乎想不通，看不懂。他还是在看，老胡在厨房案板上摆弄着那包牛肉。

一扇三合板门响了一声，李四扭过头看去。

门口站着一个十五岁左右的男孩，一身不良青少年的打扮，头发明显收拾过，一丝不乱。他就是胡来成。他两手插在裤兜里，目光冷漠地看着李四，看了好大一会儿。

李四的目光明显软了。

胡来成：你是谁？

李四不知该怎么回答。

胡来成不问了，进厨房，看着他爸的背影。他爸正在切牛肉，刀功很好，也很专心。

胡来成：他是谁？

老胡：你不认识。

胡来成：不认识才问是谁呢。

老胡不停下手里的活：今天是他六十大寿，背了一坛酒……

胡来成：你看上他那坛酒了吧？

老胡：没错。

胡来成：知道你就是。

老胡：自酿的枣酒，肯定是好酒，你也喝两口。

胡来成：我饿了。

老胡：这不正切肉呢嘛。

胡来成：我有事要出去。

老胡：不耽误不耽误。人家大老远从乡下来过生日，六十岁的生日，得好好给他整一整，人嘛，不就这么回事嘛……

胡来成已经到客厅了。他坐在沙发上（也是旧物改造的），拿起遥控板，挨个儿打开了那十几台电视。李四感到惊奇，睁大眼睛看着。十几台电视播放着不同的节目，呜里哇啦响成一片。

李四扭头看胡来成。胡来成没看电视，双手抱在脑后躺着在看水泥屋顶……

胡来成的画外音：在我的眼里，李四和我没有任何关系，也不会有任何关系，他就像我爸捡回来的一只啤酒瓶、易拉罐……

突然响起一阵刺耳的警笛，然后是刹车声、脚步声。不是电视里的，在楼外的院子里。李四有些紧张，不知发生了什么事，看沙发里的胡来成，竟像什么也没听见一样。李四想问又没问，起身到窗口往外看——

一伙公安和工商人员从对面屋子里扭出几个造假酱油的人，还抬出了许多纸箱，往车上装着。一个家属模样的人又哭又喊：不能啊你们不能啊……

李四回头再看胡来成。胡来成依然没有反应。

李四再看窗外，他张着口，看不懂——

楼下的院里停着几辆执法车，闪着警灯。许多人从楼里跑出来看热闹。

那几个人被推进警车。警车拉着警笛开走了……

…………

现在，老胡和李四已经坐在墙角的一张方木桌跟前了。桌上放着一盘牛肉，被切成六十个方块，整齐地堆成一个精致的图形。还有两碗红色的枣酿酒，似乎能闻见它的醇香。还有一碗蒜水汁。还有那只瓷酒坛。

十几台电视已经有画无声了。胡来成也不见了。

老胡有些得意地看着李四。

李四看着盘里的牛肉，眼里似有泪花。

老胡用一个小提子在往碗里舀酒。

胡来成的画外音：一个想过生日的和一个想喝酒的碰在了一起，就这么回事。我觉得很无聊，不愿和他们搅在一起，就吃了几块我爸切剩的牛肉，又喝了几口李四的枣酿酒，走了……

李四又看碗里的枣酿酒了。

胡来成的画外音：……李四的那坛酒确实好，很香……

李四又看老胡了。

老胡的瘦脸上满是笑：咋样？

李四真诚地点着头。

老胡：六十块牛肉，一块不多，一块不少，不信你数数。

李四摇摇头。

老胡：你数数，绝不会是六十一块，也不会是五十九。

李四看看那盘牛肉，点着头。

老胡：四棱四正，一样大小，纹丝不差。

李四的泪水在打滚了。

老胡：还有蒜汁子，放了七种佐料，牛肉蘸蒜汁满口香。再加上你的这坛枣酿酒，你六十岁的生日也就有质有量、有声有色、有模有样了……

李四还是点头。

老胡端起酒碗：来，咱开始。

李四也端起酒碗。

老胡：六十年一个轮回，再六十年你我都成灰了，来——

两只酒碗碰在了一起，就这么吃喝起来了。

十几台电视一直有画无声。

24 小酒馆 夜

胡来成也在喝酒，和他一起的是一个二十多岁的社会青年，胡来成叫他毛哥。

胡来成的画外音：和电视上的丐帮黑帮一样，捡垃圾的也各有自己的地盘，井水不犯河水。井水犯了河水就会起事……

毛哥已喝得两眼发红了：胡来成，你他妈的人小胃口大啊……

胡来成：全靠毛哥帮忙……

胡来成的画外音：……我要做的正是这么一件事……

胡来成给毛哥又打开一罐啤酒：毛哥喝好。

胡来成的画外音：李家园有一块地方旧城改造，居民要搬迁。我瞄上了他们的旧电器旧家具。那里不是我的地盘，我想让毛哥帮我摆平……

毛哥已喝软了身子：没事，我帮你，帮……

25 老胡家内　夜

老胡和李四也有些喝高了。六十块牛肉已不见了大半。

老胡：我那儿，我说我儿子，你看见了是吧？胡来成。他瞧不上我。我说胡来成啊胡来成，你瞧上我是你爸，瞧不上我还是你爸，学校开除学生工厂开除工人没听谁说谁能开除他爸，开除了也是你爸……我说胡来成啊胡来成你就好好记着你的名字吧，人有时正来不成胡来却能成，但人不能事事胡来，（对李四）你说是不是？

李四的心情很复杂，他也许想起了他的几个儿女。他没法回答，大口喝着酒。

老胡：……人不会走的时候想走，会走了想跑，会跑了想飞……我儿子胡来成就是这号人。他跟我捡垃圾，捡着捡着不捡了，不安分了……

老胡摇晃着站起来，端着酒碗指着那些电视：你看这些，都我那儿子整的。他狗日的只念了小学五年级咋就有本事把旧的整成新的，把不响的弄响，没图像的弄出图像来，然后就忽悠着卖出去……

老胡把碗里的酒全灌进了喉咙，把碗扔在了沙发上，自己也软在了沙发里：酒好……好酒……我老胡喝遍了各种酒……就是，就是没痛痛快快地喝过茅台、五粮液……

李四两眼发红，灌了一碗酒，又从酒坛里倒满一碗，往喉咙里咕咚咕咚灌着：我请你喝。我大儿子李瓦是国家干部，当官的，他有……以后……以后吧……

老胡在说醉话了：……捡垃圾的，没错，我是捡垃圾的。换个说法就是环境卫生工作者。我上班，可我不用赶时赶点，我随我自个儿的意愿，有酒喝就是半个神仙。我不制假贩假不怕工商。我不偷不抢不怕公安……哎，你有身份证没？（摸出自己的身份证）这个……

李四也喝到了高处，把自己的身份证拍在了桌子上：有！

老胡：那就喝，放心喝……

老胡吐字不清了，打起了呼噜。

李四也趴在桌子上，睡着了。

胡来成的画外音：那天晚上我没有回去。我和毛哥在外边混了一夜……

26　老胡家内　晨

李四醒了。

李四看着沙发上的老胡。

老胡低一声高一声打着呼噜。

李四把目光移到了他们喝过的酒碗上，酒坛上。李四的眼睛在找他的筐子，找到了。

李四起身抱起酒坛朝筐子走过去。走到跟前又停住了。他摇摇酒坛，还有酒。他想了想，看看沙发上的老胡，又返身把酒坛放回酒桌。然后走到沙发跟前，推摇着老胡。

李四：老胡，老胡，我要走了。

老胡睁开眼：啊？走？走哪去？

李四：回去，回乡下去。你找两个瓶子，把剩下的酒给你留下，坛子我拿回去。

老胡：还有？

李四：还有。

老胡起身过去，抱起酒坛摇了摇：没多少了嘛。

李四：多少都给你留下。

老胡已完全醒了。他把两只酒碗找过来，咣咣放在了桌上，往里倒酒，正好倒满两碗。

老胡：要留就留在肚子里。来，咱一人一碗。

李四：我不喝了，我要赶路。

老胡端起两只碗，递给李四一碗：不回去。喝完酒咱就找你那几个兔崽子去，我帮你。

李四：不找不找，生日已经过去了，不找了，算了。

老胡：不能算了，不能算！一定要让他们知道昨天是你的生日，六十岁生日！人一辈子有几个六十？六十岁的生日喝不上儿女的酒，不成！要喝！该喝的一定要喝，该要的一定要要……

胡来成的画外音：早上一醒来，我就想起了李四的那坛枣酿酒。为了讨好毛哥，我说我家有世界上最香的酒……

27 烂尾楼院子 晨

胡来成和毛哥走进烂尾楼院子。

能看到烂尾楼上有人在刷牙、倒水、劳作，新的一天和往常一样，平常中透出一种生机。

28 老胡家内 晨

胡来成和毛哥进门。

胡来成的画外音：我和毛哥回来的时候，我爸和李四已出门了……

毛哥摇着空酒坛：酒呢？

胡来成：不会吧？一大坛酒，他们不会吧？

毛哥似乎不甘心，又摇了摇。

胡来成：绝对是世界上最香的酒。

毛哥举起酒坛，张嘴接着酒坛里的酒。胡来成殷勤地在酒坛上拍了几下。到底滴出酒来了，一滴，又一滴。

胡来成给接喝酒滴的毛哥笑着，笑得很尴尬：香吧？

再也接不到一滴酒了。

毛哥：锤子！

胡来成依然尴尬地笑着。

毛哥把酒坛摔了出去。酒坛砸在水泥墙上，碎开来。

胡来成脸上的笑立刻僵住了。

几乎是同时，响起刺耳的刹车声——

29　街道　晨

李四撕裂一样的喊叫声：救命——救人啊——

惊愕的路人。跑动的人群向停在路中间的一辆大卡车围拢而来，然后是摩托警和警车。

胡来成的画外音：我爸就是这时候出的事……

李四的喊叫声：救人啊！让他们救人啊！

警察们拨开人群。

李四坐在地上，抱着老胡的尸体，仰头哭号着。

地上有血迹，但看不清老胡的模样。

警察们察看着现场，在地上画着标志。

胡来成的画外音：……就是这辆卡车，撞飞了我爸的半个脑壳……

那是一辆装载木头的大卡车。

两位警察拉李四起来。李四紧紧抱着老胡不松手，他目光呆滞，哭一样的号叫变成了短粗的自语：救命！救命……

两个警察抠开了李四的手，拉起李四，按着他，怕他往前扑。

李四没扑，还是气短一样的自语：救命！救命……

一个警察对一个小头目：死了。半个脑壳飞了。

小头目点点头，朝李四走过来：他死了。

李四像没听见一样：救命！救命……

来了一辆救护车，下来几个人抬老胡的尸体。

李四：老胡你驴日的不能死，我答应你喝茅台五粮液呢啊！

李四突然挣脱警察，扑向担架，又被警察按住了。李四急眼了，满脸涨红，挣脱着，踢着，甚至伸嘴要咬警察。警察使了点手段，李四噢地叫了一声，肚子立刻腆了起来，一脸痛苦……

30　郊外垃圾山　日

坐在垃圾山跟前的李四。

胡来成的画外音：我不在家。李四没找见我，然后就到处找……

风吹着垃圾山上的垃圾。

李四站了起来。

胡来成的画外音：……满城满街找。他拿着我爸的身份证，说他要找这个人的儿子……

31　许多条街道　日

李四已经在跑了，他手里举着老胡的身份证。他似乎不是在找人，而是在奔跑，仅仅只是在奔跑。没有人能明白一个奔跑的人手里为什么要举着一张身份证。

奔跑的李四满头大汗，没有停下来的意思。

胡来成的画外音：……李四给我说，他心里一急就想跑的毛病就是那天得下的……

李四朝一条街道的尽头跑去……

32　交警部门　日

李四已经坐在这儿了，满脸是汗，但不喘气。他低着头。

警察：人呢？

李四：找不见。

警察：找不见你来干什么，再去找啊。

李四：我找不见。我不找了。

警察：那怎么办？

李四：你看着办。

警察：死者是你什么人？

李四：不是我什么人。

警察很诧异：嗯？你说……

李四：一块喝了一坛酒，住了一夜。

警察：那就是朋友嘛。

李四没否认也没承认。

警察：他儿子是干什么的？

李四：捡垃圾的。

警察的表情似乎有了变化：噢……死者呢？

李四：也是捡垃圾的。

警察：噢。那你呢？

李四：我不捡垃圾，我种地。

警察：噢噢，你们都不是城里的……难怪你找不见，捡垃圾的你到哪儿找去？

李四：就是的。

警察：那这事……怎么办呢？

李四：你随便办。

警察似乎有了办法：是这，你先把死者送到火葬场烧了，等找到他儿子再说事情。总不能让尸体臭了烂了你说是不是？放在太平间每天还要收费，没必要花这个钱，你说是不是？你既然是死者的朋友，你就……你说呢？

李四在想着。

警察：你看我们这儿，每天都处理几十起这种事，死的伤的吵的闹的，像一锅糨糊……

李四朝窗外看了一眼，确实有哭的闹的吵的骂的，乱哄哄人来人往，脚步匆匆。

警察已在写东西了：叫什么名字？

李四收回目光：嗯？噢，李四。

警察边写边念：木子李，一二三四的四。

警察给死亡证明书上写上了李四的名字，攒进了一个信封，递给李四：你跟着车到火葬场去，有这个东西，会很顺利的……

李四拿着信封，一脸茫然，不知该点头还是摇头。

胡来成的画外音：我爸就这么被处理了。这都是李四后来给我说的……

33　火葬场办手续窗口　日

一个老大不小的光头男人抽出信纸看了一下：李四……

李四以为叫他：嗯。

光头把信纸放回信封递给李四：你明天来吧。

李四：啊？明天？不成，我要回家，我家在乡下，很远……

光头抬头看李四了。李四一脸焦急。

光头：你的意思是告别仪式追悼会这些就不弄了？人一烧你就把骨灰盒拿走？

李四：对对对，就是这意思。一烧我就拿走。

光头男人觉得李四有些怪，连摇了几下头。

李四：我和他是朋友，一面之交。他想帮我个忙，没帮成就出了事。我找不见他儿子，警察就让我来了。他是捡垃圾的，他儿子也是捡垃圾的。我家在乡下，我等着回去……

光头男人：噢噢，难怪不开追悼会……

他似乎有些同情死者和李四了。

光头男人：那你就等等，我帮你去问问，让他们给你加个塞，要烧的太多，烧不过来，怎么就不多弄几个火葬场呢！实在让人想不通……

光头男人边念叨着边走了。

李四看着离去的光头男人，有些没捉没拿了。

34 告别仪式厅 日

李四有心无心地朝这边走过来。

这里摆着许多花圈。花圈上写着各样的挽联。厅堂正中挂着死者的遗像，似乎是个离休干部。有几个工作人员正在布置现场，为明天的仪式做准备。

李四一脸茫然。

35　火葬场烧纸处　日

李四又转到这儿来了。

有人在为死去的亲人烧纸烧香。

李四看了一会儿，突然想起了什么，转身快步离去。

36　告别仪式厅外　日

李四像做贼一样，看看里边的工作人员，趁他们不注意，拿走了最外边的一个花圈。

37　火葬场烧纸处　日

花圈已经点着，正在燃烧。

李四跪着，看着燃烧的花圈。

李四对着快要烧尽的花圈磕了三个头……

38　火葬场门外　黄昏

抱着骨灰盒的李四一脸茫然，似乎不知该去何处。没有行人，没有公交车。

几辆小车从火葬场开出门，从李四身边开了过去。天正在黑下来。

39　南门外广场　夜

灯火。喷泉。游人如织。

有一堆人在有组织地笑，显得有些怪异。没有人知道他们为什么要聚在这个地方这样笑。

抱着骨灰盒的李四走到广场边上，站住了。他眼睛迷离地看着广场和广场上的游人。

李四的目光正跟随着一对儿女陪父母游玩的一家人。他们其乐融融，儿女不时给父母指点着广场上的景致，说着什么。

李四似乎被触动了。他咽了一口唾沫，看着他们。李四心里似乎发急了，表情变得有些怪异。

李四突然抬脚奔跑起来。

李四从广场上的人群中跑过。越跑越快。

游人迷惑地看着奔跑而过的李四。

李四边奔跑边短促地喊出一个字：塞！塞！

李四跑进城门——

40 城街 夜

跑进城街的李四还在跑，似乎没有停下来的意思。

但李四突然站住了。

李四在衣兜里摸出两张身份证。是他和老胡的。

李四看着手里的身份证，看着骨灰盒。

他似乎有了什么想法。

他把身份证重新装进衣兜里。

李四起步走了，迈着从容的脚步。

李四拐进了一条街巷。

41 李香家门外 夜

李四从容地走过来。

李四站在李香家院门外了。

李香家似乎没有人。

李四推开小栅栏门，走到屋门跟前，往里看了看，听了听，确实没人。他掏出自己的身份证，把身份证放在骨灰盒上，然后把它们放在了李香家的屋门口……

李四从栅栏门里走出来，往平房区外走去。

李四又站住了，回头往李香家那里看看。

他似乎有些不放心，用目光四下找人。

终于过来两个人。李四拦住了其中的一个，另一个走到小卖部前买烟。李四对拦住的那一位指着李香家方向说着什么，开始时那个人还不时点着头，但很快就不点了，似乎有些惊愕。等回过神来想问个清楚，李四已经走了。那人对李四的背影"哎"了几声。李四好像没听见一样，大步走了……

胡来成的画外音：李四说，你爸死了，然后就给我讲我爸是咋死的，讲那辆大卡车，讲警察和火葬场，然后就讲到了骨灰盒……

胡来成的哭声……

42　老胡居处　夜

胡来成在哭。

李四埋着头，在沙发里。

胡来成坐在李四和他爸喝过酒的那张木桌上。他背对李四。

胡来成哭了很长时间，终于停了下来。

他们都一声不吭，时间似乎停止了。

胡来成的画外音：……我爸死了，我想不通我爸怎么就死了。我满脑子装的都是我爸的骨灰盒。我知道我爸已经变成了一盒骨灰，可我想的不是骨灰，而是我爸，他变小了，很小很小，在那只骨灰盒里躺着……

李四：……我只是借用一下，很快就还你。很快。

胡来成不吭声。

李四：很快。他们看见骨灰盒，就会想起我……想起我为啥来城里……想起我的生日……

李四顺着自己的思路一厢情愿地往下想着。

胡来成不吭声。

李四：……我当时突然就这么想了，也就这么做了。已经这么做了，我就是想让他们想起我的生日。他们不该忘记他爸的生日。你爸也是这么说的。六十年一个轮回，再没个六十年了……就当你帮我……

胡来成不吭声。

李四：……本来我不想找他们了，你爸说"要找，我帮你"，就拉着我去找他们，就出了事……

李四拿出老胡的身份证看着。身份证上的老胡也看着李四。

胡来成起身，从李四跟前走过去。

李四：这是你爸的身份证，你——

胡来成：我不要，我要我爸的骨灰盒！

胡来成进自己的房间了，倒在床上，眼睛看着屋顶。

客厅里有响动，似乎是李四在收拾打碎的酒坛。

43 老胡居处　晨

胡来成醒来了。想起李四，翻身坐起，看看屋外，李四的背影在沙发上，一动不动。

胡来成出门给尿桶里撒尿。

李四还是一动不动。

胡来成：骨灰盒呢？

李四：我在等你呢。

胡来成：等我？

李四：你跟我去取。

胡来成：你什么意思？

李四：我一夜没睡，就坐在这儿等你……

胡来成看那一堆酒坛碎片不见了，都装进了那只筐子里，客厅也比往常整齐了许多。

李四：……我想了一夜，我还是不想见他们。你跟我一起去，我告诉你地方，你去拿，我在外边等你。等你拿到了，我就回乡下去，不回你这儿了……

李四说得有些伤感。

胡来成没吭声。

李四：你洗个脸。你还没洗脸呢？

胡来成：洗什么洗，不洗。

李四：咱去拿你爸的骨灰盒，该洗个脸，干干净净的……

胡来成的表情似乎有些肃然了……

44　城街　日

胡来成用电动三轮车带着李四穿过城街。

45　纺织厂平房区外　日

电动三轮车停下来。李四给胡来成指地方。他看着胡来成朝平房区内走去了。他没下车厢，坐在车厢里等着，埋着头。不一会儿，就听见胡来成跑过来的脚步声。他抬头看着胡来成。

胡来成的手空空。表情不对劲。

李四：咋？他们不给？

胡来成：他们抱着我爸的骨灰盒回去了！

李四立刻张大了嘴：啊？

胡来成：回乡下给你奔丧去了！你的几个儿女都回去了！天没亮就走了！

李四又一次蹲在了车厢里，抱着头。

胡来成：你说话呀！

李四突然喊了一声，满脸泛红，抬起头看着胡来成：好！这样更好，让他们尝尝他爸死了的滋味！让他们知道他们对不起他爸！他爸死了他们是个啥滋味。让他们难受去，哭去！

李四的声音和表情似乎吓住了胡来成。胡来成也张着嘴，看着情绪激动的李四，一时不知该说什么了。

46 垃圾胡同　日

李四在胡来成的垃圾棚里分拣垃圾，细心认真。

胡来成的画外音：李四没回乡下。他求我让他在这儿待几天，他帮我分拣垃圾，抵住店的费用。我问他具体是几天，他说七天。他让我相信他，等他的儿女们难受过了，哭过了，明白应该怎么对待父母了，他就好好地把我爸的骨灰盒还给我……

47 垃圾棚　日

李四在垃圾山上捡垃圾。

胡来成的画外音：……他还说要用五粮液茅台酒祭奠我爸，他说他答应过的……

走下垃圾山的李四，孤独却充实。

胡来成：……他打死也想不到他家发生的事情……

48　李四家村口　　日

一辆出租车和一辆小车朝李四家徐徐开过来。一伙小孩子前后左右追逐喊叫着，使两辆车没法开快。有路人驻足观望，面有迷惑之色。

李四家的门虚掩着。

两辆车停下来。出租车里走出来的是李香一家三口。小车里走出的是李瓦和李欣。每个人的胳膊上都戴着黑纱。李瓦的怀里抱着一样东西，用黑纱盖着。

观望的路人各怀狐疑围拢过来。孩子们则围着两辆车追逐呼叫，有人竟跳上了车顶打闹。

李香一家和李瓦李欣站在虚掩的门口了，却没有一个人有勇气推门。

还是李香鼓起了勇气：妈……

没有回应。

李香李瓦李欣同声：妈——

门开了。李四的老伴看着门口的几个儿女，他们也看着她。李四老伴终于看到了李瓦抱着东西，狐疑的神情变得惊愕了。

李四老伴：你爸……

儿女们突然跪在了他们妈跟前，泪如雨下。

李瓦：妈，我把我爸抱回来了……

李瓦他们的哭声。

49 室内灵堂　日

　　李四老伴拥着被子靠墙壁半躺着，闭着眼。

　　李四的灵堂前摆放着那只骨灰盒。

　　李香跪在灵堂前默然抹泪。李瓦李欣刘大奇或蹲或站，默然无语。

　　艳艳端来一盆水，为姥姥擦脸。李四老伴一直不睁眼，也不问话说话，以这种方式表示着她对儿女们的态度，使屋里的气氛更加压抑。

　　艳艳放下脸盆，也不知该做什么了。

　　刘大奇有些耳背，看着李四的三个儿女，怕他们说了什么自己听不见。但他们什么也没说。他们都好像憋着一肚子话，但不知从何说起。

　　艳艳憋不住了：你们咋都不说话呢？

　　还是没人说话。

　　艳艳：真郁闷！

　　她掏出手机摆弄，看了一会儿。

　　艳艳：你们都认为我是问题女孩，岂不知你们比我更问题。

　　刘大奇：艳艳！

　　艳艳：咋啦？你们都不说话，我就不能说两句？

　　刘大奇：这是大人的事，你是小孩。

　　艳艳：偏要说。

　　她走过去，拉了一下跪在灵堂前的李香：妈，你是老大，你先说。

　　李香满脸是泪。

　　艳艳：姥姥说姥爷去城里是找你们过生日的，你们咋就没一个人想起姥爷的生日。

　　李四老伴的眼泪从闭着的眼里流了出来。

　　李香捂着嘴哭出声了。

　　李欣终于开口了：姐，你还记得前年吗？

　　几个人的目光立刻乱窜起来，互相看着。

李欣：前年我是真记起咱爸生日了，不信你们问姐。姐，你说实话是不是？我还在上学。我为咱爸的生日专门跑到姐家去。我说姐，后天是咱爸的生日，要不要回去一趟，姐，你是怎么说的？

李香似乎有些慌乱，但还是动作麻利地抹了一下泪眼：咋说的？说什么了？

李欣：你说你忙，你下岗了，承包了一辆车，你有时间你回。你就是这么说的。

李香：你瞎编！我能这么说吗？

李欣：你就是这么说的。

李香：你是为咱爸的生日找我的？你每次找我都是为咱爸的生日？你上学是靠谁上学的？你哪一次来不多少给你一点？

李欣：但那一次确实是为咱爸的生日。

李香：为咱爸的生日你怎么没回来？怎么没回来？

李欣：我是因为你不回来我才没回来，我一个人咋回来？

李香：你咋不找李瓦，找你哥，你们两个不行吗？

李欣：我找了，你问我哥。我说后天是咱爸的生日，我哥说后天再说。他很忙，他刚当科长很忙。我就等我哥的话，没等到。哥，这是不是事实？

李瓦很老练，他没接李欣的话茬：有一年我是想过要回来的，那时候，我刚从部队转业不久。我还给朋友要了车，朋友都答应了，后来不知碰到了什么事，就给忘了。这事我还给姐说过的。

李香：啥时候说过？没有，我根本就没这个印象。今天是咋啦？什么事都往我这儿推，都往我身上扯！

李瓦：那也许是和老三说过，反正和你们谁说过。

李欣：你绝对没跟我说过！

李瓦：行了行了，说过没说过已经是过去的事了，都是因为忙。实在是忙，各有各的忙。不忙行吗？那么多人抢饭碗，不忙怎么活？我觉得咱爸也是，过生日就过生日，你来说今天是你的生日，咱还能不给咱爸过么？再忙也得过。可咱爸呢？啥也没说。给你们说了没有？

李香：没有。

李欣：没有。

李瓦：给我也没说。其实我连咱爸的面都没见，我在外边请人吃饭，叫他出去一块吃饭，他不去。等我和我媳妇回去，他已经走了。我知道是去你们那儿了，也就放心了。咱爸要是提说一句，不管给咱谁提说一句，不就没这回事了吗？你们说呢？

李香和李欣同意李瓦的话，但谁也不敢首肯。都扭头看他们妈。

李四的老伴：我听明白了，是你爸的错……

几个儿女又急了：妈，你可千万别这么想，我们不是这意思，妈……

李瓦：我再也不会忘记我爸的生日了。

李香抹泪了：我一回去就给我爸放一张大照片，挂在家里，天天给我爸烧香……

李四老伴的眼泪从闭着的眼睛里往外流涌着……

50　村外山路　黄昏

李四老伴在前，李香紧跟着，然后是提着一盏玻璃灯的李瓦，然后是撒纸钱的李欣，然后是刘大奇和艳艳。

他们在为李四招魂。

李四老伴边走边喊：你回来吧你个死鬼，你不能丢下我一个人啊死鬼……你听见我在喊你吗你跟我回家吧，你不能躲在外边当孤魂野鬼啊李四……

51　田野　夜

招魂在继续。

李四老伴：你跟着我回家吧李四……你听到了就跟我回家吧李四……

招魂的路好像没有尽头一样。李四老伴没有停下来的意思。

李香不安地给她妈解释：妈你千万别生我们的气，我们没有给我爸见怪不是，要怪只能怪我们忘了我爸的生日……

李四老伴继续走着喊着。

他们正走过稻草人。

李四老伴像被绊了一下坐了下去。

李香惊慌地叫了一声：妈！

儿女们乱了。李瓦扔了玻璃灯，李欣扔了盛着纸钱的竹笼，几个人围着他们的妈一片哭叫。

纸钱乱飞。风中的稻草人。

胡来成的画外音：李四老伴就这么死在了给李四招魂的路上……

52　坟地　晨

全村人在欢快的唢呐声中为李四和李四老伴攒起了一座新坟。坟前立着一块李四和老伴合葬的墓碑。

李瓦李欣李香跪在路边，给攒完新坟散去的村人磕头。

新坟和墓碑。

胡来成的画外音：没有人会想到和李四老伴埋在一起的是我爸老胡……

53 李四家   日

村长领着一个男人走过来。

艳艳在和同学通电话：……是啊对，对，晚上就到了，回去就给你电话。是吗？哇塞！

艳艳给村长让过道，继续通电话。

村长进门。

灵堂上添加了李四老伴的灵位。李香李瓦李欣的眼都已肿了。围着灵堂默然守灵。他们站起来，招呼村长和来人。

村长：不用招呼了，他就是买房子的人，钱也带来了。

村长示意买房人掏钱。买房人把钱交给村长。

村长：你们点一下。

李瓦李香李欣没人接钱，互相看着。

村长：李香，你是老大，你先拿着，随后你们自己处理。

钱到了李香手上。村长和买房人告辞了。

李香：这钱……我不能拿吧……李瓦，你……

李瓦：我不要。

李香看李欣。李欣抬头往上看着，不接李香的目光。

李香：你不要我不要那还咋办？

李瓦：那就……给老三吧。老三还没成家，正在找工作，给老三吧。

李欣还在看屋顶。

李瓦：老三，你就拿着吧。

李欣：看姐跟姐夫有意见没。

刘大奇：听你姐的。

李欣：姐——

正在通电话的艳艳不耐烦了。走过去从李香手中拿过钱，拍给李欣：让你拿你就拿着（对电话里的同学）我和我舅说话呢不说了回来见。

艳艳扣掉了手机。

拿着钱的李欣看了一会儿手里的钱，突然转身跪在了灵堂前。

李欣：爸！妈！我是老三！我一定要给你们找一个孝顺媳妇，在你们的生日祭日给你们烧香烧纸……

艳艳觉得小舅很可笑：傻……

54　李家园　日

几幢居民楼上写有"拆迁"的字样，楼下排列着十几辆电动三轮车，车主都是胡来成的同伙，正在收购旧电器旧家具，几辆车已装满了。

胡来成的画外音：就在那几天，我们和西城区的人发生了火拼……

一阵车声后，开进来十几辆电动三轮车，车未停稳，跳下来一伙小年轻，朝胡来成一伙扑冲过来，两伙人立刻打在了一起。

胡来成被几个人扑倒了，拳打脚踢。毛哥坐在一辆车上看着。

胡来成的画外音：……毛哥没帮我，也许因为没喝上李四的那坛酒……

火拼现场一片混乱。胡来成一伙明显不是对手。有人已弃车而逃。

…………

55　老胡居处　日

一伙邻居家的孩子正好奇地看着胡来成给他们摆弄那些电视和录放机。胡来成脸上带着伤，边摆弄边推销。

胡来成：怎么样？好看吧？这，这，还有这，都是名牌。看清了没有？

孩子们：看清了。

胡来成：旧货比新货好，明白了没有？

孩子们：明白了。

胡来成：明白了就好，明白了再亲自试试，来——

他把几个遥控板分给孩子们，让他们调节目。

孩子们互相抢着遥控板，调着各自喜欢看的节目。

胡来成：别抢别闹，慢慢调慢慢看，想看什么调什么，想调什么有什么。调了看了，就回去给你们爸你们妈说去，只花几百块，就可以搬到你们家天天调天天看了……

李四一直坐在一边一声不吭。他有自己的心事。

李四突然坐不住了，在屋子里跑起了圈。

有孩子不专心了，看着跑动的李四。

李四在跑，头上冒汗了。

孩子们觉得李四很怪，笑李四。

胡来成的生意被打搅了，对孩子们：好了好了，都回去找你们爸你们妈去。

他收回了孩子们手上的遥控板，哄走了孩子们。

胡来成对跑动的李四：咋啦？

跑动的李四：我心急了。我心里发急了。

胡来成看着李四。

李四：我心里发急了。我得回去。

胡来成：没到七天啊。

李四：我要回去——

说着，就向门口跑去了。

胡来成跳过去，把他拉了回来：那不行——

李四原地跑着：我得回去……

胡来成：我爸的骨灰盒呢？

李四：我还你，我会还你，我心急，你让我回去……

胡来成看着原地踏步满头冒汗的李四。

胡来成的画外音：我不放心他。我得要回我爸的骨灰盒……

56　村长家　日

一村民失眉吊眼地叫喊着猛力推开门跑进：李四活了！李四回来了！村长，李四活了！他回来了！

村长正在吃饭：咋啦咋啦咋啦？

村民：李四没死！他活着回来了！

村长手里的饭碗晃了一下，险些掉了：你你你说李四……

村民狠狠地顿了一下脚：他活了！

57　村街及李四家外　日

村长和那个村民匆匆走过村街。

走过村街。走过村街……

李四和胡来成在离他家不远的地方坐着。

几个人正在拆李四家的房子，快拆完了。他们似乎不敢拆了，愣着，看着远处的李四。

李四好像木头一样。

村长和一伙村人匆匆走过来。

李四好像没看见一样。

村长：李四，李四，你这是咋回事嘛你李四。

村长拨了一下李四。李四一动不动。

村长：你咋能把事弄成这个样子呢嘛李四！丧事办了房子卖了你咋可活了呢嘛你看这事……

58 墓前 日

李四跪在坟前长时间一动不动。

胡来成提着镢头和铁锨等得有些不耐烦了。

胡来成：你到底想咋办嘛你？我是为我爸来的，不是来陪你的！

李四还是不说话。

胡来成要动手里的铁锨刨坟了。李四伸手拉住了铁锨。

胡来成：我要把我爸刨出来！

李四摇着头。

胡来成：我要刨！

李四点着头，站起来，站到胡来成跟前了。他看着情绪有些激动的胡来成。

李四：我知道。就因为我知道才不让你刨你爸。先让你爸在这儿安安然然地待着，等我的事完了，咱再把你爸好好地请回去。你爸跟我虽然只有一个晚上一坛酒的交情，可也是生死之交……

李四伸手似乎想摸一下胡来成的头，胡来成本能地闪开了，他不信任李四的这种情感表示，也不习惯。

李四：你现在把你爸刨出来能咋？你一个碎熊娃抱着你爸咋办？往哪儿放？放你住的地方？找个地方埋了？这么潦潦草草地处置，我过意不去。我说的是真心话，不能潦潦草草地对待你爸。你听我的，相信我……

胡来成：相信你？让我相信你？

李四：你就当我迷糊了。人都有犯迷糊的时候……

胡来成：那你说咋办？

李四确实也不知道该咋办：你让我想想，想想……

两个人就这么站着，说着，在空旷的田野上，坟场前……

59　田野　黄昏

　　李四和胡来成已在田野上的稻草人跟前了。这里离李四家不远，李四家的房子只剩下几堵屋墙。

　　胡来成在田埂上坐着。李四心无头绪，看着收获过的田野，看着他家的那几堵屋墙，然后又看跟前的稻草人了。稻草人歪斜着，几乎只是一个空架子，画上去的眉目因雨水已模糊不清。

　　李四：这是我家的地……

　　胡来成一脸不屑，因为他想听的不是这些。

　　李四把稻草人扶正，插深了一些。然后坐下来，歪头看着天。

　　李四：……几天办了两个丧事，也难为他们了……

　　胡来成：还不都怪你！还能怪谁？

　　李四：难为他们了……

　　胡来成：我不想听你说这些。你只说你咋办！

　　李四：咋办……咋办……

　　胡来成不愿听李四的自语，把头埋在了臂弯里。

　　李四：……他们都以为我死了，可我没死……

　　李四：……老伴倒是死了，实实在在死了……

　　李四不再自语了。胡来成歪头看了一眼李四。

　　李四在抠土，两只手一下一下抓抠着地上的土。再看李四的脸，没有表情，两眼空洞，脑门和额头却不断地渗着汗水。

　　胡来成有些惊愕了，想说句什么，没说出口。李四突然起身，脱下身上的衣服，穿在了稻草人的身上。然后，李四又脱裤子。

　　胡来成站起来了，紧张地看着李四。

　　李四把裤子脱到半截，又不脱了，提上去，一边系着裤带一边走了。

　　胡来成：李四！

　　李四已系好裤带，大步顺着田野走去。他光着膀子，越走越快。

胡来成：李四！你去哪儿?

胡来成瞥了一眼穿着李四上衣的稻草人。

胡来成追了上去。

李四走得很快。胡来成边追边喊。

胡来成：等等，李四！

他们都远了。

胡来成的画外音：我以为他神经出问题了……

60　老胡居处　日

李四已躺在老胡的床上了。他浑身是汗，大张着眼，大口吹着气。

胡来成倒了一杯水。

胡来成的画外音：……没有，他没出问题……

胡来成把水递给李四，李四把水灌进喉咙，又躺下去大口吹气了。

胡来成的画外音：……我有些同情他了……

胡来成找来一块毛巾，想让李四擦擦身上的汗水，到床跟前，李四已睡着了。

胡来成看着李四的光膀子。他走到墙角，打开一只箱子，翻找着他爸的衣服，找出了一件上衣，抖开，打量着是否合适李四穿。

李四睡得很香。

天又一次黑了……

61　老胡居处　晨

李四穿上了胡来成给他的那件衣服。胡来成在洗漱间。

李四走到胡来成的身后，看着胡来成用水修饰着头发。

胡来成又擦了一阵皮鞋，然后又在镜子里照了一下头发。

62　城街　日

胡来成驾着他的电动三轮车，车厢里坐着李四。

63　纺织城街　日

驾车的胡来成和车厢里的李四。

李四看见了什么，突然叫了一声：艳艳！

胡来成没听清：啊？

李四：停！停！

胡来成刹住了车：怎么啦？

李四指着：你看——

胡来成胡乱看着。

李四：那儿，对面，照相馆！

胡来成看过去，看见一个女孩抱着两个镜框，正准备过马路。

李四：艳艳，我外孙女。

胡来成这下看清了，镜框里装着的是李四的照片。

艳艳已经过马路了。

胡来成跳下三轮车，朝艳艳跑过去。

胡来成抢前几步，拦住了艳艳：艳艳！

艳艳狐疑地看着胡来成：你是谁？

胡来成：你先说你是不是艳艳？

艳艳：是不是与你有什么关系？

胡来成：这镜框里的照片是你姥爷。

艳艳有些意外了：你是谁？

胡来成：我叫胡来成，捡垃圾的。我认识你姥爷，他叫李四，对不对？

艳艳：就算你认识又怎么样？你想怎么样？

胡来成笑了一下：你姥爷没死。

艳艳立刻睁大了眼睛。

胡来成：真的，他活得好好的。你们以为他死了，可他没死。我没有骗你……

胡来成：我今天就是跟你姥爷来找你们的，给你们说你姥爷没死……

胡来成：不信你往那边看，三轮车——

艳艳看过去，三轮车上空无一人。

胡来成惊愕了。他没想到李四会溜走。

艳艳看着胡来成。

胡来成胡乱扭着身子搜寻着：哎，人呢？李四！李四！

没有李四。

胡来成：李四！李四——

艳艳突然笑了。

胡来成满脸涨红，极力解释：你姥爷真的没死，他让我拉他来找你们的，我完全是好心帮忙……

艳艳还在笑。

胡来成：你别笑，我去把你姥爷找来给你看……

艳艳拦住了他：别别，免了。我听明白了，你认识我姥爷，你叫胡来成，你是捡垃圾的。建议你把你的名字去掉一个字，改叫胡来，老老实实捡你的垃圾去……

艳艳扭身走了。

胡来成：艳艳！

有围观者笑了。胡来成不知该怎么办了。他咽了一口唾沫。

胡来成对离开的艳艳：你姥爷真的没死。

围观者们笑出了声。

远处的艳艳返身跳舞一样给胡来成挥了挥手。

胡来成羞愤难耐，看着走远的艳艳。

胡来成对围观者：她姥爷真没死……

引来的是满场哄笑。

胡来成无地自容无法让任何人相信自己。他使足力气朝着艳艳走去的方向喊了一声：他没死——

64　胡来成屋　日

胡来成甩上了三合板屋门。

胡来成把墙角当成李四，狠狠地吐了一口：呸！

胡来成想躺到床上去，又转过身冲着墙角：呸！

现在，胡来成终于躺在床上了，似乎好受了一点。他双手抱着头，不时吸一下不太通畅的鼻子。

一会儿，胡来成闭上了眼睛，竟睡着了……

有人在敲三合板门，声音很轻。

胡来成好像没听见。

又敲了几声，然后门被推开了，是李四，很小心。他看着床上的胡来成。

胡来成睁着眼，却不看李四。

李四小心地走到胡来成跟前了。像做了错事的孩子。

胡来成没动。

李四：……我不是故意的……我不知道咋见她……我不知道我该说啥……我都想走了……

李四挪了几步好像要走的样子。

胡来成从床上一下蹦到了门口，返身圆睁着眼睛看着李四。

李四不知道胡来成要干什么。胡来成让他有些骇怕。

李四有些可怜地看着胡来成。

胡来成小狼一样盯着李四，死死堵着门板。

胡来成的眼里涌聚着泪水，越聚越多。

李四更可怜了：来成……

胡来成突然爆发了：你不是个人！

李四被吓了一跳。

胡来成：你走！

胡来成眼里的泪水终于涌了出来：都是你！都是你！他们把我当成骗子了！艳艳把我当成骗子了！你走？你走了我给谁说去？我怎么活人？还有我爸，我爸的骨灰盒……都是你，呜呜……

胡来成终于由哽咽转为失声痛哭了，哭得委屈又真诚。这时候的他更像一个未成年的孩子。他顺着三合板门溜下去，边哭边抹着泪水，越哭越伤心，越委屈……

李四手足无措，不知该怎么劝解：来成，来成……

胡来成埋着脸，还在哭。

胡来成的画外音：就这么，我和李四搅到了一起，李四的事也成了我的事……

65 老胡居处外内 夜

造假酱油的被放回来了，正从老胡居处外经过。有人和他打招呼：没事了？没事了，罚了点钱，还学法律了没事了……

李四和胡来成在吃方便面。

胡来成的画外音：……本来可以很简单，我和李四去艳艳家，把李四交给他们，让艳艳说一句我不是骗子，然后就只是我爸的骨灰盒了，但李四不去，咋说也不去。他说应该让他们来找他才对，这是有关脸面的事……

两个吃饭的人各有心事。

66　中学校门外　日

胡来成明显收拾过他的衣服和头发。他在校门外转悠着,看着校门口的动静。

胡来成的画外音:……我只能找艳艳,也只想找艳艳……

校园里的喇叭突然响起了音乐。下课了。教学楼的学生们像乱蜂一样涌出教室。

胡来成搜寻着艳艳。

一拨又一拨学生从校门里涌出来。

胡来成发现了艳艳。艳艳和一个女同学勾肩搭背出来了,向旁边拐去。胡来成追过去,叫了一声。

胡来成:艳艳!

艳艳搜寻着。胡来成到了跟前。艳艳的脸冷了。两人对视着。

艳艳的同学看不出他们是什么关系。

胡来成:你姥爷……

艳艳:我姥爷没死,你认识我姥爷,行了吧?(对同学)走吧。

艳艳和同学走了。

胡来成想追上去。

艳艳同学:谁呀?

艳艳没回答,搂着同学唱着"我不是黄蓉我不会武功"走了。

胡来成又想追上去,再次忍住了。他站在那儿看着走远的艳艳。

67　小饭馆　日

胡来成喝着一瓶啤酒,看着街对面的学校。

学校的音乐声响了。胡来成走出小饭馆——

68　中学校门外　日

　　胡来成用眼睛搜寻着进出校门的学生，样子像个闲人。

　　一伙男学生提着书包朝胡来成走过来，胡来成看着他们，以为他们是冲着他来的，要打他。他盯着他们，表情和身体都很放松，心里却极度紧张，没等那伙男学生走到跟前他突然转身撒腿跑了。跑远了，安全了，他完全轻松下来，像个小闲人一样边走边唱着：我不是黄蓉我不会武功……

69　胡来成屋　夜

　　胡来成拿过来一张纸，又取来一支圆珠笔。他坐在桌子跟前，想了一会儿，开始往上边写字。先写了"艳艳"两个字，然后接着往下继续写……

70　中学校传达室　日

　　胡来成的字条已到了学校传达室师傅的手上。

　　师傅：高一二班，刘艳艳……

　　胡来成：对，对。

　　师傅：放心，我会亲自交给她本人的。

　　胡来成：谢谢您了，谢谢！

　　胡来成离开学校传达室，走过街，坐在了他的电动三轮车上。他还有些不放心，给传达室的师傅招了一下手：谢谢！

　　胡来成驾着三轮车走了，像打了一场胜仗一样。

71　老胡居处　夜

胡来成浑身散发着得意和自信，拧开一瓶矿泉水，喝一口说一句。李四则像个听讲的小孩，夹杂着激动和不安，也有一点对胡来成的佩服和感激。

胡来成：办法是人想出来的。我当然能想出办法。就这几天，我保证，不出三天，他们就会来这儿找你。

李四：是不是？是不是？

胡来成：所以，这几天你哪儿也别去，就在这儿待着。你也喝一口（把正喝的矿泉水递给李四），你就想着他们来找你的时候你对他们说什么吧。咋给他们说吧。你不会骂他们吧？

李四：不知道，我不知道……

胡来成：你总不会给他们笑吧？

李四：不知道，我不知道……

李四内心复杂又焦虑，不时地捏着那只矿泉水瓶子。

胡来成的画外音：事情和我想象的完全不一样……

72　李香家　夜

胡来成的那张字条在李瓦李欣手中传递着，李欣看过后交给了李香。李香和刘大奇不安地看着李瓦。

艳艳知道他们在看那张字条，她不理他们，径自看着电视。

李瓦在想着，没说话。

李香：胆子也太大了，敢冒充咱爸！还留了地址！

刘大奇：冒充咱爸的目的在咱艳艳身上！

艳艳不屑地撇了一下嘴。

刘大奇：艳艳让一个捡垃圾的社会不良青年盯上了，你们做舅的难道不管？不管？

李瓦看艳艳了。他们都把目光转向艳艳。

艳艳在看电视，不理会他们的目光。

刘大奇走过去，啪一下关了电视。

艳艳：真无聊！

顺势倚在了沙发上。

艳艳：多大的事，知道这样就不给你们说了。

李香：还小啊？有人冒充你姥爷，三番五次纠缠你，连条子都写上了还小啊？

艳艳懒得说了。

李瓦：你怎么认识他的？

艳艳：不认识。

李瓦：不认识能给你写字条？

李香：就是嘛，不认识咋给你写字条？你们班那么多女同学咋就给你写呢？

艳艳：我怎么知道？他要给我写我怎么知道？

刘大奇：艳艳，你好好和你舅说话。社会越来越复杂了，啥怪事都有，你还小，应付不了。你把事情说清楚，天大的事有你舅撑着。

李香：我和你爸就是为你的事把你舅叫过来的艳艳！你想想，你姥爷咋能认识一个捡垃圾的不良少年呢？是青年不是少年？（没人回应她的疑问）你姥爷明明死了，他非说你姥爷没死，这里边就有问题。他不找我们，偏找你，三番五次地找，你怎么能和一个捡垃圾的不良青年纠缠在一起呢？怎么能让一个捡垃圾的不良青年……

艳艳实在听不下去了：你们真无聊！无聊！

艳艳进自己屋甩上了门，哭去了。

几个人一时无语了。

刘大奇敲艳艳的屋门：艳艳，别哭，开门，有话好好说……李瓦打开手机，拨号，拨通了：喂，小赵吗？我是李瓦，你看，有这么个事……

李瓦到阳台上说去了，阳台上信号好一些。

刘大奇耳背，听不清李瓦的电话，问李香：给谁打呢？

李香：等说完了再问……

73 垃圾棚 日

李四正在整理几摞洋灰袋子。棚内尘灰飞扬，棚外阳光灿烂。

一阵车声。李四抬头看去——

开进来一辆警车，停了下来。车门打开，走下来一个人。

李四的眼睛瞪大了，抖落洋灰袋子的手也停了下来。

竟是李瓦。然后是李欣和刘大奇。

李四的心突然提到了嗓子眼。他定定地看着他们。他们在车门旁边站着，打量着这里的环境。

又走下来一个人，是个警察。

李四的脸色立刻变了。不知是因为不安慌乱还是因为下意识，他用袖子抹了一下脸上的汗，他的脸立刻成了花脸。

警察问了院里的一个人几句什么话，然后就朝垃圾棚这边看。李瓦李欣和刘大奇都朝这边看。只看到棚内有一个人影，只能看见一个大致的轮廓。

但李四却把他们看得清清楚楚。他看见李瓦李欣和刘大奇在车前站着，并没有朝他走过来。走过来的是那个警察。

李四变得紧张起来，又抹了一下脸上的汗水。他看着警察越走越近，到棚跟前了。其实他看的不是警察，而是车跟前的李瓦李欣和刘大奇。

警察发现李四没看他，对李四"哎"了一声。李四这才看警察了。李四的花脸上两只眼睛很怪异。

警察：你儿子呢?

李四好像没听懂警察的问话。他把目光越过警察，又看车跟前的几个人了，只有他们才是他关心的。他看见李瓦夹着一个小皮包，靠车站着，刘大奇倒是一直看着垃圾棚。李欣看见了地上的一片报纸，上边是广告，他捡起来很有兴味地看着。

警察：你有身份证吗?

李四把目光移到警察脸上，嘴似乎动了一下，但没出声。

警察：我能看一下你的身份证吗?

李四看着警察。警察一脸和气，很耐心。

警察：我是咱们这一带的片警。我看一下你的身份证。

李四从口袋里摸出了一张身份证，递给警察。警察看不清，便拿到阳光下。看清了，是老胡的身份证。警察点了几下头，然后把身份证举起来给李瓦他们晃了晃，摇了几个头。然后又把身份证还给李四。

警察：大爷，给你儿子说说，别让他纠缠人家的女孩子了……

警察转身走向警车。

愤怒的刘大奇朝垃圾棚冲过来，对棚里的李四：告诉你儿子，再纠缠我家艳艳，我就砸烂他的脑袋!

刘大奇边吼边踢着洋灰袋子。

棚里的李四在飞扬的尘灰里木然地站着。

几摞洋灰袋子被踢倒了。

李欣不耐烦了：走吧走吧。

刘大奇朝地上的洋灰袋子又踢了一脚。

刘大奇：王八蛋!

刘大奇这才走了。留下了飞扬的尘灰和木然的李四。

李四看着他们一个个上了车，关上车门，开走了。

尘灰弥漫，已经看不清楚棚里的李四了。

74　老胡居处　日

满脸尘灰的李四坐在沙发里，看着身份证上的老胡。

胡来成情绪激动，正在训斥李四：你拿我爸的身份证干啥？人家要看你的身份证你拿我爸的干啥？你哪有身份证？你的身份证和我爸的骨灰盒放一起了你哪有？好好的事让你弄砸了。成了的事让你弄砸了。我费那么大劲好好的事你给砸了。你为什么不叫他们？你叫一声他们的名字不就听出是你了？

李四的手在打抖了。

胡来成：你为什么不叫他们？你为什么……

李四突然爆发了，跳了起来：我不想叫！

胡来成被李四吓了一跳。

李四喊一声跳一下：我不想！他们应该叫我！他们为啥要带警察！他们认他们爸为啥要带警察！他们认他们亲爸为啥要看身份证！身份证是个尿！身份证能造假！他爸烧成灰也假不了！

胡来成似乎被李四吓住了，缩着身子看着一跳一吼的李四。

李四还在跳吼着，向着虚空：他们以为我死了！我没死！

胡来成的画外音：我觉得他们怪，李四明明是他们的爸，他们非要认为李四是我爸。李四也怪，他叫他们一声不就好了，他偏不叫。我想不通他们……

75　垃圾山　日

李四在捡垃圾。

胡来成的画外音：……随后的几天很平静……

76　老胡居处　日

胡来成专心致志地调试安装着一批新收来的电器，旧有的已不见了，都摆上了"新货"。

胡来成的画外音：……我卖了一批货，又装好了一批新的……

77　老胡居处　日

李四和胡来成在吃方便面。

胡来成的画外音：……我爸会做饭，李四不会。我和李四只能吃这些。每到这个时候，我就会想起我爸的好来……

胡来成不时瞄李四一眼。李四大口吃着饭，但分明藏着心事，时不时会愣一下神。

胡来成的画外音：本来好好的，可那天晚上……

78　老胡居处　夜

胡来成已睡着了。

胡来成的画外音：……李四突然不见了。

79　街道　夜

匆匆行走的李四，步子虽快却有力。他似乎要去做一件已想好的重大的事情。他心里憋着一种随时都可能爆发的东西。

80　城中村　夜

李四走进了城中村。

走进楼道了。

走到李欣租屋门外了。

停下了。

屋里黑着灯。

李四似乎在想他要怎么做。

李四把耳朵向屋门伸了一下。没声。李四又把耳朵凑近了些。屋里一阵响动，似乎吓着了李四。李四闪开了耳朵。屋里更激烈的响动，有女人的呻吟……

李四愣了。

李四转身离开了，脚步变得黏滞无力，走了几步又停下来。

屋里的响动离他远了，但继续着。

李四靠着墙壁。

李四的身子缓缓地往下溜着，溜下去了……

81　老胡居处　夜

蹲着的李四。

胡来成的声音：你为啥不敲门？屋里明明有人，你为啥不敲？

李四不动。

胡来成的声音：为啥？

李四不动。

胡来成的声音：你敲门叫你儿子出来，不就什么都明白了，什么都解决了！

李四：……他二十五快三十的人了……三个儿女里头他最小，是我的小儿子……他该有个媳妇了……

胡来成想不明白李四了。

胡来成：你真是个怪人！你不想让他们认你了？

李四的表情立刻阴沉下来不说话了。

胡来成无奈地摇了几下头。

两人都不说话了。

李四突然地：我要去李香家。

胡来成一脸无所谓。

李四：我要去。

胡来成：去呗去呗，爱去哪去哪。

李四：我进不了门……

82 李香家　日

胡来成用身份证开锁。门被打开了。胡来成和李四小心地踏了进来。胡来成看看屋外，没有人。他们放心一些了，挨个儿看着李香的家，从客厅到房间。这实在是一个普通又简单的家庭。摆放的物品中有他们夫妇的职业痕迹，也有他们年轻时的合照，和艳艳的全家福。

胡来成感兴趣的当然是艳艳。

李四的目光突然触到了什么，一脸震惊。

在一个房间的角落里，设着李四和老伴的灵堂。艳艳曾经抱着的那两面镜框里是李四和老伴的照片，并排放在灵堂上。李四被自己和老伴的照片震惊了。还有灵堂前的焚香炉，里边插着香，已快燃尽了，一定是李香早上出车前点上的！能看出灵堂前的香火从未断过。

李四向灵堂走过去，看着老伴和自己。照片上的李四和老伴也在看他。

胡来成在艳艳的小房间里。他很有兴味地打量着这位中学生的居处，墙上的明星和小摆设。他拿起床头上的小猪看着，用鼻子碰了一下小猪，又做了一个咬小猪一口的动作。他想起了另一间屋的李四，歪头看过去，没有声响。他放下小猪，走过去——

李四有些泪眼模糊了，一动不动地和两张照片对视着。听见胡来成进来了，他努力控制了一下眼睛，好像被风吹了一下那样，把泪水堵了回去，没让它们涌出来。他拿过老伴的照片，用袖子擦了一下，其实镜框上并没有尘灰。他把它放回原处。然后又拿过自己的照片，看了一会儿，他的表情在迅速变化着。他突然举起镜框要用膝盖顶碎它。他停住了。他把它放回原处，却是反放的，让照片朝向里面。

胡来成诧异了，看着李四。

李四拉胡来成离开：走吧。

胡来成：放反了。

李四：走吧。

胡来成：他们会知道有人来过！

李四：走。

胡来成突然明白了李四的用意：噢，李四你行啊，就是要让他们知道有人来过！你就等着吧……

83 烂尾楼 日

一副手铐箍在了正要开车出门的胡来成手腕上。

胡来成的画外音：李四没等来他的儿女，我却出了麻烦……

84　派出所　日

　　胡来成的手被铐在墙上的铁环里，直不起又蹲不下。他在回答警察的审问。

　　问话：知道为什么铐你吗？

　　胡来成：知道，我去李香家了。

　　问话：你想干什么？

　　胡来成：我想帮李四我和李四一起去的不信问李四去。

　　一张拘留证递到了胡来成的手跟前：你签个字。

　　胡来成：你们问李四去！

　　警察的声音和一支笔一起过来了：签个字。

　　胡来成在拘留证上签上自己的名字。警察似乎走了。胡来成像掉进井里的一只小公牛，浑身的力气和愤怒无法发泄。

　　胡来成：我操！

　　他扭着脖子喊着：李四，我操——

85　拘留所　日

　　铁栅门里的胡来成两眼无神。有人正向他走近。

　　胡来成的画外音：李四的儿女们不肯往他爸身上动脑子……

　　来人走近了，是李四。他抱着铺盖和一袋吃物。

　　胡来成站起来，和李四对视着。

　　胡来成的画外音：我想骂李四，可我骂不出口，反而为他有些难过……我在这儿待了七天。李四每天都来看我。我想要是我爸会不会天天来看我……

　　对视的李四和胡来成。

胡来成画外音：……接我出去的那天，李四花钱请了我一顿……

86　小饭馆　日

胡来成大口吃着。

李四的声音：我卖了一些垃圾。不是你的，我捡的。

胡来成没有生气的样子，吃得很单纯，甚至有些高兴。

李四的声音：吃，好不好吃饱。

胡来成甚至给李四笑了一下。他在吃。

李四坐在一旁看着，像看着自己的孩子。

胡来成的头发很乱，李四伸手给他理了一下。

胡来成这一回没有躲闪。他突然有些难受了，不吃了。他推开碗起身离开。

胡来成：我在里边待了七天，憋死了……

87　街道及公园　日

胡来成在热闹的街道上走着。

胡来成在公园里走着。

胡来成到处胡乱逛着。

有人踢了胡来成一脚，胡来成转过头，一只矿泉水递到了他的鼻子跟前。

是艳艳。

艳艳：怎么？不敢喝？

胡来成接过矿泉水，拧开盖子。艳艳示意找个地方说话。

胡来成原地坐下了。

艳艳：我知道是你干的，你动过我的小猪。

胡来成一脸无所谓，不时喝一口矿泉水。

艳艳：但我没想把你送进去，是他们要这么做的。

胡来成还是一脸的无所谓。

艳艳：我妈认为是我姥爷显灵了。我大舅不信，小舅也不信……我小舅心里不踏实，还专门看过你爸一次……

胡来成：我爸？

艳艳：是啊……

88 垃圾山　黄昏

李欣远远地看着翻捡垃圾的李四。

李欣朝前走了几步，似乎要过去，又站住了，远远看着……

李四不知道有人在看他。

艳艳画外音：然后就开了一次家庭会……

89 李香家　夜

李香夫妇和李瓦李欣在客厅里，情绪似乎有些激动，又很压抑。

李欣：我是说，万一是咱爸呢！

李瓦一脸的不屑：可能吗？

李欣：我是说万一。

李香：不可能！咱爸不是那样的人！咱爸多好！咱爸能这么偷偷摸摸吗？

刘大奇：就是那个不良青年，打咱艳艳的主意！

李香：也许想诈钱！

李欣：我是说万一！

李香：那你怎么不到跟前去呢？

李欣被问住了：……不知道，不知道，我也不知道我为什么没到跟前去……

李香：肯定不是。

李欣：那也可以再去，再去证实……

李瓦：要去你去。你是没事干闲得慌，没事找事！

李欣：你们可听好了，我是说万一是咱爸咋办？（对李瓦）你咋办？（对李香夫妇）你们咋办？我咋办？哥，你说你咋办？

李瓦：咋办！咋办！你说咋办！你还有脑子没有？你……

李欣：哥！我是说万、一、是、咱、爸、你、咋、办！

李瓦受不了这种逼人的拷问了，他突然起身，挥拳向李欣打过去。李欣没想到李瓦会突然对他动手，捂着挨打的脸。

李欣：你打人……

90 公园　日

艳艳：你看，你和你爸给我家带来多大的麻烦，所以才叫了警察……

胡来成好像在听与自己无关的事情。

艳艳：你可别误会，说这些是让你以后别这样了。其实我并没把你当坏人，他们把你当坏人，我倒没有，我反而觉得你做事认真，锲而不舍，好玩。我念书要像你这样就好了，就会成为我爸妈希望的那种好孩子了……

艳艳提起父母似乎有些郁闷，喝了一口水，改了话题：捡垃圾挣钱不？

胡来成：一般般。

艳艳：我想也是。

胡来成有些不想说这些了。

艳艳：你心情好么？

胡来成：一般般。

艳艳笑了：你确实很逗，好玩。

胡来成起身走了。

艳艳收住笑：哎你这人……你站住！

胡来成站住了。

艳艳走上去。

艳艳：你心情不好我理解，可我不明白，你为什么非要把你爸说成我姥爷呢？以后别这样了行不？

胡来成转过身，对艳艳：你说我是好玩，我好玩，行不？

91　老胡居处　夜

李四面无表情，仰头靠着沙发，身上穿着捡垃圾的工作服。

胡来成的画外音：我把见艳艳的经过都说给李四了……

胡来成：李四你完了，他们认为你死了，你就真死了，活着也是死了。

李四扭着脖子。

胡来成：他们不会来找你了。听艳艳说，明天给你过"七七"，他们吃一顿饭，举行个仪式，就算和你永别了……

李四站起来，向外走去。

胡来成：你干啥？正说话你干啥？

李四已出门了。

92 烂尾楼外　夜

李四站在院子里。

胡来成走了过来。不明白李四要干什么。

李四看着远处。似乎变成了一个轻松的开阔的李四。

李四：……我要回去了。

胡来成一愣。

李四：也该回去了……

胡来成：为什么？

李四（自语一样）：不回去能咋？不回去待在这儿能咋？……该回去了……你爸照顾了我一晚上，把命搭上了。你照顾了我四十多天……我欠了你们的，我心里知道……

胡来成：你，你（突然地）他们给你过"七七"，其实是我爸的"七七"你知道不？

李四愣了。

胡来成：你答应过给我爸喝酒你知道不？

李四不再说话了，在发愣。

93 南门外广场街道　晨日

热闹的广场。有人在晨练。有笑友在推广笑运动：笑是最好的药，笑一笑十年少……边说边给人发送宣传品。

熙攘的街道。李四在来往的人群中……

94 烂尾楼酱油作坊　日

造假酱油的递给李四一瓶酱油：放心用，不是假的。

李四点头掏钱。

95　烂尾楼院子　黄昏

胡来成开着电动三轮车进院。

胡来成下车。有一群小孩在玩游戏。有人和胡来成打招呼，胡来成胡乱应答着进楼——

96　老胡居处　黄昏

桌上摆着牛肉等吃物。

李四表情有点尴尬但语气真诚：来成，我身上的钱只够买这些了，买不了茅台酒……

胡来成：你答应过我爸。

李四：我想了，人说酒水酒水，酒也是水，水也是酒……

胡来成似乎很固执：我要有酒，你答应过。

李四更为尴尬：来成……

胡来成：反正我要有酒，茅台酒。

李四：来成，我跑了几家卖烟酒的店，半斤装的也要二百多块……

胡来成：我不管，你说的就是茅台酒，说话算话。

李四无地自容，不知该怎么说了。

胡来成：有地方有酒，我有钱……

97　城市街道　黄昏

李四已经坐在了胡来成的电动三轮车上。

行驶的电动三轮车——

98　酒店　夜

胡来成领李四走过来。

李四边走边打量着酒店。

李四停住了。

李四脸色变了。

李四：来成，你骗我！

胡来成成竹在胸地：你进去，走到他们跟前，一个一个叫他们名字，骂他们一顿，想咋骂咋骂。然后，然后不就好了？你一定要一个个地叫他们名字，叫得响响的。去吧，我在这儿等你。

李四拔腿就走。胡来成急了，扑过去抱住李四的腰。李四挣脱着。

胡来成：你要进去！我要你进去，我叫你来就是让你进去！

李四挣脱着。

胡来成要急出眼泪了，带着哭音：进去！我要你进去……

99　酒店内外　夜

李瓦夫妇和李香夫妇以及李欣围着一张酒桌，酒饭已到局中。他们边吃边听李香说话。

李香：……我早晚都烧，早上三根香晚上三根香，一天也没有中断过。大奇知道咱爸爱喝酒，专门给灵前放了一瓶酒……

李瓦媳妇拨了一下李瓦，李瓦扭过头，就看见了站在他们旁边的胡来成。然后，他们都看见了他。他们都不吃了，李香也掐断了她啰唆的话头。他们感到奇怪，一个小年轻人为什么会不声不响地站在一边看他们吃饭。

胡来成也看着他们。

李瓦：你是谁？

胡来成：胡来成。

刘大奇的脸色立刻变了，他们的脸色都变了。

刘大奇拍下手中的筷子：好啊你个小杂种！

骂着就要过去抓胡来成，被李香拦住了。

李瓦的表情已经很冷静了：你要干什么？

胡来成：不干什么。我把你们爸领来了……

他们互相看着，以为胡来成在说胡话。

胡来成：他就在外边……

李欣李香朝外面看了一眼，现场就餐的人很多，什么也没看到。

胡来成：在楼外边。

李瓦：我看你是疯了！

胡来成：我没有。你们出去看一眼。你们站起来往外看一眼……

李瓦突然站起来吼了一声：保安，保安在哪！

两个保安冲过来。

李瓦冲两个保安爆发：你们这是什么饭店！还叫人吃饭不！叫你们经理来！

保安慌乱了，架住胡来成往外拉。

胡来成突然满脸涨红，挣开保安，冲李瓦他们：你们看一眼去！

楼外的李四一直贴着玻璃看着里边正在发生的一切。他听不见里边的声音，但看得很清楚。

现场已经大乱，两个保安按不住胡来成。胡来成又跳又吼，好像真疯了一样。

胡来成：王八蛋！你们看一眼去！

又冲过来几个保安。经理也赶过来。

李瓦冲经理叫嚷：你们是什么饭店！怎么管理的！你们……

经理对李瓦连说对不起，示意保安赶紧拖走胡来成。

保安强拖胡来成。

胡来成挣脱着，踢打着：放开我！王八蛋！你们去看去！

就餐的人纷纷站了起来。

保安们被激怒了，开始踢打拖拉胡来成。

胡来成：你们看去！王八蛋！

李四贴在玻璃上的脸已严重变形了。

保安们拖拉着胡来成，像拖拉着一样会蹦跳的东西。

李瓦不可思议地摇着头。

李香看不下去了，突然叫了一声：别，别弄他了！我去看——

里边乱成一团。

100 酒店内外　夜

李四已不看楼里了。他在原地跑步。

胡来成被保安们往门外拖拉着。胡来成还在喊叫。李四跑着跑着，跑了一个小圈，跑到了一定的距离。

追过来的李香拉着保安劝解着。胡来成还在挣扎踢叫。

大厅里更乱了，许多人围过来。

李四突然使力，朝玻璃楼跑去。

一声猛烈的撞击。

人们一阵惊呼，看过去——

玻璃裂开了几道口子。李四倒了下去。

所有看热闹的都愣了。李香愣了。李瓦愣了。保安也愣了。

胡来成也愣了。他很快明白发生了什么事情。他叫了一声李四，挣脱保安，爬起，朝饭店外跑去。他跑到李四跟前，李四似乎昏过去了，脸上带着血。

　　胡来成哭喊：李四——

　　饭店里的人涌了出来。

　　李四睁开了眼睛。

　　李瓦李香李欣惊呆了。

　　李香惊愕地叫了一声，也许只有她自己能听见她叫了一声：爸……

　　李四把手伸给胡来成，扶着胡来成的手自己起来了。他没看现场的任何一个人。但现场的每一个人都看着李四，包括李香夫妇，李瓦夫妇，包括李欣。

　　他们一直看着李四拉着胡来成的手，离开了现场。

　　李欣痛苦地蹲下去：我早说过万一是呢……

101　老胡居处　夜

　　所有的电视都打开着，播放的是同一个节目。电视台正在采访笑运动发起人，他正在讲笑的好处：……现在生活节奏太快压力过大，各种精神病症都有，怎么应对，笑嘛！笑是一剂灵丹妙药，希望每一个人都能学会笑，笑出健康……

　　电视屏幕上笑友大笑的画面。

　　看电视的不是李四，也不是胡来成，而是李瓦李欣和李香夫妇。他们脸上的表情很难描述。

102　南门广场　夜

　　笑友们正在按指挥者的口令发笑。

　　艳艳在人群中匆匆搜寻着打着手机。

　　广场上上千人在笑。

人群中搜寻的艳艳。

搜寻的艳艳。

男女老少的脸在笑。

各种各样的脸在笑。欢畅的、开怀的、凝涩的、痛苦的、扭曲的各种各样的脸在笑。

艳艳在拨打手机。

各种各样的笑脸。

广场在笑。

笑声突然消失，留下的只是手机未接通的响声……

渐隐。

胡来成画外音：……我领到了一笔事故赔偿金。我没有要我爸的骨灰盒，李四不给我，他说入土为安，他以后死了，就和我爸埋在一起……

剧　终

2007年5月16日，乾县

2007年5月27日，定稿于西安

102　（备用）南门广场　夜

笑友们正在按指挥者的口令发笑。

几千笑友在广场上大笑。

李四和胡来成在旁边看着。

胡来成的小灵通响了。胡来成朝旁边走了几米，正要接听，艳艳已到了他的跟前。电话正是艳艳打的。

胡来成看着艳艳。

艳艳给胡来成笑着。

胡来成也给艳艳笑了。